Prix du Meilleur Polar
des lecteurs de POINTS

Ce roman fait partie de la sélection 2013 du
**Prix du Meilleur Polar
des lecteurs de POINTS !**

De janvier à octobre 2013, un jury composé de 40 lecteurs
et de 20 professionnels recevra à domicile 9 romans policiers, thrillers et romans noirs récemment publiés par les
éditions Points et votera pour élire le meilleur d'entre eux.

Les Lieux infidèles, de l'auteur irlandaise Tana French,
a remporté le prix en 2012.

Pour tout savoir sur les livres sélectionnés, donner votre
avis sur ce livre et partager vos coups de cœur avec d'autres
passionnés, rendez-vous sur :

www.prixdumeilleurpolar.com

Qiu Xiaolong est né à Shanghai en 1953. Lors de la Révolution culturelle, son père est la cible des révolutionnaires et lui-même est interdit de cours. Il soutient néanmoins une thèse sur le poète T.S. Eliot et poursuit ses recherches aux États-Unis. Les événements de Tian'anmen le décideront à y rester. Il choisit d'écrire en anglais. Ses livres sont traduits dans près de vingt pays.

Qiu Xiaolong

CYBER CHINA

ROMAN

Traduit de l'anglais (États-Unis)
par Adélaïde Pralon

Liana Levi

TEXTE INTÉGRAL

TITRE ORIGINAL
Enigma of China
© 2012 by Qiu Xiaolong

ISBN 978-2-7578-3391-9
(ISBN 978-2-86746-600-7, 1re publication)

© Éditions Liana Levi, 2012, pour la traduction française

1

L'inspecteur principal de la police criminelle Chen Cao assistait à une conférence à l'Union des écrivains de Shanghai. Les sourcils froncés, il opinait du chef comme pour battre la mesure du discours de l'orateur.

« L'énigme chinoise. Qu'est-ce que c'est ? Eh bien, prenons par exemple cette formule politique en vogue : le socialisme à la chinoise. Voilà un terme générique qui englobe tout ce qu'il y a d'énigmatique dans notre beau pays : socialiste ou communiste dans les journaux du Parti, mais capitaliste dans la pratique, un capitalisme de copinage, primaire, matérialiste au dernier degré. Et féodal aussi si l'on en juge d'après les enfants des hauts dignitaires, petits princes héritiers destinés à devenir dirigeants à leur tour, en légitimes successeurs du régime à parti unique.

« Les machines de propagande du Parti ont beau tourner à plein régime, la société chinoise est aujourd'hui moralement, idéologiquement et éthiquement en panne, mais elle continue pourtant d'avancer, encore et toujours, comme le lapin dans les publicités pour les piles. »

Chen tapota la poche de son pantalon à la recherche d'un paquet de cigarettes, puis se ravisa. C'était une de ces conférences controversées, mais tolérées. L'orateur Yao Ji, un chercheur en droit à l'Institut des sciences sociales de Shanghai, avait une certaine renommée. Partisan du régime, il était malgré tout perçu comme un dissident potentiel à cause de ses articles critiques dans les journaux et de ses commentaires virulents sur des blogs. Émacié, les traits anguleux, Yao gardait les mains posées sur le pupitre, le corps légèrement penché en avant. La lumière qui entrait par les vitraux nimbait le haut de son crâne chauve et lui donnait un air sacré, comme dans une peinture jaunie par le temps.

Grâce à une liste noire qui avait circulé au sein des équipes de police, Chen était bien renseigné sur Yao. Mais ça n'était pas ses affaires, pensa-t-il en replaçant ses verres ambrés sur l'arête de son nez et en rabaissant légèrement son béret français. Il aurait bien aimé ressembler à autre chose qu'à un flic. Dans ce contexte précis, il n'était pas bon pour lui d'être facilement identifiable, même si plusieurs membres de l'association le connaissaient bien.

En attendant, l'inspecteur était perturbé par le mot « énigme » qui, sans qu'il sût pourquoi, lui rappelait vaguement un tableau dont les détails lui échappaient à présent. Le professeur Yao déployait avec enthousiasme un florilège d'exemples.

« En effet, quelles sont les caractéristiques du socialisme à la chinoise ? Les analyses et les définitions sont innombrables. Les exemples concrets sont plus parlants. Un professeur de l'université de Pékin déclare à ses étudiants : "Ne venez pas vous plaindre à moi si vous n'avez pas réussi à gagner quatre millions avant vos quarante ans." Ce professeur est un spécialiste du marché immobilier et un ardent défenseur de la hausse des prix à la solde des promoteurs. Pour lui, comme pour ses étudiants, la seule valeur qui compte au pays de la poussière rouge est la monnaie sonnante. Dans une émission de télé-réalité où les candidats parlent de leur vision du mariage, une jeune femme lance sa devise : elle préfère pleurer dans une BMW plutôt que rire sur un vélo. Le message est clair. Un homme riche qui lui apportera le confort matériel – même sans l'aimer – sera son premier choix. Lors d'une récente arrestation pour conduite en état d'ivresse, le coupable hurle aux policiers : "Mon père est Zhang Gang !" Bien sûr, les policiers hésitent à lancer la procédure. Zhang Gang est un cadre éminent du Parti, à la tête du bureau de la police locale. Par hasard, un passant enregistre la scène sur son téléphone portable et publie la vidéo sur Internet. En un rien de temps, "Mon père est Zhang Gang" devient une formule en vogue… »

Tous ces exemples étaient fidèles à la réalité, songea Chen. Et après ?

Pour les politiques, « la stabilité » constituait depuis longtemps l'objectif primordial. Ils répétaient que les progrès économiques et sociaux de la réforme chinoise étaient les fruits d'une stabilité politique que les institutions avaient de plus en plus de mal à maintenir, en dépit de leurs efforts pour éliminer les « fauteurs de troubles ».

Le professeur Yao s'apprêtait à conclure.

« En ces temps où la légitimité de l'État s'affaiblit et où l'idéologie du Parti se désagrège, j'essaie de croire, en tant que docteur en droit, à une dernière ligne de défense, c'est-à-dire à un vrai système judiciaire indépendant. Un ultime espoir pour l'avenir de notre société. »

Les sourcils froncés, Chen se joignit au tonnerre d'applaudissements. Un officier de police ne pouvait entendre un tel discours sans en être affecté.

Pourtant, il préférait être là qu'au bureau, à une

énième réunion avec le secrétaire Li Guohua et d'autres fonctionnaires de la ville.

Li, le secrétaire du Parti à la police de Shanghai, allait bientôt atteindre l'âge de la retraite. Tous les pronostics donnaient Chen comme son successeur. Mais pour une raison ou pour une autre, le contrat de Li venait d'être prolongé de deux ans. Comme pour compenser cette décision, Chen avait été nommé vice-secrétaire et membre du Comité municipal du Parti.

Vue de l'extérieur, cette nomination pouvait apparaître comme une promotion, mais dans la réalité de l'organisation du pouvoir, il en allait autrement. Certains « camarades dirigeants » de la municipalité pensaient que Chen n'était pas « l'un des leurs » et rechignaient à le voir occuper un poste aussi important que celui de chef de la police.

Le colloque de l'Union des écrivains lui avait donc fourni une excuse pour échapper à la traditionnelle réunion d'études politiques du mardi où Li le rendait fou à force de répéter les slogans parus dans les journaux du Parti.

Le silence qui suivit les applaudissements le tira de sa rêverie. L'orateur allait répondre aux questions du public. Puis viendrait la réunion des membres du conseil d'administration de l'association prévue depuis des semaines.

Chen sortit de la salle de conférences et s'engouffra dans un coin retiré du jardin. L'Union des écrivains avait élu domicile dans un hôtel particulier construit dans les années trente par un riche homme d'affaires, confisqué par le Parti après 1949 et utilisé depuis des années comme siège social de l'association. Chen s'arrêta près d'un petit étang et observa l'ange de marbre qui posait au milieu de l'eau. Un vrai miracle, songea-t-il, que la statue ait survécu à la Révolution culturelle.

C'était grâce au Vieux Bao, le gardien de l'association. Travailleur de la « glorieuse » classe populaire, il était apprécié des Gardes rouges et des rebelles, mais une nuit, il avait commis un acte de trahison. Il avait discrètement emporté la statue sur son cyclo et l'avait cachée chez lui, sous son lit. Le lendemain, quand les gardes étaient venus détruire tous les symboles de la « bourgeoisie décadente », la statue de l'ange nu qui venait en tête de liste avait disparu. Ils avaient interrogé tout le monde, sauf le Vieux Bao qui portait un brassard rouge et hurlait les slogans révolutionnaires plus fort que les autres. Pendant des années, le mystère de la disparition de la statue était resté entier, jusqu'à la fin de la Révolution culturelle. Là, le Vieux Bao avait remis la statue à sa place dans les jardins de la résidence. Quand on lui demandait pourquoi il avait risqué sa vie pour ça, il répondait simplement qu'il en allait de sa responsabilité de gardien d'empêcher que le magnifique hôtel particulier ne soit mutilé.

Chen leva la tête. Un homme lui faisait signe depuis le bureau d'accueil près de l'entrée. C'était le Jeune Bao, le fils unique du Vieux Bao. Au milieu des années quatre-vingt-dix, alors que le vieil homme s'apprêtait à prendre sa retraite, son fils était à la maison sans emploi. Chen avait suggéré qu'il succède à son père et le Jeune Bao s'était retrouvé assis dans la même guérite, une tasse de thé à la main, la même que celle dans laquelle son père avait bu pendant des années.

Chen lui rendit son salut. Il entendit des pas qui approchaient. Il se retourna et aperçut An, la présidente fraîchement élue de l'association.

La quarantaine, de taille moyenne, le teint halé,

An avait écrit un roman décrivant les vicissitudes de la vie shanghaienne à travers les yeux d'une femme faible et infortunée prise dans l'engrenage cruel d'une époque en plein bouleversement. Le roman avait été primé et adapté au cinéma, mais elle n'avait rien publié de mémorable depuis. Pas étonnant, songea Chen. Sa nouvelle position lui permettait de jouir de privilèges équivalents à ceux d'un ministre. Elle n'oserait sans doute plus écrire quoi que ce soit qui puisse mettre en péril son statut.

– Secrétaire du Parti Chen, lança-t-elle pour plaisanter.

Il était d'usage d'appeler quelqu'un par son titre officiel et de supprimer le « vice » qui s'y rattachait.

– Allons, An, dit-il, j'ai eu honte d'entendre ce discours en tant que policier, et plus encore en tant que vice-secrétaire du Parti.

– Ne vous sentez pas obligé de parler de ça avec moi, Chen. Étudiant, vous vouliez être poète, pas policier, mais une fois diplômé, le gouvernement vous a assigné un poste dans la police, tout le monde connaît l'histoire. Cela dit, on ne peut pas nier que vous avez fait une brillante carrière. Inutile d'en débattre.

Le sujet qu'elle voulait aborder avec lui était un cycle de conférences organisé par l'Union des écrivains. Seuls les membres de l'association seraient invités à parler. Grâce à la situation privilégiée du lieu, ils seraient sûrs d'avoir du monde. Et la chaîne Télévision Orientale envisageait un partenariat. Depuis peu, les débats télévisés sur les classiques de la littérature chinoise s'étaient multipliés. Les gens étaient trop occupés à gagner de l'argent pour avoir le temps de lire. Mais ils se détendaient devant leur écran et appréciaient ces émissions qui donnaient des explications simples et projetaient des images colorées pour illustrer l'histoire : de la culture fast-food.

– Un critique a comparé ces émissions à du lait infantile que l'on avale sans avoir à le digérer, railla Chen.

– Mais c'est mieux que rien.

– C'est vrai.

– Ce serait une source de revenus supplémentaire pour notre association et une revitalisation salutaire de la littérature. En tant que membre exécutif, vous êtes tout désigné pour parler du *Livre des Odes*[1].

– Non, je ne suis pas assez qualifié. Je n'ai jamais écrit que des vers libres.

Mais il comprenait ses raisons. L'État versait de moins en moins de subventions. Malgré tous les efforts déployés par An pour augmenter les revenus de l'association, comme la location d'un bâtiment annexe à un importateur de vins au nom de « la stimulation des échanges culturels franco-chinois », ou la destruction d'une portion de mur le long de la rue Julu pour permettre la construction d'un café, la situation financière restait précaire. Les membres se plaignaient sans cesse du manque de trésorerie et de la mauvaise qualité des services. La présidente subissait une pression permanente.

Un bref silence dans leur conversation fut rempli par le chant d'un grillon, un peu en avance sur la saison.

Chen leva les yeux et remarqua une jeune femme qui s'approchait d'eux à pas légers.

---

1. Recueil de plus de trois cents chansons chinoises antiques et grand classique de la littérature chinoise. Appelé aussi *Classique des vers*. (*Les notes sont de la traductrice.*)

Si mince, si souple, elle n'a pas quatorze ans
Pareille à un bourgeon de cardamome
au début du printemps[1].

Elle n'était sans doute pas membre de l'Union car il ne l'avait vue à aucune réunion de l'association. Elle portait une veste Tang de soie écarlate qui la faisait ressembler à une silhouette échappée d'un manuscrit ancien ; des « vagues de printemps » déferlaient dans ses grands yeux clairs comme dans les vers classiques, et par contraste, elle tenait un appareil photo ultra-moderne à la main.

– Bonjour, présidente An, salua-t-elle avant d'adresser à Chen un large sourire. Vous êtes le camarade inspecteur principal Chen, n'est-ce pas ? J'ai lu vos poèmes. Vous avez écrit pour nous.

– Et vous êtes… ?

– Je m'appelle Lianping, je suis journaliste au *Wenhui* et j'ai été chargée de superviser temporairement la rubrique littéraire. J'espère que vous continuerez tous les deux à soumettre vos productions à notre journal.

Elle leur tendit une carte de visite sur laquelle on pouvait lire sous son nom : *La numéro un des journalistes financiers*.

Intéressant. C'était la première fois qu'il voyait un titre pareil sur une carte de visite. Enfin, sa requête n'était pas désagréable.

– Yaqing est en congé maternité. J'occupe son poste pendant son absence. S'il vous plaît inspecteur principal Chen, ajouta-t-elle, envoyez-moi vos poèmes.

– Avec plaisir, si j'ai le temps d'en écrire.

Pour le journal, la poésie ne représentait plus qu'un

---

1. Les références des poèmes cités figurent en fin de volume.

bouquet de fleurs en plastique oublié dans le coin d'un palais de nouveau riche.

Son portable se mit à striduler, comme pour répondre au grillon. Le numéro affiché était celui du secrétaire du Parti Li.

Chen s'excusa et s'éloigna vers l'ombre mouchetée d'un poirier en fleurs. Lorsqu'il répondit, il entendit des voix agitées. Li n'était pas seul dans le bureau.

– Venez tout de suite, inspecteur principal Chen. Nous tenons une réunion d'urgence. Liao et Wei sont déjà là.

L'inspecteur Liao était le chef de la brigade criminelle et son assistant, l'inspecteur Wei, un officier chevronné entré dans la police à peu près à la même époque que Chen.

– J'assiste à une réunion de l'Union des écrivains, secrétaire du Parti Li.

– Je sais que vous êtes un homme aux multiples talents, poète Chen. Mais notre affaire est de la plus haute importance.

Chen décela une note de sarcasme dans la voix de Li, même si l'expression « une affaire de la plus haute importance » sonnait comme un cliché dans la bouche du chef du Parti. Après avoir tenu le rôle du mentor qui montre à son protégé les rouages politiques du service, Li traitait aujourd'hui Chen comme un rival.

– Quelle affaire ?

– Zhou Keng s'est suicidé. À l'hôtel *Villa Moller*.

– Zhou Keng. Je ne crois pas le connaître.

– Vous ne savez pas qui c'est ?

– Le nom me dit quelque chose, mais je suis désolé, ça ne me revient pas.

– Vous avez dû passer trop de temps sur vos poésies, inspecteur principal Chen. Je vais vous mettre sur haut-parleur pour que l'inspecteur Wei vous en dise un peu plus.

– Zhou était le directeur de la Commission d'urbanisme de Shanghai, commença Wei d'une voix grave. Il y a deux semaines, il est devenu la cible d'une chasse à l'homme sur Internet, il s'est vu accusé de corruption et il a été placé sous *shuanggui* à l'hôtel où il s'est pendu la nuit dernière.

Le *shuanggui* était encore un exemple criant du socialisme à la chinoise. Sorte de détention illégale initiée par les départements de contrôle de la discipline du Parti, cette mesure venait répondre au phénomène de corruption massive propre au système de parti unique. À l'origine, le terme signifiait « double précision » : un cadre du Parti accusé de crime ou de corruption était détenu dans un endroit défini (*gui*) pendant une période déterminée (*gui*). En dépit de la constitution chinoise qui stipulait que toute forme de détention devait être conforme à la loi votée par l'Assemblée nationale populaire, le *shuanggui* n'exigeait ni autorisation légale, ni durée limitée, ni aucun protocole établi. De hauts fonctionnaires du Parti disparaissaient régulièrement sans qu'aucune information ne soit livrée à la police ou aux médias. En théorie, les cadres pris dans la zone d'ombre extrajudiciaire du *shuanggui* étaient censés se rendre disponibles pour une enquête interne avant d'être relâchés. Mais le plus souvent, ils passaient devant le tribunal des mois, voire des années plus tard pour être jugés et condamnés selon un verdict établi à l'avance. Les autorités considéraient le *shuanggui* comme une ramification, et non comme une aberration, du système judiciaire. D'après Chen, ce type de détention permettait d'empêcher que des détails compromettants pour l'image du Parti ne soient révélés puisque les enquêtes se déroulaient dans l'ombre et sous l'œil vigilant des autorités.

Bref, le *shuanggui* n'était pas du ressort de la police.

– Vu la position de Zhou et le caractère sensible de l'affaire, nous avons été chargés d'enquêter et de conclure qu'il s'agit tout simplement d'un suicide, résuma Li de façon mécanique, comme s'il récitait soudain un extrait du *Quotidien du peuple* au milieu de la conversation. La situation est complexe. Le Parti compte sur notre efficacité.

– Si Liao et Wei sont déjà sur le coup, pourquoi m'avez-vous appelé ?

– Vous êtes le plus expérimenté du bureau, vous devez y aller. Vous êtes occupé, nous le savons bien, c'est pourquoi nous laisserons la brigade criminelle se charger de l'enquête – en majeure partie. Mais vous agirez en tant que conseiller spécial. Nous montrerons ainsi l'attention particulière que nous accordons à ce dossier. Vous êtes le vice-secrétaire du Parti, tout le monde le sait.

Chen écoutait en silence. Il alluma une cigarette et inspira profondément. Il se souvenait.

– Zhou. Une chasse à l'homme sur Internet. À cause d'un paquet de cigarettes.

– Un paquet de *95 Majesté Suprême*, précisa Li. Une photo publiée sur Internet a lancé la chasse à l'homme et fait éclater un terrible scandale. Bon, nous pouvons vous épargner les détails, conclut-il sans délai. Vous assisterez la brigade criminelle.

– Mais je ne sais rien d'autre sur l'affaire.

– Eh bien, vous venez de nous montrer que vous en savez assez sur les circonstances. C'est important, très important.

Mais Chen ne possédait aucune information, il n'avait

fait qu'entrevoir un gros titre dans un journal local. Ce n'était que par curiosité naturelle qu'il avait retenu l'expression « chasse à l'homme ». Une histoire de traque sur Internet, c'était tout ce qu'il savait. Un nombre incalculable de termes empruntés au réseau avaient surgi dans le langage courant et leur sens restait souvent à peine intelligible pour des non-initiés comme lui.

Apparemment, l'affaire était politique. Un membre du gouvernement pris dans un scandale public trouvait la mort au beau milieu de sa détention. Tout cela ouvrait la porte à un vaste horizon de spéculations.

Mais pourquoi Li avait-il insisté pour que Chen tienne un rôle de conseiller ? Il fallait sûrement y voir un geste symbolique de la part du chef du bureau. Zhou était un cadre éminent du Parti et la présence de Chen illustrait le sérieux avec lequel le bureau abordait les choses.

– Au fait, vous avez bien dit que Zhou s'était suicidé dans un hôtel ? demanda Chen.

– Oui.

– Lequel ?

– *La Villa Moller*, au coin de la rue de Shanxi et de la rue de Yan'an.

– Dans ce cas, inutile que je passe par le bureau. J'irai directement là-bas. Je ne suis pas loin. Y a-t-il des hommes à nous sur place ?

– Non, aucun de chez nous. Mais deux équipes sont déjà sur place. Une de la Commission de contrôle de la discipline de Shanghai et, nous venons de l'apprendre, une autre de la municipalité. Elles sont arrivées à l'hôtel en même temps que Zhou, dès le début du *shuanggui*.

Curieux, pensa Chen. Le *shuanggui* était généralement orchestré par les instances de contrôle de la discipline. Il n'était pas nécessaire que la municipalité et la Commission de discipline soient toutes les deux présentes sur les lieux, encore moins maintenant que la police prenait le relais.

– Bien, dit Chen sans communiquer son étonnement. Quand serez-vous là-bas, Wei ?

– Je pars immédiatement.

– Je vous retrouve à l'hôtel, alors.

Il écrasa sa cigarette sur un rocher, prêt à se mettre en route, lorsqu'il aperçut la jeune journaliste nommée Lianping qui terminait le tour du lac et se dirigeait vers le hall. Elle parlait dans un téléphone portable aux lignes épurées, faisant sans doute son rapport au *Wenhui* sur la journée de rencontres de l'Union des écrivains.

Comme une aile de geai bleu flamboie soudain dans la lumière, son visage s'éclaira d'un sourire radieux et il se souvint d'un poème de Lu You, de la dynastie des Song :

> *... cette eau printanière sous le pont*
> *Qui avait alors reflété sa silhouette féminine.*

Il secoua la tête comme pour se moquer de lui-même. Comme An le lui avait fait remarquer en plaisantant, il n'était peut-être pas fait pour être flic, lui qui récitait des vers romantiques avant de se rendre sur les lieux d'une enquête capitale.

Finalement, il décida d'assister à la réunion des membres de l'Union des écrivains, comme prévu. Après tout, il n'était que conseiller sur l'affaire. Il n'avait pas besoin d'arriver à l'hôtel avant la brigade criminelle.

2

La Villa Moller faisait partie des hôtels prestigieux de Shanghai et avait été minutieusement préservée à cause de son histoire.

Moller, un homme d'affaires juif qui avait fait fortune à Shanghai dans les courses de chevaux et de chiens, avait lancé dans les années trente la construction d'un château féerique pour satisfaire le rêve de sa fille. D'inspiration européenne, la villa avait subi l'influence du long séjour oriental de son propriétaire, comme en témoignaient les dalles cirées, les briques de couleur, et même la fenêtre du grenier en forme de tigre assis typique de certaines maisons *shikumen* de Shanghai. Un délire architectural. Après 1949, l'État y avait installé les bureaux d'une organisation de jeunesse. Ensuite la demeure avait été transformée en hôtel de luxe, entièrement restaurée et remeublée pour l'occasion, dans le plus grand respect de la décoration intérieure d'origine dont les moindres détails avaient été reproduits à l'identique. À l'arrière, une aile dans le même style était venue s'ajouter au bâtiment principal. Le public redécouvrait aujourd'hui le magnifique hôtel, poussé par la vague de nostalgie du passé grandiose de la ville. Chen avait dû passer devant des dizaines de fois sans s'arrêter.

Deux agents de sécurité en uniforme gardaient l'entrée, en compagnie d'un couple de lions de pierre accroupis.

Chen entra et rejoignit le bâtiment B situé à l'arrière, une construction récente, réplique grossière du bâtiment A, d'origine. La villa de briques rouges s'élevait sur trois étages et les fenêtres cintrées du grenier brillaient dans la lumière.

Un gardien en uniforme assis derrière un comptoir demanda à Chen une pièce d'identité. Il leva la tête pour observer le visiteur, regarda la photo, inscrivit le numéro de la carte sur un registre et passa un coup de fil avant de le laisser entrer.

Cette formalité suffit à dissiper définitivement l'atmosphère de conte de fées.

– Chambre 302, dit le gardien. Ils vous attendent.

Chen monta au troisième étage, un grenier divisé en six chambres, trois de chaque côté du couloir, chacune ornée d'une fenêtre Arts déco fidèle au style original. Il s'arrêta devant le numéro 302 et frappa à la porte.

L'inspecteur Wei lui ouvrit, un téléphone portable à la main. Il se trouvait en compagnie de deux hommes, étrangers à la brigade.

Chen n'avait encore jamais travaillé avec l'inspecteur Wei, mais les deux hommes se connaissaient depuis longtemps. Policier consciencieux, doté d'un solide sens pratique et d'une grande expérience, Wei avait traversé quelques périodes houleuses dans sa carrière et à diverses occasions, il avait été surpris en train de critiquer ouvertement le travail de Chen.

– Voici le camarade Jiang Ke, de la municipalité de Shanghai, dit Wei en désignant un homme maigre d'une cinquantaine d'années au front excessivement large. Et voici le camarade Liu Dehua, de la Commission de contrôle de la discipline.

Chen leur serra la main. Jiang était le numéro deux du gouvernement municipal. Connu pour sa ruse et ses machinations au sein des cercles officiels, il était aussi un des confidents influents de Qiangyu, le premier secrétaire du Parti de la ville. Liu était un homme vieillissant, petit, chétif, complètement chauve et légèrement boiteux. À côté de Jiang, il paraissait très effacé, sans doute parce qu'il se savait déjà tout près de la retraite.

Derrière eux reposait le corps de Zhou, décroché de la corde qui pendait encore à une poutre du plafond. Sur son visage déformé, un rictus sinistre semblait poser une dernière question qui ne trouverait jamais de réponse et ses yeux étaient encore entrouverts. Une mauvaise odeur se dégageait de son pantalon, due sans doute à un relâchement de la vessie au moment de la mort. À en juger par l'apparente rigidité du corps, le décès devait avoir eu lieu la veille au soir.

Quelle ironie ! songea Chen. En règle générale, les chambres d'hôtel ne disposaient pas de poutre au plafond, justement pour éviter ce genre d'incident. Mais celle-ci avait « préservé » ses poutres à l'ancienne. Elle avait beau être située dans les combles, elle était spacieuse, aérée et baignée de lumière.

Quelles pensées avaient bien pu traverser la cervelle de Zhou dans les dernières minutes de sa vie à la vue de cette corde qui pendait devant lui ?

Ce n'est pas toi qui choisis la poutre, c'est la poutre qui te choisit. Une maxime surgie de nulle part dont Chen ne parvint pas à se rappeler l'auteur.

Il n'avait aucun mal à envisager les raisons qui avaient pu pousser Zhou au suicide. Un cadre du Parti au sommet de sa carrière trébuchait à cause d'un paquet de cigarettes et se retrouvait plongé dans un abîme sans fond sans aucun espoir de retour.

– Content que vous soyez là, inspecteur principal Chen, dit Jiang poliment.

Chen avait rencontré Jiang plusieurs fois à des réunions du gouvernement municipal, mais ils n'avaient jamais été officiellement présentés. Liu souriait à ses côtés et hochait la tête sans oser dire un mot. Jiang semblait dominer la situation.

Jiang expliqua que Liu et lui-même avaient interrogé le personnel de nuit de l'hôtel. Personne n'avait remarqué ni entendu quoi que ce soit d'étrange ou d'inhabituel.

– Dans un hôtel si bien gardé, observa Wei, les gens doivent dormir sur leurs deux oreilles.

Avant qu'ils n'aient eu le temps de poursuivre, l'équipe technique de la police arriva sur les lieux. La scène de crime avait été particulièrement endommagée. Depuis des heures, Jiang et Liu avaient eu le temps de déplacer les meubles, d'examiner divers objets, de toucher à tout. Malgré leur savoir-faire en tant qu'interrogateurs de *shuanggui,* ils n'étaient pas policiers. Et puis, des dizaines d'employés de l'hôtel s'étaient bousculés dans la chambre pour aider à décrocher le corps de Zhou.

Jiang conduisit Chen et les visiteurs dehors, dans sa propre chambre, la 303, juste à côté de celle de Zhou. Une suite impressionnante.

Jiang reprit la parole avec autorité :

– Étant donné que nous sommes arrivés à des heures différentes et que nous venons d'horizons différents, inspecteur Wei, voulez-vous résumer la situation à l'inspecteur principal Chen.

Wei obtempéra.

Zhou était arrivé à l'hôtel une semaine plus tôt quand avait débuté sa détention. Il n'était jamais sorti de l'établissement. Le protocole du *shuanggui* était très strict. Il se levait à sept heures, prenait son petit déjeuner dans sa chambre vers huit heures, puis il parlait à Jiang et à Liu de ses ennuis ou bien rédigeait son autocritique tout seul. Le déjeuner et le dîner lui étaient également servis dans sa chambre. Il ne parlait quasiment jamais aux membres du personnel et ne passait aucun coup de fil vers l'extérieur. Il n'avait pas non plus droit aux visites.

Au matin, un serveur s'était présenté comme tous les jours à la porte avec le plateau du petit déjeuner, mais il n'avait reçu aucune réponse. Il était revenu environ une demi-heure plus tard. Toujours rien. Au bout d'un certain temps, il avait appelé un second serveur et ils avaient ouvert la porte, découvrant le client pendu dans sa chambre.

Malgré leur mémoire confuse et l'agitation du moment, ils ne se rappelaient pas avoir remarqué de signe d'effraction, de lutte ou de désordre, ni aucun objet manquant dans la pièce.

Liu, qui dormait à l'hôtel, avait été réveillé immédiatement. Il s'était précipité dans la chambre. Il devait être entre huit heures quarante-cinq et neuf heures du matin. Quant à Jiang, il avait été retenu à une réunion du gouvernement municipal jusque tard dans la nuit et il était rentré chez lui. Il avait reçu un appel de Liu et était arrivé sur place en moins de vingt minutes. Ils avaient examiné la scène ensemble. Vers neuf heures et demie, Jiang avait prévenu Li, le secrétaire du Parti à la police de Shanghai.

Quand Wei eut achevé son résumé, Jiang reprit avec grandiloquence :

– Nous nous étions engagés à fournir tous les efforts nécessaires pour résoudre cette affaire. Nous étions déterminés à trouver les noms de tous ceux qui sont impliqués. Mais nous avions du mal à le faire parler. Nous avions décidé d'ajouter un moyen de pression supplémentaire en restant à l'hôtel avec lui. Pour des raisons de sécurité, nous nous étions arrangés pour être les seuls occupants du troisième étage.

– Lutter contre la corruption du Parti, ajouta Liu, surtout celle des cadres de haut rang, est notre priorité absolue. Personne ne peut remettre en cause notre détermination…

Chen écouta les harangues politiques sans chercher à analyser leur contenu. Il hochait mécaniquement la tête pour donner l'illusion qu'il était d'accord.

Wei, moins habitué au langage officiel, commençait à perdre patience.

– Vous avez regardé la vidéo de surveillance ?

– Rien sur l'enregistrement. J'ai vérifié, répondit Jiang.

Liu avala une petite gorgée de thé en silence.

– Nous devrons l'étudier aussi, dit Wei.

Jiang resta muet.

– Donc personne n'a rien remarqué d'anormal pendant la nuit ? poursuivit Wei qui ne se laissait pas démonter.

– Liu et moi avons déjà interrogé le personnel, répéta Jiang sans répondre à son interlocuteur. Mais je reposerai la question.

Liu et Jiang avaient été chargés de diriger le *shuanggui* et de tirer au clair les accusations de corruption du cadre du Parti. Maintenant que Zhou était mort, ils n'avaient rien à voir avec la nouvelle enquête et n'avaient donc aucune raison de rester à l'hôtel. Ils n'avaient cependant pas l'air pressés de partir, ni de laisser le dossier aux mains de la police. Ils attendaient sûrement les nouvelles directives d'en haut, supposa Chen.

Mais les deux policiers ne pouvaient pas procéder à l'enquête comme ils le souhaitaient, pas devant des fonctionnaires extérieurs au service.

– Je pense que nous ferions mieux de rentrer au bureau, dit Chen en se levant. L'inspecteur Liao nous a préparé un dossier sur Zhou. Nous l'étudierons avec lui. Et nous attendrons le rapport d'autopsie.

Une expression de surprise passa brièvement sur le visage de Wei, qui préféra ne rien dire.

– Prévenez-moi dès que vous aurez du nouveau, dit Jiang en se levant à son tour.

– Vous pouvez compter sur moi, répondit Chen. Et je vous tiendrai informé aussi, camarade Liu.

Et les deux policiers quittèrent la chambre.

En sortant de l'hôtel, Chen prit un paquet de cigarettes et en offrit une à Wei.

– Oh, une Panda, s'étonna Wei.

C'était aussi une marque de luxe, bien que sans doute plus accessible que les 95 Majesté Suprême.

– Qu'en pensez-vous, chef ? demanda Wei.

– Si c'est un suicide, on n'a rien à faire là, et si c'est un meurtre, ils n'ont rien à faire là.

– Bien dit, lança Wei avant d'aspirer une longue bouffée de cigarette. Et puis, ils étaient là bien avant nous et ils sont beaucoup mieux informés.

– Nous devrons nous débrouiller tout seuls.

– Vous avez raison. Vous avez d'autres préoccupations, inspecteur principal Chen. Laissez-moi réunir les éléments essentiels, je vous tiendrai au courant de mes avancées.

– C'est vous qui êtes chargé de l'affaire, répondit Chen qui n'arrivait pas à savoir s'il devait déceler une pointe de sarcasme dans la proposition de Wei. Je ne suis qu'un conseiller dans votre équipe. Vous pouvez m'appeler à tout moment, bien sûr.

Tandis que la silhouette de Wei disparaissait dans la foule au coin de la rue de Yan'an, Chen leva les yeux au loin vers le pont autoroutier et sortit son téléphone portable.

3

L'inspecteur principal Chen était assis dans son nouveau bureau, une pièce plus vaste obtenue suite à sa nomination au poste de vice-secrétaire du Parti, occupé à boucler une tonne de dossiers administratifs, tâche qu'il repoussait toujours jusqu'à la dernière minute, mais qui ce jour-là lui procurait un plaisir pervers.

Depuis la veille, quelque chose dans le discours du professeur Yao lui revenait à l'esprit comme un écho. Une énigme, la complexité des caractéristiques du socialisme à la chinoise, se rappela-t-il tout en feuilletant les documents posés sur son bureau, se contentant la plupart du temps de jeter un coup d'œil à l'intitulé et de signer. C'était une tâche routinière, mais nécessaire, qui prouvait qu'il avait pris connaissance de ces documents.

Il se demanda si la mort de Zhou ne constituait pas aussi une énigme chinoise. Son rôle se limitait à celui de conseiller, aussi ne s'était-il pas encore intéressé de près à l'affaire.

Il ne disposait que de peu d'éléments. Certes les détails sur Zhou datant d'avant le scandale ne man-quaient pas. Une pile d'articles était posée sur un coin de son bureau, mais ils provenaient tous des journaux officiels et vantaient le travail exemplaire que le directeur de la Commission d'urbanisme avait accompli pour la ville.

Le fameux « dossier » mentionné par Chen à l'hôtel n'avait été qu'un prétexte pour quitter les lieux. Liao, le chef de la brigade criminelle, travaillait sur une autre affaire. Wei était donc le seul en charge de l'enquête. Il était sur le terrain depuis tôt le matin. Un flic aguerri. Il savait ce qu'il faisait. Chen décida de ne pas l'appeler.

Zhou avait connu une ascension spectaculaire, à l'image de la transformation fulgurante de la ville, et avait gravi les échelons depuis les années soixante-dix où il occupait un poste de simple employé dans un petit centre de production industrielle jusqu'à sa dernière position. Il fallait le reconnaître, son mandat avait donné naissance à un nombre incroyable de projets immobiliers qui avaient radicalement modifié le paysage urbain. Même pour des Shanghaiens de naissance comme Chen, il était parfois difficile de retrouver son chemin au milieu des nouveaux gratte-ciel, jaillis en masse comme les pousses de bambou après une averse de printemps.

Il était donc surprenant qu'une chasse à l'homme pour un simple paquet de cigarettes ait ébranlé un Goliath tel que Zhou.

D'après le secrétaire du Parti Li, cette traque avait entraîné une cascade de révélations sur d'autres déboires de Zhou, lesquels avaient donné lieu au *shuanggui*. Mais ces affaires n'apparaissaient pas dans la pile de journaux du bureau. Chen poussa un long soupir.

Les autorités du Parti choisissaient de punir leurs

cadres au cas par cas, « sans tambour ni trompettes » et surtout, sans en avertir le peuple.

Chen essaya de trouver des renseignements sur Internet. À son grand étonnement, plusieurs sites étaient bloqués. Les portails mentionnant Zhou affichaient le message « erreur ». Il n'obtint que des extraits de médias officiels résumant l'affaire en deux ou trois lignes. Le contrôle d'Internet n'était pas un phénomène inconnu de Chen, mais son étendue et son efficacité l'effrayaient.

Il retourna donc à son ennuyeuse paperasse qui finit par le fatiguer sérieusement. Alors qu'il se massait les tempes du bout des doigts, son regard s'égara vers une reproduction jaunie du Sutra du diamant, un texte sacré qui expliquait qu'en ce monde, tout n'était qu'illusion et insistait sur la non-permanence et le renoncement à tout. C'était sa mère qui le lui avait donné. Chen se demanda s'il trouverait le temps de lui rendre visite à l'hôpital dans l'après-midi.

Il s'apprêtait à relire le texte sacré quand l'inspecteur Yu surgit dans son bureau sans s'être donné la peine de frapper à la porte.

Yu était un coéquipier de longue date et aussi un ami. En théorie, Chen était le chef de la brigade des affaires spéciales, mais comme il était souvent en déplacement, Yu dirigeait plus ou moins la brigade à sa place.

Ce n'était pas la première fois que Yu entrait dans son nouveau bureau. Pourtant, il ne put s'empêcher de parcourir du regard les meubles massifs et de faire un commentaire sur l'écran à cristaux liquides de vingt-cinq pouces qui trônait sur le bureau d'acier.

– Le même que celui du secrétaire du Parti, chef.

– Vous n'êtes pas venu me parler de ça, j'espère.

31

– Non, Peiqin vient de m'appeler pour savoir si vous accepteriez de venir dîner chez nous ce week-end.

Peiqin, la femme de Yu, était une hôtesse remarquable et une cuisinière hors pair. Chen appréciait depuis longtemps ses talents culinaires.

– À quelle occasion ?

– Nous fêtons l'entrée à l'université de Qinqin. Nous aurions dû le faire il y a des mois.

– Oui, ça se fête. Une université aussi prestigieuse que Fudan est un gage de sécurité pour son avenir. Mais je ne suis pas sûr d'être libre ce week-end. Je vais regarder mon agenda et je vous dirai.

– Très bien. Oh, elle m'a également chargé de vous dire que vous pouvez venir accompagné.

– Je la reconnais bien là.

Chen comprenait le sous-entendu. Elle espérait qu'il amènerait une femme. Mais il préféra clore le débat.

– Ce sujet la préoccupe autant que ma vieille mère.

– Au fait, j'ai croisé Wei dans les couloirs ce matin. Il vient d'être nommé sur une affaire. Il pense qu'elle aurait dû vous être confiée.

– De quelle affaire parlait-il ?

– Un cadre du Parti s'est suicidé pendant qu'il était sous *shuanggui*.

– Ah, celle-là… Nous sommes tous les deux dessus, mais je n'agis qu'en tant que conseiller spécial.

– Vous suivez l'hypothèse d'un meurtre ?

– Sans doute plus par formalité qu'autre chose, répondit Chen. Pendant qu'on y est, vous connaissez la marque de cigarettes 95 Majesté Suprême ?

– Vous ne les avez jamais goûtées ?

– J'en ai entendu parler.

– Vous fumez des Panda, n'est-ce pas ?

– Oui.

– Dans les années quatre-vingt, la marque appartenait à Den Xiaoping. Les cigarettes étaient fabriquées exclusivement pour lui. Les meilleures du monde.

– Comme les China pour Mao, ajouta Chen en hochant la tête. Dans la Chine ancienne, on appelait cela des produits impériaux, ou *gongping*, uniquement réservés à l'empereur.

– Aujourd'hui, les China et les Panda peuvent être achetées librement par ceux qui peuvent se les offrir. Et comme le disent les nouveaux riches dans les séries télé, il n'y a rien de mieux que quelque chose de cher, sauf quelque chose de plus cher encore. Alors, chaque province fabrique sa propre marque de cigarettes réservée aux dirigeants de la Cité interdite, dont les 95 Majesté Suprême qui sont encore plus chères que les China et les Panda.

– Oui, c'est assez logique. 95 Majesté Suprême. Le nom est évocateur. Le complexe impérial est un parfait symptôme de l'époque de surconsommation chronique dans laquelle nous vivons.

– Quel rapport y a-t-il entre ces cigarettes et l'affaire ?

– Zhou a été victime d'une chasse à l'homme lancée par une photo montrant un paquet de 95 Majesté Suprême posé devant lui.

– Intéressant. Il me semble avoir entendu Peiqin en parler. Pour un cadre du Parti, le *shuanggui* est un arrêt de mort. Ça n'est pas étonnant qu'il ait décidé de se tuer.

– Vous n'avez pas tort, dit Chen sans développer sa pensée.

– Dites-moi quand vous serez disponible, rappela Yu avant de prendre congé.

Dans l'après-midi, l'inspecteur Wei entra dans le bureau de Chen.

Il s'assit sur une chaise et entreprit de résumer les faits d'un air légèrement hésitant plutôt inhabituel pour le policier endurci qu'il était. Les équipes de la ville étaient encore à l'hôtel, sous le prétexte de poursuivre leur enquête sur les affaires de corruption de Zhou. Une enquête parallèle à celle de la police criminelle, en quelque sorte. Jiang et Liu étant tous deux plus haut placés dans la hiérarchie du Parti, leur présence compliquait la tâche de Wei qui n'avait pas d'autre choix que d'obtempérer sans poser de question.

– Liu a rejoint la Commission de discipline ce matin, mais Jiang n'avait pas l'air prêt à décamper. Il n'a pas voulu me confier les motifs du *shuanggui*. Certes, la chasse à l'homme a révélé certains abus, mais quel fait précis a justifié sa détention ? Jiang affirme que son but est de trouver comment les photos sont arrivées sur Internet, mais il ne m'a fait part d'aucune information sur ce point.

Chen voyait où Wei voulait en venir. Celui qui avait dénoncé Zhou sur Internet pouvait être le meurtrier de l'hôtel. Mais une fois Zhou retenu par les autorités, la seconde étape était-elle absolument nécessaire ?

– Je ne sais pas ce que Jiang a réellement en tête, reprit Wei. La mort de Zhou aurait très bien pu être annoncée comme un suicide. Dans ce cas, Jiang n'aurait pas eu besoin de nous impliquer.

Chen écoutait. Il ne voyait aucune raison de plonger tête baissée dans ce débat.

– J'ai remarqué quelque chose au sujet de l'hôtel, poursuivit Wei. Un détail étrange. Il est régulièrement fermé – totalement ou en partie – pour répondre à des demandes spéciales du gouvernement. Par exemple, le placement sous *shuanggui* de certains cadres éminents. À l'étage où Zhou était gardé, plusieurs clients ont été déplacés pour que le détenu et ses surveillants soient tranquilles. Même les serveurs reçoivent une formation spéciale. Et les visiteurs doivent signer un registre avant d'entrer dans le bâtiment, comme vous avez pu le constater. J'ai réussi à interroger en privé certains membres du personnel. Zhou a été vu pour la dernière fois vers vingt-deux heures vingt lorsqu'il a ouvert la porte au serveur qui lui a apporté un bol de nouilles « sur l'autre rive ». La déclaration de l'employé a pu être confirmée par la caméra de vidéosurveillance placée sur le pallier du troisième étage. La vidéo montre qu'après le serveur, personne n'est monté à l'étage.

– Un dispositif de sécurité impressionnant pour un simple *shuanggui*, observa Chen. Mais ça n'est pas totalement surprenant. Quand il s'agit de corruption de cadres, le Parti craint des fuites. Que dit l'autopsie ?

– Une quantité importante de sédatifs a été trouvée dans l'organisme de Zhou. D'après sa famille, il avait du mal à dormir et prenait souvent des somnifères. Il a pu avaler une poignée de médicaments avant de se coucher…

– Autre chose ?

– Quelque chose ne colle pas, inspecteur principal Chen. Zhou a mangé ses nouilles vers dix heures et demie, ce qui laisse supposer qu'il a pris ses cachets peu de temps après, disons vers onze heures. L'heure du décès a été estimée aux environs de minuit, soit une heure plus tard. Il aurait dû être endormi depuis longtemps sous l'effet des sédatifs.

– Aurait-il pu prendre les cachets avant les nouilles ?

– Personne n'irait prendre des somnifères avant d'appeler le room-service, au risque d'être endormi au moment du repas. La théorie la plus vraisemblable est qu'il a pris ses cachets après avoir mangé ses nouilles.

– Il n'a peut-être pas réussi à dormir malgré les somnifères.

– Mais comment, alors qu'il venait de prendre des comprimés pour dormir, a-t-il pu soudain sauter de son lit, trouver une corde quelque part dans sa chambre, faire un nœud à une poutre et se pendre ?

– C'est vrai, on ne trouve pas facilement de corde dans une chambre d'hôtel, je vous le concède, dit Chen. Mais quel autre scénario proposez-vous ?

– D'après le personnel, Zhou n'avait pas l'air déprimé ni perturbé ce soir-là. Le menu proposé était plutôt raffiné et il ne semblait pas avoir perdu son appétit. Il a englouti une grosse portion de riz sauté de Yangzhou et une soupe de bœuf pour le dîner, et quatre heures plus tard, il a commandé un grand bol de nouilles.

Chen commençait à y voir plus clair. Il avait compris depuis le départ que les autorités du Parti voulaient que la mort de Zhou soit déclarée comme un suicide, ce qui était une conclusion plausible étant donné les circonstances, et dans ce cas, Chen n'avait pas besoin d'intervenir, qu'il soit conseiller sur l'affaire ou non. Une histoire de cadre du Parti assassiné en plein milieu d'un *shuanggui* pouvait s'avérer encombrante pour le gouvernement municipal. Or, Wei semblait pencher pour cette hypothèse, celle d'un meurtre éventuel, un scénario clairement contraire aux intérêts du Parti. C'était sans doute la raison pour laquelle Jiang refusait de collaborer.

Mais Wei était flic. C'était à lui d'éclaircir le mystère. Et Chen aussi était flic.

Quand l'inspecteur Wei sortit du bureau, Chen parcourut ses notes pendant un long moment avant de prendre son téléphone pour composer le numéro de Yu.

4

Peiqin était seule chez elle, penchée sur son ordinateur, en train de lire un blog sur la toxicité du porc
vendu au marché. Comme toujours, elle s'efforçait de
garder un regard détaché sur la politique mais s'intéressait aux questions pratiques, plus triviales, mais utiles
au bien-être de sa famille.

Le blog s'intitulait : « L'éleveur de cochons ne
mange pas de porc. » L'article dénonçait une pratique
honteuse consistant à nourrir les cochons d'aliments dits
« recomposés », soit un arsenal de produits chimiques :
hormones de croissance, somnifères pour que les bêtes
dorment et engraissent toute la journée, plus diverses
molécules leur donnant l'air roses et en pleine santé…
Parmi les substances administrées se trouvait un médi-
cament très répandu surnommé « poudre de la viande
maigre », de la ractopamine ou du clenbutérol permettant
aux fermiers de produire plus de viande dégraissée sans
augmenter la quantité de nourriture distribuée. Quant
aux conséquences sur la santé des consommateurs,
l'éleveur n'en avait cure. Mais pour sa consommation
personnelle, il se gardait un ou deux cochons nourris
de manière naturelle.

Révoltée, Peiqin frappa du poing sur la table et se
demanda si les sources de l'article étaient fiables, bien

qu'elle ait remarqué que ces temps-ci, le porc avait un goût différent.

On disait aussi que pour les cadres éminents du Parti, il existait une réserve secrète de viandes issues de fermes biologiques, un luxe coûteux entièrement couvert par le gouvernement. Ce type de produits était inaccessible aux gens ordinaires comme Peiqin et Yu.

Il n'y a pas que le porc qui est toxique, pensa Peiqin en se levant pour se servir une tasse de thé. Les légumes sont couverts de pesticides, les poissons nagent dans des eaux contaminées et même les feuilles de thé, du moins certaines, sont paraît-il peintes en vert. Elle ne put s'empêcher de jeter un regard méfiant vers le fond de sa tasse.

« Qu'est-ce qui arrive à notre Chine ? »

Un tel article ne serait jamais paru dans un journal comme le *Wenhui*. Dans les médias officiels, on n'annonçait que d'excellentes nouvelles sur le pays. Les autorités voulaient donner l'image d'une société harmonieuse et n'autorisaient aucun article ou reportage négatif. Comme les cyber-citoyens dont le nombre ne cessait de croître, Peiqin n'avait pas d'autre choix que de s'informer de plus en plus souvent sur Internet. À la différence des autres médias, les déclarations y étaient moins filtrées, bien que rien n'échappât au contrôle du gouvernement.

Tout ça lui était rendu possible grâce à l'ordinateur de Qinqin. Les ordinateurs du campus étaient beaucoup plus rapides ; Qinqin passait le plus clair de son temps là-bas et ne se servait de l'ordinateur de la maison que pour consulter ses mails et jouer aux jeux vidéo le week-end. Peiqin était donc libre de l'utiliser autant qu'elle le voulait pendant la semaine.

Elle entendit soudain des voix et des pas qui approchaient de la porte d'entrée.

Elle se leva pour aller ouvrir et fut étonnée de trouver Yu en compagnie de son supérieur.

– Quel bon vent vous amène, inspecteur principal Chen ?

– Il m'a parlé d'une affaire qui s'est déroulée en partie sur Internet, répondit Yu. Je lui ai dit que tu étais une pro…

– Et me voilà ! dit Chen en brandissant une bouteille de vin de riz jaune de Shaoxing. Le cadeau d'un étudiant à son professeur, un rituel de la tradition confucéenne.

– Vous ne devriez pas croire tout ce que mon mari raconte, répondit-elle. C'est l'heure du dîner. Vous auriez dû me prévenir plus tôt.

– Je ne suis pas un étranger, Peiqin. C'est pour ça que je me suis permis de venir à l'improviste. Ne changez pas votre menu pour moi.

– Mais il n'y a que de la sauce piquante aux huit trésors, dit-elle en jetant un coup d'œil par-dessus son épaule vers la table déjà dressée. Depuis que Qinqin est à l'université, nous nous contentons parfois d'un bol de nouilles arrosé d'une cuillère de sauce.

– Mais pas n'importe quelle sauce, l'interrompit Yu. Émincé de porc frit, tofu séché, cacahuètes, concombre, crevettes et je ne sais quoi d'autre…

– D'où son nom des huit trésors, je sais, dit Chen dans un sourire. Une spécialité de Shanghai. Un vrai délice !

– Non. Pas pour un hôte aussi raffiné que vous. Je ne vais pas perdre la face comme ça ! se désola-t-elle en feignant la consternation. Mais prenez d'abord une tasse de thé, c'est du Puits du Dragon.

En moins de cinq minutes, Peiqin réussit à leur

concocter deux entrées froides : du tofu aux oignons verts et à l'huile de sésame et un œuf de cent ans tranché à la sauce soja et au gingembre haché.

– Pour accompagner votre bière, dit-elle en posant sur la table une bouteille de Tsing Tao et deux verres.

– Ne vous donnez pas trop de mal pour moi, Peiqin.

– Laissez-la faire, dit Yu qui ouvrait déjà la bouteille d'un coup sec.

Elle fit réchauffer la sauce aux huit trésors dans le micro-ondes et versa les nouilles dans une casserole d'eau bouillante. Pendant qu'elles cuisaient, elle fit sauter des œufs pour préparer une sorte d'omelette appelée « super chair de crabe et corail ».

– C'est absolument délicieux, déclara Chen qui avait planté sa cuillère dans l'omelette aussitôt qu'elle l'avait posée sur la table. Il faut que vous me donniez la recette.

– C'est facile. Il suffit de séparer les blancs des jaunes. Faites d'abord sauter les blancs, puis les jaunes. Ajoutez beaucoup de gingembre haché, du vinaigre de Zhenjiang et une généreuse pincée de sucre.

Elle servit les nouilles dans des bols et versa la sauce par-dessus.

– Une bonne soupe de nouilles *laomian*, dit-elle en posant la soupe au chou séché sur la table.

– Formidable ! Je rêve de ce plat depuis des années !

– Le chou vert ne coûtait rien au début du printemps. J'en ai acheté plusieurs paniers pour le faire sécher à la maison.

Elle jeta quelques gouttes d'huile de sésame sur la surface verte de la soupe.

– Quand j'étais enfant, reprit Chen, ma mère faisait aussi sécher le chou à la maison. Elle le faisait bouillir, puis elle le laissait à l'air libre sur une corde pendue au milieu de la pièce.

– Oh, ça fait longtemps que nous ne sommes pas allés la voir…

– Ne vous en faites pas pour elle. Elle se porte bien pour une femme de son âge.

Il changea de sujet :

– D'après Yu, vous êtes devenue une vraie cybercitoyenne, Peiqin.

– Elle est complètement enragée, enchérit Yu tout en versant une cuillerée supplémentaire de sauce piquante dans son bol de nouilles. Dès qu'elle rentre à la maison, elle se précipite sur l'ordinateur, avant même de songer à faire la cuisine ou la lessive.

– Tu es toujours si occupé par tes enquêtes. Que veux-tu que je fasse, toute seule à la maison ?

Elle se tourna vers Chen.

– J'en ai tout simplement assez des journaux. Hier encore, j'ai appris qu'un nouveau cadre corrompu était tombé. Bien fait pour lui. Mais dans les journaux, c'est toujours grâce à la justice impartiale des autorités centrales du Parti qu'un fonctionnaire véreux est dénoncé et puni. Comment et pourquoi, personne n'en sait jamais rien. L'ancien premier ministre avait prononcé ce fameux discours dans lequel il déclarait qu'il allait préparer quatre-vingt-dix-neuf cercueils pour les dirigeants corrompus du Parti et un dernier pour lui. Une déclaration assurément héroïque prouvant son désir d'en finir avec la corruption, quel qu'en soit le prix. Il a reçu cinq minutes d'ovation. Mais a-t-il réussi ? Non. La situation empire de jour en jour. C'est pour ça que les gens vont sur Internet chercher des informations détaillées sur ces cadres qui s'engraissent comme des rats rouges. Bien sûr, les sites aussi subissent la censure, mais ils ne sont pas tous contrôlés par l'État. Du coup, un ou deux poissons réussissent parfois à passer entre les mailles du filet. Au final, le but de ces sites est d'être rentable, donc ils doivent rester percutants et fournir des informations introuvables dans les journaux du Parti.

– Merci beaucoup, Peiqin. Vous m'avez offert une leçon parfaitement limpide, dit Chen. Mais j'ai une question précise à vous poser. Qu'est-ce qu'une chasse à l'homme sur Internet ?

– Ah, ça… J'espère que vous n'en êtes pas la cible, camarade inspecteur principal Chen, dit-elle avec un sourire taquin. Je plaisante. Où et quand cette pratique a commencé, je ne peux pas vous le dire. Sans doute sur un de ces forums controversés, mais très actifs, où les internautes publient leurs commentaires personnels. Les utilisateurs se font appeler cyber-citoyens car l'espace public d'Internet est le seul endroit où ils peuvent encore agir en tant que citoyens, malgré une liberté d'expression limitée. Quant à l'expression « chasse à l'homme », elle a d'abord été utilisée pour décrire une recherche qui n'était pas menée seulement par des moteurs informatiques, mais par des humains en chair et en os. Les cyber-citoyens rassemblent des indices, s'entraident et partagent leurs découvertes comme une équipe d'enquêteurs à grande échelle, détermi-nés à épingler leur cible par tous les moyens. Mais l'expression s'est éloignée de l'idée d'une chasse *par* l'homme pour ne garder aujourd'hui que celle d'une chasse *à* l'homme, gibier de chair et de sang, qui se déroule dans le monde virtuel, mais qui entend bien avoir des répercussions dans le monde réel. La chasse peut s'attaquer à n'importe quelle proie, des cadres corrompus, des Gros-Sous qui se retrouvent en un jour propriétaires de fortunes colossales, des intellectuels jugés trop serviles envers le Parti, la liste des candidats est longue, avec la plupart du temps une attention particulière accordée à ceux qui se trouvent concernés par une question sensible.

– Pourriez-vous me donner un exemple ?

– Je vais vous raconter une affaire qui s'est déroulée dans la province du Yunnan. Un pirate informatique amateur a mis la main sur le journal intime d'un cadre du Parti et a publié son contenu sur Internet. Ce fonctionnaire, surnommé Miao, était le chef du bureau du tabac de la province, un rang moins élevé que le vôtre. Ce n'était pas un cadre éminent, mais il occupait une position lucrative. Son journal contenait des détails croustillants, notamment le récit de ses liaisons extraconjugales, de malversations commises au nom de l'intérêt du Parti, de détournements de fonds et des pots-de-vin versés et reçus au sein d'un étroit cercle d'initiés. Le journal était écrit comme une fiction, les protagonistes portaient des initiales – B, M, S, etc. –, mais les dates et les lieux étaient cités. Tout ça n'est pas bien grave, me direz-vous, tant qu'on ne sait pas si le journal dit vrai ou non. Eh bien, vous savez quoi ? Une chasse à l'homme a immédiatement éclaté. Les cyber-citoyens se sont jetés dans la mêlée comme des bêtes. Toutes les conquêtes sexuelles du héros ont été retrouvées, la plupart du temps avec photos suggestives ou explicites à l'appui. Idem pour les cadres du Parti liés à la cible. À force de recouper minutieusement les dates et les lieux, les internautes ont réussi à prouver de manière indiscutable l'authenticité du journal. Suite à ces révélations, Miao a été licencié et condamné à la prison pour avoir été perverti par l'influence néfaste du modèle occidental bourgeois.

– Les cyber-citoyens ont réussi à démêler un sacré sac de nœuds, dit Chen. Mais de quel droit se mêlent-ils de la vie privée des gens ?

– De quel droit les cadres du Parti commettent-ils de tels abus ? C'est ce maudit parti unique, avec son pouvoir absolu, son contrôle drastique des médias et sa corruption notoire. Les cyber-citoyens et les autres doivent bien réagir, non ? La chasse à l'homme sur Internet ne suffit pas à résoudre le problème, nous sommes d'accord. Mais épingler un cadre du Parti, c'est toujours mieux que rien. Les chasses à l'homme suivent toujours le même schéma. Quand un fonction-naire est dénoncé, il ou elle nie les faits, se défend et menace de lancer des poursuites contre les délateurs. Avec l'appui du gouvernement, cela va sans dire. Mais la traque acharnée apporte forcément de nouvelles preuves accablantes de corruption ou d'abus de pou-voir, au grand embarras du gouvernement qui n'a alors pas d'autre solution que de placer sous *shuanggui* le criminel exposé au grand jour.

– Oui, j'ai entendu parler du courage dont ont fait preuve les cyber-citoyens dans l'affaire du lait contaminé à la mélamine en révélant au grand public les détails du scandale, intervint Yu. Les autorités locales essayaient d'étouffer les rumeurs et de protéger l'entreprise lai-tière qui jouait un rôle économique important dans la région, mais les accusations se sont répandues sur Internet comme un feu de paille, avec des témoignages et des photos des victimes exprimant leur colère, si bien que le Parti s'est vu obligé de mettre le directeur de l'entreprise en prison…

– Mais revenons à notre chasse à l'homme, Peiqin,

continua Chen. Avez-vous entendu parler de l'histoire de Zhou ? Tout ça à cause d'un paquet de cigarettes ?

– Oh, les 95 Majesté Suprême. Le pauvre, il n'a vraiment pas eu de chance.

– Comment ça ?

– Laissez-moi d'abord vous raconter une chose au sujet d'un petit magasin situé près de mon restaurant, inspecteur principal Chen. Le propriétaire achète et revend des cigarettes de luxe et des spiritueux. Souvent, les cadres d'un certain rang se voient offrir une ou deux cartouches de cigarettes par mois sous prétexte de faire marcher notre économie socialiste. Elles sont rarement aussi coûteuses que les 95 Majesté Suprême, mais elles valent toujours au moins cinq à six cents yuans la cartouche.

– Oui, j'ai moi aussi droit à une cartouche gratuite, je l'avoue, dit Chen. Mais je la termine toujours avant la fin du mois.

– Certains cadres non-fumeurs les reçoivent aussi, comme une sorte de bonus lié à leur statut ; et puis, fumeurs ou non, ils reçoivent aussi des tas de cartouches en « cadeau ». Ce n'est pas de l'argent, donc aucune inquiétude à avoir. Comme ils n'ont pas le temps de les finir, ils les revendent à des magasins contre du cash. La pratique est connue.

Chen ne savait pas quoi répondre. De temps en temps, on insistait aussi pour lui offrir des « cadeaux », mais il n'avait jamais essayé de les revendre.

– Quel que soit le prix d'un paquet de 95 Majesté Suprême, le fait qu'un cadre éminent en fume n'a en soi rien de surprenant ni de scandaleux. Les Chinois en ont vu d'autres. Le socialisme à la chinoise, vous connaissez la formule, n'est-ce pas ? On serait étonné de voir une sommité telle que Zhou fumer une marque moins chère.

– Dans ce cas pourquoi Zhou a-t-il fait l'objet d'une chasse à l'homme ?

– La photo du paquet de cigarettes a été prise lors d'un colloque important auquel Zhou participait. Savez-vous ce qu'il a dit ce jour-là ?

Peiqin poursuivit sans attendre la réponse.

– Il a parlé de l'absolue nécessité du maintien de la stabilité du marché immobilier. Qu'est-ce que ça veut dire ? Que les prix ne peuvent pas baisser. Aujourd'hui, un mètre carré dans le quartier de Lujiazui vaut cent trente mille yuans. En d'autres termes, il faudrait que je travaille quatre ou cinq ans sans dépenser un centime pour m'offrir un mètre carré. Yu et moi jouissons encore d'une situation assez confortable, grâce à la pièce et demie qui nous a été allouée dans ce quartier bien situé lors de la dernière attribution du comité du logement, et ce, grâce à votre intervention. Mais comment ferons-nous quand Qinqin aura son diplôme ? Il aura besoin d'un appartement. Si les prix ne baissent pas, nous ne pourrons jamais en acheter un. Il risque fort d'être obligé de vivre dans les mêmes conditions que nous avant notre emménagement ici. Vous vous souvenez, nous avons passé des années avec le Vieux Chasseur, à trois générations entassées dans une pièce commune.

– Ne t'en fais pas trop pour l'avenir, Peiqin, dit Yu en lui offrant un piètre sourire.

– Toi, tu ne penses qu'à tes enquêtes, mais moi, je dois penser à notre fils. Dans la société d'aujourd'hui, un jeune homme sans espace à lui n'a aucune chance de pouvoir sortir avec une femme, encore moins d'en épouser une. En cette époque matérialiste, les gens sont très terre à terre, ajouta-t-elle en fronçant les sourcils avant de se retourner vers Chen. Pour revenir au sujet qui nous occupe, savez-vous pourquoi les prix de l'immobilier ne cessent de grimper ?

– À cause de la cupidité des promoteurs.

– Non. À cause de la cupidité encore plus grande des cadres du Parti. Les terres appartiennent au gouvernement qui les gère selon un pseudo-système de vente aux enchères en les cédant au promoteur qui fait la meilleure offre. Les revenus des transactions immobilières font grimper le produit intérieur brut de la ville, ce que les dirigeants s'empressent de vanter comme un accomplissement majeur et ce qui leur permet surtout de se remplir les poches au passage. À qui revient le terrain, dans quelles circonstances et à quel prix, je vous laisse imaginer les magouilles qu'il y a derrière tout ça… Dans une déclaration récente, le premier ministre a évoqué la possibilité de calmer la flambée des prix et certains promoteurs, craignant un revirement du marché, ont proposé de participer en se contentant de limiter leurs enchères. Zhou est devenu paranoïaque. Il redoutait un effet boule de neige. Dans son discours, il a insisté sur l'importance du maintien d'un marché stable en déclarant que si les entreprises baissaient leurs prix de manière irresponsable, le gouvernement les punirait pour avoir osé perturber l'économie du pays. Le discours a été publié dans plusieurs journaux, accompagné d'une photo de Zhou, un paquet de cigarettes devant lui : des 95 Majesté Suprême. Sa déclaration a mis le feu aux poudres. Zhou parlait bien sûr dans l'intérêt du gouvernement et des cadres du Parti, mais pas dans celui de la population. La photo du paquet de cigarettes offrait un prétexte idéal pour une chasse à l'homme permettant aux citoyens d'exprimer librement leur colère et leur frustration.

– Bien parlé, Peiqin, dit Chen en levant son verre de Tsing Tao. Je bois à ce discours. Continuez, s'il vous plaît.

– D'après les communiqués officiels de propagande communiste, un cadre, un « serviteur du peuple », gagne le même salaire qu'un travailleur ordinaire. Un homme du rang de Zhou aurait dû gagner entre deux et trois mille yuans par mois, or une cartouche de 95 Majesté Suprême coûte plus cher que ça. La photo publiée sur Internet affichait le prix d'un paquet, comme une preuve du train de vie décadent de l'accusé. Cette mention était à la fois une critique légitime et une question implicite : S'il n'était pas corrompu, comment Zhou pouvait-il se payer un tel luxe ? La première mise en ligne a généré des millions de réponses en un rien de temps. Comme pour un appel aux armes, les volontaires pour la traque ont afflué sur les forums. Si Zhou s'offrait des cigarettes, quoi d'autre ? Fidèles à leur idéologie, les cyber-citoyens ont jugé légitime de creuser dans cette direction. Avant même que Zhou n'ait eu le temps de fournir une explication sur les cigarettes, une photo montrant une montre Cartier à son poignet apparut. Dans une déferlante incontrôlable, de plus en plus d'images attestant de l'opulence de Zhou ont fait surface : ses voitures de luxe – deux Mercedes et une BMW –, son fils allant étudier à Londres dans la prestigieuse université d'Eton au volant d'une Audi, et ses cinq propriétés shanghaiennes. Certains internautes habiles ont même réussi à trouver des copies des titres de propriété. Bientôt, Zhou s'est trouvé dans l'incapacité de justifier la fortune colossale amassée au cours des cinq ou six dernières années.

– Je commence à comprendre, Peiqin. C'est imparable, cette chasse à l'homme virtuelle.

– Oui, les dirigeants se retrouvent vraiment pris au piège. Ils savaient très bien pourquoi Zhou était attaqué. Mais quand tant de gens pointent du doigt et récriminent, quand les chefs d'accusation sont légitimes et les preuves accablantes, il devient de plus en plus difficile pour eux de protéger leur émissaire. Après tout, lui-même n'était pas capable d'expliquer d'où il tirait toute cette richesse. Ils ont décrété qu'il était plus important pour eux de préserver l'image du Parti et ils ont placé Zhou sous *shuanggui*. À cause d'un paquet de 95 Majesté Suprême.

– Merci infiniment, Peiqin. Vous avez baigné de lumière le décor de cette sombre affaire.

– Vous enquêtez sur ce cas ?

– Non, pas vraiment, répondit Chen dans un sourire empreint d'ironie. Le *shuanggui* n'entre pas dans le périmètre de la police. Il est probable que Zhou se soit suicidé alors qu'il se trouvait en détention dans un hôtel. J'agis seulement en tant que conseiller spécial auprès de l'équipe chargée d'enquêter sur les causes de sa mort.

– Zhou est mort ?

– Oui. Les journaux devraient annoncer la nouvelle prochainement.

– Alors il va y avoir une nouvelle tornade sur Internet. Un suicide sous *shuanggui*. Comment les citoyens vont-ils réagir ?

– Ne me demandez pas ça à moi.

– Assez parlé de traque et de recherche sur Internet, Peiqin, lança Yu. Moi, je traque le dessert !

– Pardon, j'allais oublier, s'écria Peiqin en se levant brusquement. Un ami de Pékin m'a apporté des gâteaux verts à la pâte de soja. Ils viennent soi-disant de *Fangshan*, au cœur de la Cité interdite.

– C'est un restaurant du parc de la mer du Nord, précisa Chen. On y préparait toutes sortes de mets délicats pour l'impératrice douairière Cixi, à la fin de la dynastie des Qing. Le nom du restaurant, *Fangshan*, en dit assez long. Encore un exemple du complexe impérial ancré dans l'inconscient collectif chinois, exactement comme la marque 95 Majesté Suprême.

– Ne vous inquiétez pas, chef. Je ne suis pas fonctionnaire du Parti. Les gâteaux nous ont été offerts par un vieil ami.

– Je sais qui c'est, intervint Yu sur un ton faussement sérieux. Un admirateur secret du temps où Peiqin et moi faisions partie des jeunes instruits de la province du Yunnan, pendant la Révolution culturelle. Il n'est pas fonctionnaire, il travaille dans une agence de voyages de Pékin. Heureusement, sinon, c'est moi qui m'inquiéterai.

– Eh bien moi, je suis inquiet, enchérit Chen qui se levait tout en enfournant un dernier petit gâteau. Si le gouvernement tient fermement à déclarer la mort de Zhou comme un suicide, pourquoi m'ont-ils demandé de participer aux investigations ?

– Vous avez dirigé plusieurs enquêtes impliquant des cadres de haut rang mêlés à des affaires de corruption, beaucoup de gens le savent, dit Peiqin en préparant une boîte de gâteaux verts pour l'invité qui s'apprêtait à partir. Le peuple vous croira.

– Vous serez le garant de la conclusion qu'ils choisiront d'adopter, intervint Yu à nouveau.

– Merci Peiqin, et merci Yu, pour le repas, les gâteaux, le cours sur les cyber-citoyens et tout le reste, dit Chen avec sérieux. Quant à la suite, je ne doute pas que vous serez les garants de mes décisions.

5

En tant que conseiller spécial nommé sur l'enquête, l'inspecteur principal Chen se demandait ce qu'il était censé faire et ne pas faire. Comme disait le proverbe, *il ne sert à rien d'aller dans la cuisine d'un autre jouer au cuisinier*, même si l'inspecteur Wei ne semblait pas gêné par sa présence.

Mais Wei n'était apparemment pas le seul aux fourneaux. Jiang y suivait aussi, sans l'ombre d'un doute, sa propre recette. Et la Commission de contrôle de la discipline de la ville aussi, même si Liu ne venait que rarement à l'hôtel.

Depuis son dîner chez les Yu, Chen commençait à avoir des doutes sur sa mission.

Il ne serait peut-être pas si facile pour les autorités d'annoncer de but en blanc que Zhou s'était suicidé. Une enquête de police pouvait être une comédie nécessaire et elle avait tout intérêt à donner l'apparence du plus grand sérieux pour convaincre le peuple. Chen leur servait simplement de garant, selon la formule de Yu.

Si c'était vrai, il n'était pas pressé d'intervenir.

Mais la situation se trouvait compliquée par les divergences d'opinions entre Wei et Jiang.

D'après les discussions que Chen avaient eues avec Wei, ce dernier semblait de plus en plus enclin à croire au scénario d'un meurtre commis à l'hôtel. Cela devait contrarier Jiang qui comptait conclure au suicide pour protéger les intérêts du gouvernement municipal.

Chen n'éprouvait pas encore le besoin de se confronter à Jiang.

Pourtant, l'inspecteur principal sentait qu'il devait réagir.

Une visite à la veuve de Zhou se trouva donc mise à l'ordre du jour.

Les Zhou vivaient dans le quartier de Xujiahui, à deux pas du centre commercial Oriental. Pour un cadre d'un rang aussi élevé que Zhou, un trois pièces ne paraissait pas trop luxueux, mais c'était sans compter les autres propriétés à son nom.

Madame Zhou vint lui ouvrir. La petite quarantaine, les formes généreuses, elle lui apparut comme une fleur pleinement éclose à la fin de l'été. Elle portait un pantalon et un chemisier blancs ainsi qu'une étoffe de crêpe noire autour du bras. Elle lorgna Chen de haut en bas avec une hostilité non dissimulée.

– Combien de fois la police doit-elle venir fourrer son nez ici ? éclata-t-elle sans décoller de l'embrasure de la porte contre laquelle elle s'était appuyée. Vous feriez mieux d'attraper le vrai criminel !

Comment avait-elle deviné qu'il était policier avant même qu'il n'ait ouvert la bouche ? Il devait porter sa profession sur lui, avec ou sans uniforme.

– Mes collègues ont dû vous interroger, j'imagine.

– Plusieurs fois, ajouta-t-elle d'un ton de plus en plus agacé. Des équipes différentes. Ils ont fouillé l'appartement. Ils ont tout mis sens dessus dessous. Et qu'ont-ils trouvé ? Rien.

Il n'était pas étonnant que l'appartement ait été

fouillé plusieurs fois, sans doute quand Zhou avait été placé en détention et ensuite après sa mort.

– Je participe à l'enquête, dit Chen en sortant sa carte de visite. Mes collègues ne m'ont peut-être pas donné tous les détails. En réalité, je tiens seulement un rôle de conseiller spécial auprès de ma brigade. Mais laissez-moi d'abord vous exprimer toutes mes condoléances, madame Zhou.

Elle examina la carte et l'expression de son visage changea sensiblement.

– Oh, je vous en prie, entrez, dit-elle en lui tenant la porte. C'est tellement injuste, inspecteur principal Chen. Zhou a accompli de si grandes choses pour la ville. Tout ça à cause d'un paquet de cigarettes, je ne comprends pas.

Dans le salon spacieux, Chen opta pour un canapé de cuir noir tandis qu'elle se juchait sur une chaise en face de lui.

– J'ai dû croiser Zhou à des réunions municipales, commença Chen, mais je ne le connaissais pas personnellement. Cela dit, vu le nombre de nouveaux bâtiments érigés dans Shanghai, on peut difficilement nier son efficacité.

– Pourtant personne ne semble reconnaître son travail. Les gens ne parlent que des cigarettes qui lui ont été offertes par un vieil ami. Il a tout expliqué aux membres de la Commission de discipline. Ils auraient dû le laisser se justifier auprès du peuple, mais au lieu de ça, ils se sont dépêchés de le placer sous *shuanggui*. Il n'a reçu aucun soutien. Tous ses petits copains du gouvernement municipal ne pensent qu'à sauver leur peau.

– Le *shuanggui* n'est pas du ressort de la police, dit-il un peu surpris par cette rancune non déguisée. La

Commission de contrôle de la discipline et l'administration municipale l'ont emmené à l'hôtel bien avant que je ne sois mis au courant de l'affaire.

– Si certaines décisions prises dans le cadre de son travail se sont avérées mauvaises ou malhonnêtes, il ne devrait pas être tenu pour seul responsable. Il agissait sous l'autorité directe du gouvernement municipal. Il n'aurait jamais pris la moindre initiative sans leur accord. Vous savez quelle part le secteur immobilier représentait dans les revenus de la ville l'année dernière ? Plus de cinquante pour cent.

– C'est énorme, je le reconnais, dit Chen d'un air distrait.

Il n'était pas sûr que l'estimation soit juste, mais elle ne devait pas être loin de la réalité.

– Les gens se plaignent des prix du logement. Zhou le savait bien, mais en tant que responsable du Parti, il se disait que si les cours de l'immobilier s'effondraient brutalement, les conséquences sur l'économie de la ville seraient catastrophiques. C'est pour ça qu'il défendait la stabilité du marché. C'était la seule solution. Dans l'intérêt de tous.

De toute évidence, elle avait compris que les 95 Majesté Suprême n'étaient pas le cœur du problème.

– Je n'ai pas suivi de très près les fluctuations du marché immobilier, intervint Chen, mais je trouve qu'il était injuste d'accabler Zhou pour un paquet de cigarettes. Là-dessus, je suis d'accord avec vous.

– Vous devez comprendre la complexité de sa position, inspecteur principal Chen.

– J'aurais quelques questions de routine à vous poser, madame Zhou. Tout d'abord, avez-vous été en contact avec lui dans les jours qui ont précédé sa mort ?

– Les visites étaient interdites. Le téléphone de

l'hôtel était sur écoute. Celui de la maison aussi, sans doute. Il n'avait pas intérêt à s'étendre sur ses ennuis.

– Quand lui avez-vous parlé pour la dernière fois ?

– Dimanche. Un jour avant sa mort. Il ne m'a pas dit grand-chose au téléphone, seulement qu'il allait bien et que je ferais mieux de ne pas venir à l'hôtel et de rester discrète.

– Avez-vous remarqué un changement dans son attitude ?

– Difficile à dire, la conversation a duré très peu de temps, mais je ne me souviens pas avoir remarqué quoi que ce soit de particulier.

– Quand l'avez-vous vu pour la dernière fois ?

– La veille de son arrestation.

– Comment était-il ?

– Très contrarié par cette chasse sur Internet. Il subissait un lynchage public sans pitié, comme vous pouvez l'imaginer.

– Vous a-t-il dit quelque chose à ce sujet ?

– Il s'est demandé comment les autorités pouvaient laisser pareilles meutes se déchaîner sur la toile. Elles auraient dû appliquer des mesures de contrôle drastiques.

– Comment ça ?

– Il aurait fallu fermer tous les sites qui parlaient des 95 Majesté Suprême et effacer les commentaires. Si les autorités l'avaient voulu, elles auraient pu intervenir. Elles l'ont déjà fait dans des occasions similaires. Mais elles n'ont pas levé le petit doigt pour lui.

– Vous savez, les choses sont parfois compliquées, laissa échapper Chen sans trop savoir quoi répondre.

– *Le lièvre mort, le chien de chasse est mis à la cuisson*, a dit Zhou ce soir-là en citant un vieux proverbe. Je m'en souviens encore. Et je sais que son discours avait été approuvé par ses supérieurs. La faute n'aurait pas dû retomber uniquement sur lui.

Chen n'était pas étonné par ses plaintes, mais il ne s'attendait pas à ce qu'elle s'en prenne à de telles cibles.

– Vous m'avez dit que plusieurs personnes étaient venues chez vous. Pouvez-vous m'en dire un peu plus ?

– Oui, plusieurs équipes sont venues. J'étais trop bouleversée pour me rappeler leurs noms. Ils ont fouillé dans les affaires de Zhou et ont emporté son ordinateur et d'autres objets comme pièces à conviction éventuelles.

– Ont-ils trouvé ce qu'ils cherchaient ?

– Je n'en sais rien. Zhou n'avait rien laissé d'important derrière lui.

Elle s'interrompit un court instant.

– C'est vrai, nous avons acheté plusieurs appartements dans le centre-ville. C'est moi qui ai encouragé mon mari à le faire. À la maison, Zhou ne parlait pratiquement jamais de son travail, mais il recevait des tas de coups de téléphone. D'après ce que j'entendais, je comprenais bien que les prix ne cesseraient pas de monter. J'ai donc sollicité de gros prêts auprès de plusieurs banques et j'ai encore plusieurs emprunts à rembourser. Je vous en prie, ne croyez pas toutes ces rumeurs sur la richesse de notre famille.

Chen n'avait pas l'intention de mettre son nez dans les économies de la famille Zhou, mais il avait du mal à croire tout ce qu'elle racontait.

– Et ils sont revenus avant-hier passer l'appartement au peigne fin.

C'était après la mort de Zhou, remarqua Chen.

– Que vous ont-ils dit ?

– Jiang, le chef du groupe, n'arrêtait pas de me demander de lui remettre tout ce que Zhou avait laissé. Je ne savais pas ce qu'il cherchait. Comme je vous l'ai dit, Zhou ne me parlait presque jamais de son travail. Et il ne m'a jamais confié le moindre document en rapport avec ses affaires.

– Ils avaient un mandat ?

– Non, mais ils ont fait ce qu'ils avaient à faire, avec ou sans mandat. Ils ont retourné l'appartement. Vous avez dit vous-même que le *shuanggui* n'était pas du ressort de la police. Ils n'obéissent à aucune procédure.

– Ça n'est pas normal.

– Et ils m'ont interdit de parler de l'affaire. Pas un mot aux médias ou à qui que ce soit. Avec vous, c'est différent. Vous êtes le seul à m'avoir écoutée.

Malgré lui, Chen fut pris d'un sentiment de pitié pour cette femme. En Chine, tant qu'un cadre du Parti occupait une position stratégique, tout lui était dû. Mais dès qu'il tombait de son piédestal, tout partait en fumée.

Cette cruelle réalité s'ajoutait au désespoir de madame Zhou : son mari était mort, son appartement avait été mis à sac à plusieurs reprises et personne ne lui tendait la main.

Cette vérité expliquait aussi pourquoi le secrétaire du Parti Li s'accrochait si fermement à son poste et rendait la tâche si difficile à l'inspecteur principal. C'était humain.

– C'est comme un rêve qui se brise en mille morceaux, dit-elle dans un sanglot incontrôlable. La nuit dernière, j'ai fait le vœu de ne jamais me réveiller, de rester perdue dans mon rêve à jamais.

> *Ce n'est rien d'autre qu'un rêve*
> *Dans le passé ou le présent.*
> *Qui se réveille jamais d'un rêve ?*
> *Il n'y a qu'un cycle sans fin*
> *De joies anciennes et de peines nouvelles.*

Un jour, quelqu'un d'autre peut-être,
Voyant la tour jaune dans la nuit
Poussera un soupir pour moi.

Fallait-il entendre autre chose dans la plainte de madame Zhou ?

C'était une pensée fugace. Chen refusa de se précipiter vers des conclusions hâtives. Il y avait d'abord d'autres pistes à creuser.

6

La première chose que fit Chen en arrivant au bureau fut d'allumer son ordinateur. Presque comme Peiqin dans le récit de l'inspecteur Yu.

Une information qu'il avait reçue avant sa conversation avec Peiqin le tracassait.

Sur Internet, tout sujet politiquement sensible subissait une « harmonisation » qui le réduisait à néant grâce aux mots-clés répertoriés dans la puissante machine de contrôle. Chen ne fut pas étonné de voir que la recherche « 95 Majesté Suprême » ne renvoyait à aucun lien et faisait apparaître invariablement le même message d'erreur.

Après plusieurs échecs, il changea de stratégie, tapa « meilleures marques de cigarettes » et se vit alors proposer quelques liens plus ou moins pertinents. Sur certains sites, les spéculations autour de la mort de Zhou allaient bon train. Les internautes dépensaient énormément de temps et d'énergie dans des discussions sur d'éventuels indices, faisaient preuve d'un sens analytique extraordinaire et énuméraient les uns après les autres tous les scénarios possibles.

Certains mettaient en doute la théorie du suicide.

Chen passa quelques heures à parcourir les commentaires et les blogs. L'un d'eux le frappa par sa finesse et son ironie. La conclusion attira particulièrement son attention.

> Une maison ne se construit pas en un jour, ni par un seul homme. Pensez à toutes les nouvelles constructions de la ville. Zhou en savait trop, alors il a subi une harmonisation radicale.

Chen connaissait le sentiment antigouvernemental des cyber-citoyens et il comprenait leur réaction. Mais un policier ne pouvait se permettre d'adopter un point de vue si catégorique en plein milieu d'une enquête.

Il se concentra ensuite sur le contexte général du marché immobilier.

La censure sévissait aussi dans ce domaine. Mais les plaintes et les critiques semblaient tolérées jusqu'à un certain point. Le gouvernement était peut-être conscient qu'il était vain de vouloir tout harmoniser. La crise du logement touchait une part trop importante de la population. En même temps, les articles et les blogs rusaient en évitant toute attaque directe contre les autorités. Chen apprécia particulièrement une épigramme intitulée « Calcul mental ».

> Il faut trois millions de yuans
> Pour acheter un appartement de cent mètres carrés,
> Dans un quartier décent de Shanghai.
> Le fermier qui exploite trois arpents de terre,
> Pour un salaire annuel de huit mille yuans par an,
> Devra donc travailler de l'époque de la dynastie des Ming jusqu'à nos jours,
> Sans compter les éventuelles catastrophes naturelles ;
> L'employé au salaire mensuel de deux mille cinq cents yuans
> Devra travailler à partir de la première guerre de l'opium,

sous la dynastie des Qing,
Sans vacances, sans week-end et sans répit ;
Le col blanc au salaire annuel de soixante mille yuans,
Devra travailler depuis les années cinquante,
Sans manger ni dépenser un sou ;
Et la prostituée devra baiser dix mille fois,
Tous les jours, sans interruption, même pendant ses règles,
Geindre, grogner et se tordre,
Depuis le jour de ses seize ans jusqu'à cinquante-cinq ans.
Le tout sans compter les frais annexes
Pour la décoration, les meubles et l'électroménager.

Il était facile de deviner pourquoi les cyber-citoyens s'étaient jetés avec tant de fougue dans la chasse à l'homme qui avait fait tomber Zhou.

Mais comme le faisait remarquer un autre internaute, Zhou n'était pas un cas isolé.

Zhou n'aurait jamais existé sans la longue, longue chaîne de corruption qui enserre la ville et dont il n'était qu'un maillon. Derrière la propagande, la réforme du logement est en fait une grosse arnaque qui ne profite qu'aux cadres dirigeants et alimente une bulle spéculative prête à éclater. En théorie, la terre appartient au peuple en tant qu'entité collective, mais aujourd'hui, elle lui est vendue pour soixante-dix ans seulement. C'est une mesure d'avenir et un calcul très malin qui enrichit les cadres au pouvoir et qui enrichira aussi leurs enfants et leurs petits-enfants. Ceux-là mêmes qui nous revendront les terres...

Le téléphone sonna. C'était Jiang qui résidait toujours à l'hôtel et pouvait ainsi surveiller les avancées de la police.

– Du nouveau, inspecteur principal Chen ?

– Pas vraiment. C'est l'inspecteur Wei qui s'occupe

de l'enquête. Nous avons échangé nos points de vue ce matin même. D'après lui, l'autopsie soulève de nouvelles questions.

– Quelles questions ?

– Le rapport indique que ce soir-là, Zhou avait avalé une grosse quantité de somnifères.

– Il avait du mal à dormir, nous avons regardé de ce côté-là. Il n'était pas rare pour lui de prendre des sédatifs. Pendant son séjour à l'hôtel, il en prenait tous les soirs, c'est lui-même qui me l'a dit. Les jours qui ont précédé sa mort étaient assez stressants pour lui, vous vous en doutez.

– Mais il est rare qu'un homme prenne des somnifères juste avant de se pendre.

– Il était peut-être trop angoissé pour dormir, malgré les cachets. Et tout à coup, il a songé au suicide. Ça ne paraît pas inenvisageable.

– J'ai rendu visite à sa veuve, dit Chen. Elle s'est plainte des multiples fouilles qui ont eu lieu dans son appartement, de la saisie des ordinateurs et des dossiers. Vous avez trouvé quelque chose ?

– Rien. Il avait tout effacé.

Il se demanda si Jiang lui disait toute la vérité, mais il ne pouvait rien y faire.

– Que vous a-t-elle dit d'autre ? demanda Jiang.

– Elle n'a pas arrêté de répéter combien Zhou travaillait dur pour la ville et combien elle trouve injuste qu'il soit le seul à endosser toute la responsabilité.

– Comment a-t-elle osé dire ça ? conclut Jiang après une courte pause. Le gouvernement municipal est d'avis que nous devons fournir une conclusion au sujet de la mort de Zhou au plus vite. Jusqu'à présent, vous n'avez rien trouvé de suspect dans les circonstances de son décès. Il paraît raisonnable d'opter pour l'hypothèse du suicide. À mon avis.

– La situation est délicate. Je le comprends bien. Je vais réfléchir et je reviendrai vers vous.

Une fois qu'il eut reposé le combiné, Chen ressentit le besoin d'avoir une nouvelle conversation avec Wei. D'instinct, il préférait éviter de discuter avec Jiang.

7

Le lendemain, à l'heure du déjeuner, Chen alla trouver Wei à la cantine du bureau.

– Que diriez-vous d'un café après le déjeuner ? demanda Chen en brandissant son bol de riz et porc barbecue.

– Je ne bois pas de café… commença Wei avant de se raviser. Avec grand plaisir, chef.

Un quart d'heure plus tard, ils quittaient le bureau ensemble.

– Allons chez *Starbucks* ou là où vous voudrez, Wei.

– Je ne m'y connais pas du tout en café, répondit Wei, mais mon fils parle tout le temps d'un endroit qui s'appelle *Häagen-Dazs*.

– Oui, nous pouvons aller là-bas aussi. Il y en a un sur la rue de Nankin, près de la rue de Fujian, à côté du *Sofitel*.

L'endroit n'était peut-être pas idéal, pensa Chen. *Häagen-Dazs* était une marque de glace, mais à Shanghai, c'était aussi un endroit à la mode, symbole de pouvoir d'achat élevé, et les nouveaux magasins que l'enseigne ouvrait un peu partout servaient de repaires à la jeunesse dorée de la ville. Il y avait même une publicité dans laquelle une jolie fille disait : *Si tu m'aimes, emmène-moi chez Häagen-Dazs.*

Chen aurait préféré un endroit plus traditionnel mais le magasin de la rue de Nankin servait bien du café, d'assez bonne qualité. Ils s'installèrent sur deux fauteuils moelleux et confortables devant la baie vitrée qui donnait sur la rue piétonne animée.

– Parlez-moi de vos avancées, commença Chen avant d'avaler une gorgée de café.

– Nous devons mener une enquête minutieuse avant de pouvoir conclure qu'il s'agit d'un suicide, n'est-ce pas ?

– Bien sûr. Mais rappelez-vous ce que le secrétaire du Parti nous a dit le premier jour : « Allez voir et concluez qu'il s'est suicidé. » Oublions notre chef pour l'instant. Racontez-moi vos démarches.

L'inspecteur Wei écarquilla les yeux de surprise en entendant la remarque sarcastique de Chen à l'égard de leur supérieur.

– C'est difficile parce que nous avons très peu d'éléments sur le contexte. Zhou est resté sous *shuanggui* une semaine avant de mourir brutalement. Jiang ne veut nous communiquer aucun des renseignements qu'il a obtenus avant notre entrée en scène. Pourquoi ? Envisageons d'autres hypothèses, poursuivit Wei sans attendre la réponse de son supérieur. Supposons qu'il s'agisse d'un meurtre. Supposons. Tout d'abord, quel serait le mobile ?

– Vous en avez trouvé un ?

– Peut-être plusieurs. Dans notre profession, nous allons généralement d'abord voir du côté de ceux à qui profite le crime, n'est-ce pas ?

– C'est vrai. La liste ne devrait pas être très longue. Et ça vaut le coup de vérifier.

– De plus, mon petit doigt me dit que la liste pourrait nous aider à élucider le mystère de la fameuse photo.

– Expliquez-moi, Wei.

– La photo est d'abord parue dans les journaux. Personne n'y a prêté attention. Puis elle a été publiée sur un forum et la chasse à l'homme a commencé. D'après Jiang, l'administrateur du site a reçu la photo accompagnée d'un commentaire sur le paquet de cigarettes.

– A-t-on découvert l'identité de l'expéditeur ?

– Il a utilisé une fausse adresse électronique et il a envoyé le mail depuis un cybercafé.

– Bien sûr, il a créé une adresse et il ne s'en est plus jamais servi.

– Jiang est allé voir au café, mais il n'a rien trouvé. Il en a conclu que le fauteur de troubles avait dû prévoir les conséquences de son acte et le déclenchement d'une chasse à l'homme. C'est pourquoi il tient à poursuivre dans cette direction…

– Attendez, Wei. Jiang pense donc que l'expéditeur pourrait être le meurtrier ?

– Non, pour Jiang, le suicide est la seule explication. Il n'a aucun doute là-dessus. Je ne comprends pas ce qu'il cherche.

– Et vous, qu'en pensez-vous ?

– Je ne crois pas que l'expéditeur soit forcément le tueur, ni qu'il ait tiré profit de la mort de Zhou. Mais il est évident qu'il y a des gens à qui sa mort rend service, vice-secrétaire Chen.

Le titre officiel sonnait très bizarrement dans la bouche de l'inspecteur Wei. D'ailleurs, c'était la première fois que Wei s'adressait à lui de cette façon. La nuance ne passa pas inaperçue.

Si on poursuivait le raisonnement de Wei, celui qui était directement en dessous de Zhou dans la hiérarchie venait en tête de la liste des suspects.

– Êtes-vous allé au bureau de Zhou ? demanda Chen au lieu de formuler cette considération.

– Oui, bien sûr. Le jour où Zhou a été emmené, l'équipe de la municipalité dirigée par Jiang a fouillé méticuleusement son bureau. Ils n'ont rien laissé qui puisse nous être utile. J'ai parlé au sous-directeur, Dang Hao, pendant plus d'une heure. Je n'ai pas obtenu grand-chose de sa part non plus. Vous connaissez cette capacité qu'ont les cadres du Parti à parler pendant des heures sur le même ton politiquement correct. Dang a passé son temps à accabler Zhou à la manière d'un éditorial du *Wenhui*.

– *Quand un mur tombe, tout le monde marche dessus*, surtout ceux qui sont le plus près des ruines, lança Chen avant de s'interrompre brusquement, conscient soudain qu'il était aussi vice-secrétaire du Parti. Que vous a-t-il dit d'autre ?

– Il s'est montré très dur envers Zhou, mais il a fermement défendu le rôle de la Commission. Il a reconnu que le travail de Zhou était particulièrement difficile à mener sous la tutelle du gouvernement municipal, dans un contexte où l'économie de la ville dépend fortement du boom de l'immobilier.

– En d'autres termes, Zhou n'aurait jamais prononcé son discours sans l'accord du gouvernement ?

– Sur ce point précis, je n'en sais pas plus que vous, dit Wei. Dang m'a confirmé que la photo avait reçu le feu vert de Zhou et que c'était sa secrétaire, Fang, qui l'avait transmise aux médias.

– Bizarre. Ce serait plutôt le travail d'un photographe de presse.

– Zhou accordait beaucoup d'importance à son image et choisissait toujours ses photos pour les journaux.

– Mais quelqu'un a bien dû lui envoyer les clichés. Un journaliste, par exemple.

– C'est ce qui me dépasse. Jiang a passé au crible la messagerie de Zhou sans trouver la preuve qu'il avait reçu les photos.

– Il a pu effacer les données. Mais Jiang travaille avec des professionnels. Si quelqu'un avait envoyé un mail, ils auraient fini par le découvrir.

– C'est ce que je crois aussi, dit Wei d'un air pensif. Et le mobile potentiel nous emmène dans une autre direction. Dans son discours, Zhou a fait allusion à une entreprise qui essayait de baisser les prix de manière irresponsable.

– En effet.

– Il n'a pas cité de nom, mais les gens savaient de quel groupe il parlait. Green Earth. Avant l'éclatement du scandale des 95 Majesté Suprême, Teng Jialing, leur directeur général, était dans une situation très inconfortable.

– C'est un début, inspecteur Wei. Avez-vous regardé de ce côté-là ?

– Bien sûr. Teng s'est montré plutôt conciliant et il m'a expliqué en détail le contexte dans lequel Zhou avait prononcé son discours. Depuis l'année dernière, Pékin insiste sur la nécessité de réduire la flambée des prix de l'immobilier pour préserver l'harmonie de notre société socialiste. Teng a voulu montrer ses bonnes intentions en baissant légèrement ses prix et en même temps, il a calculé que le processus lui permettrait d'augmenter les parts de marché de son entreprise. Du jour au lendemain, Zhou s'en est pris à Green Earth, accusant le groupe de perturber la stabilité du marché. Teng s'est retrouvé pris entre deux feux. Pour les promoteurs, il était un financier cupide et un courtisan du Parti ; pour la municipalité, il était le fauteur de troubles à bannir.

– Je me souviens avoir lu un éditorial dans le *Journal du peuple,* pas plus tard que la semaine dernière, disant que l'accès à la propriété était un des objectifs prioritaires de la population.

– L'expérience de Teng est révélatrice. Le *Journal du peuple* est basé à Pékin, tandis que Zhou représentait les intérêts de Shanghai. Et puis, Zhou avait aussi une raison personnelle de s'en prendre à Teng.

– Laquelle ?

– Le projet de Green Earth se trouve tout près d'un autre chantier dirigé par le cousin de Zhou – du moins le lot est à son nom. La baisse des prix risquait de réduire les bénéfices du projet familial.

– Teng a un alibi ?

– Il n'était pas à Shanghai cette nuit-là, mais il a des connections aussi bien dans les réseaux blancs que dans les noirs.

– Je vois, dit Chen.

Le réseau blanc était composé de personnalités irréprochables agissant au grand jour, tandis que le noir englobait les triades, les gangsters et toutes sortes d'activités illégales. Chen n'était pas étonné d'entendre Wei rapprocher ces deux sphères.

– Mais Zhou était déjà sous *shuanggui.* Croyez-vous que Teng aurait couru un tel risque à l'hôtel ?

– Votre argument est juste, commenta Wei avant de goûter son café. Oh, il est très amer.

De toute évidence, Wei n'était pas un buveur de café. Chen attendit, sans rien dire, avalant tranquillement une gorgée à son tour.

– Oh, j'ai failli oublier ! J'ai réussi à interroger le serveur de l'hôtel sans que Jiang soit au courant. J'ai ici l'enregistrement de notre conversation. Il s'appelle Jun.

Wei sortit un mini-dictaphone, appuya sur une touche et saisit sa tasse de café sans la porter à sa bouche.

WEI : Essayez de vous rappeler précisément tout ce que vous avez fait, vu ou entendu cette nuit-là. Ça peut être déterminant pour notre enquête.

JUN : Je ne suis qu'un serveur. J'ai déjà tout raconté à vos collègues.

WEI : Racontez-moi encore une fois.

JUN : J'étais de l'équipe de nuit. De six heures du soir à six heures du matin. En général, après minuit, c'est assez calme, et je peux piquer un petit somme, parfois même jusqu'au matin. La semaine dernière, il n'y avait que trois clients au troisième étage, donc je n'avais pas trop de travail.

WEI : En d'autres termes, sur les six chambres, seulement trois étaient occupées.

JUN : C'était un arrangement spécial de la direction. On n'a pas posé de questions. Une des directives était de servir tous les repas du client de la 302 dans sa chambre. Les deux autres étaient comme des clients normaux. Ils pouvaient prendre leurs repas dans la salle à manger du bâtiment A, ou s'ils le souhaitaient, dans leur chambre.

WEI : Racontez-moi en détail les événements du lundi.

JUN : Eh bien, j'ai servi le dîner de la 302 vers dix-huit heures trente. Une portion de riz sauté de Yangzhou et la soupe du jour.

WEI : Êtes-vous entré dans la chambre ?

JUN : Non. J'ai frappé à la porte, il a ouvert et il a pris le plateau.

WEI : Avez-vous remarqué quoi que ce soit d'étrange dans son comportement ?

JUN : Non, rien de particulier. Ensuite j'ai voulu faire les lits des deux autres clients. Ils étaient tous les deux dans leur chambre et ils m'ont prié de ne pas les déranger. Je suis donc retourné dans ma chambre.

WEI : Et ensuite ?

JUN : Vers vingt-deux heures vingt, j'ai reçu l'ordre d'aller apporter des nouilles « sur l'autre rive » et une bouteille de Budweiser au client de la 302.

WEI : Attendez, vous ne saviez pas qui était dans la chambre 302 ni pourquoi il était là ?

JUN : Non, à ce moment-là, je n'en avais aucune idée. Mais les clients de l'hôtel ne sont pas des gens ordinaires, on nous a appris à ne pas poser de questions.

WEI : Aviez-vous déjà entendu parler de Zhou ?

JUN : Non. Avant cette nuit-là, jamais.

WEI : Quand vous lui avez apporté ses nouilles, vous avez remarqué quelque chose ?

JUN : Je dirais qu'il avait l'air bien, il souriait et il m'a même laissé un pourboire de cinq yuans. Le règlement de l'hôtel nous interdit d'accepter, mais si un client insiste, nous ne disons pas non.

WEI : Avez-vous servi les nouilles dans sa chambre ou êtes-vous resté à la porte ?

JUN : Pour les nouilles, je suis rentré dans la chambre parce que c'était un bol de nouilles « sur l'autre rive ». Comme les nouilles et la garniture sont servies séparément, nous avons l'habitude de poser les plats et la sauce sur la table et de montrer au client comment mélanger les ingrédients, même si ça n'est pas forcément nécessaire pour quelqu'un qui a déjà goûté ce plat.

WEI : Donc il était seul dans sa chambre ?

JUN : Oui, j'en suis certain.

WEI : Est-ce que vous lui avez parlé ?

JUN : Je lui ai demandé s'il voulait que j'ouvre la bouteille de bière et il m'a répondu d'un signe de tête.

WEI : Rien d'autre ?

JUN : Non, rien. Oh, quand j'ai posé les plats sur la table, il a attrapé une tranche de jambon de Jinhua. Il a dit que c'était son préféré et qu'il aimerait bien en avoir encore dans un jour ou deux. C'est du véritable jambon de Jinhua préparé par un fournisseur spécialement pour les cuisines de l'hôtel. Beaucoup de nos clients l'apprécient.

WEI : Encore une question, Jun. Vous êtes allé directement de la cuisine à sa chambre ?

JUN : Oui, directement. Les nouilles doivent être servies bien chaudes.

WEI : Autre chose ? Un détail inhabituel qui vous aurait frappé ?

JUN : Non, pas que je me souvienne. Dès qu'il a commencé à verser les ingrédients dans la soupe, je suis sorti. Désolé, c'est tout ce que je peux vous dire.

– Pas grand-chose, dit Wei en appuyant sur « stop ». Jiang a dû parler aux employés avant nous, mais il ne veut pas me laisser les approcher sans son autorisation. Du coup, j'ai dû interroger Jun dans un petit salon de thé dans une ruelle perpendiculaire à l'hôtel. En même temps, Jiang me demande sans arrêt de lui raconter où j'en suis dans mon enquête.

– Vous n'avez qu'à entrer dans son jeu, Wei. À partir de maintenant, vous ne direz plus rien à Jiang tant qu'il ne se montrera pas plus conciliant. Jiang et Liu s'occupaient du *shuanggui* et nous nous occupons de l'enquête sur la mort de Zhou. C'est à eux de nous dire ce qu'ils savent sur lui.

– Depuis deux jours, Liu n'est pratiquement pas venu à l'hôtel. Mais Jiang représente les autorités de la ville.

– Si Jiang vous complique trop la tâche, dites-lui que je vous ai demandé de ne communiquer qu'avec moi. Dites que c'est un ordre de ma part.

– Merci, chef, dit Wei en lui adressant un regard franc. Quand vous avez obtenu votre promotion, certains ont pensé que c'était grâce à votre diplôme universitaire, un coup de chance qui répondait à la nouvelle politique de promotion des cadres, et d'autres ont dit que c'était grâce à un article du *Wenhui* écrit par une de vos amies journalistes…

Chen fit un geste pour l'arrêter. Il était vrai qu'il avait obtenu le poste pour des raisons sans rapport avec son travail de policier, comme ses diplômes ou l'image particulière qu'il offrait au public, et que ces paramètres répondaient aux critères de propagande du Parti et sans doute à d'autres besoins qu'il préférait ne pas connaître.

– On a sûrement raconté beaucoup d'histoires sur moi, notamment des vraies. Par exemple, mon diplôme de littérature ne m'a rien appris sur le métier de policier. Aujourd'hui encore, je me demande si je n'aurais pas mieux fait d'embrasser une autre carrière. Je sais que ça n'est pas juste à l'égard de mes collègues.

– Non, ce que je veux dire, chef, c'est que je suis content de travailler sous vos ordres. Je vous tiendrai informé de tous mes mouvements.

– Je vous le répète, reprit Chen, c'est vous qui êtes en charge de l'enquête, pas moi. Quelles que soient les actions que vous décidez d'entreprendre, ne vous sentez pas obligé de me consulter avant. *Quand un général combat aux frontières, il n'est pas toujours obligé d'en référer à l'empereur*, vous connaissez le proverbe.

– Vous voulez dire…

– Vous avez carte blanche. S'il y a un problème, j'en assumerai l'entière responsabilité…

Il fut interrompu par la sonnerie de son portable.

– Bonjour, inspecteur principal Chen. C'est Lianping, la journaliste du *Wenhui*. Vous vous souvenez de moi ? Je viens de lire un article sur vous.

– Bien sûr que je me souviens. De quoi s'agit-il ?

– Écoutez ça : « D'après l'inspecteur principal Chen,

pour l'instant, rien ne permet de présumer que la mort de Zhou soit autre chose qu'un suicide. »

– C'est ridicule, dit-il. Qui a osé faire cette déclaration ?

– Jiang, du gouvernement municipal.

– L'enquête est toujours en cours. C'est tout ce que je peux vous dire pour l'instant.

– La déclaration de Jiang reste assez vague à ce sujet, mais elle laisse entendre que vous avez déjà tiré vos conclusions.

– C'est faux, mais je vous remercie de m'avoir prévenu, Lianping. Nous suivons plusieurs pistes. Dès que nous aurons terminé nos investigations, je vous tiendrai au courant.

– Merci beaucoup, inspecteur principal Chen. Et, je vous en prie, n'oubliez pas les poèmes que vous avez promis de m'envoyer pour le journal. Je suis une grande admiratrice de votre travail.

La déclaration de Jiang n'avait rien de surprenant. Au contraire, Chen s'attendait à ce genre d'initiatives.

Durant toute la conversation téléphonique, l'inspecteur Wei était resté debout, un grand sourire aux lèvres.

Au bureau, Chen avait la réputation d'être un poète romantique, surtout depuis sa liaison avec une journaliste du *Wenhui*. Wei avait peut-être entendu que l'appel venait du journal et deviné qu'il s'agissait d'une jeune femme.

– Je dois retourner travailler, inspecteur principal Chen.

Chen avait dit tout ce qu'il avait à dire à la journaliste. Pourtant, il se surprit à repenser à la conversation qu'ils avaient eue sur ses poèmes et aux vers qu'elle lui avait évoqués quand elle s'était avancée d'un pas léger sur l'allée du jardin, comme une aile de geai bleu qui flamboie dans la lumière.

8

Après le départ de Wei, Chen resta un moment seul.

Il devait mettre de l'ordre dans son esprit, structurer tous les éléments que l'inspecteur Wei lui avait confiés.

Agréablement surpris par la qualité du café, il en commanda un deuxième. Le canapé moelleux était confortable, la hauteur du dossier lui procurait une sensation d'intimité tandis que la baie vitrée offrait une vue toujours changeante sur la rue piétonne.

Dehors, les gens se pressaient vers leur destination du moment, puis, de là, vers d'autres lieux inconnus.

Derrière la vitre, Chen remuait son café chaud avec sa petite cuillère.

Il percevait quelque chose dans l'interrogatoire du serveur, songea-t-il, mais l'intuition restait vague ; elle lui échappait comme une anguille de rizière avant même qu'il n'ait le temps de la toucher du doigt.

Et puis, l'inspecteur Wei ne lui avait peut-être pas tout dit, du moins, pas directement. Des cadres de haut rang pouvaient se trouver mêlés à l'affaire, des personnes trop puissantes pour un flic ordinaire comme Wei qui n'avait aucune preuve tangible à avancer pour l'instant. Mais Chen croyait comprendre où l'inspecteur Wei voulait en venir.

Certains détails mentionnés par Wei lui revinrent à

l'esprit. Posément, Chen but une petite gorgée de son café fraîchement moulu. Tout d'abord, il avait du mal à croire qu'un homme qui envisageait de déguster du jambon de Jinhua dans les prochains jours ait décidé de se suicider une heure après.

La photo renfermait un autre mystère. Était-il possible que Zhou l'ait prise lui-même ? Dans ce cas, il avait réellement tendu le bâton pour se faire battre.

L'inspecteur Wei était déterminé à poursuivre dans une direction opposée à celle que Jiang souhaitait qu'il prenne, là-dessus, Chen n'avait plus aucun doute. En tant que conseiller, l'inspecteur principal devait se ranger du côté de son collègue.

Il hésitait pourtant à interroger Jiang trop rapidement.

Si les autorités étaient si pressées de conclure, elles auraient pu le faire sans recourir à Chen comme « garant », et surtout sans demander son avis à Wei. Un membre du Parti devait toujours agir dans l'intérêt du Parti et Chen devait donc parler ou se taire en conséquence. Mais malgré la déclaration qu'il avait faite à la presse, Jiang était toujours à l'hôtel, regardant les policiers aller et venir, surveillant leurs moindres faits et gestes. Encore une chose qui le dépassait.

En conclusion, il ne servait à rien d'aller à l'hôtel. Il avait plutôt intérêt à chercher ailleurs.

Il se leva et avant de sortir acheta un bon-cadeau d'une valeur de cent yuans qu'il pensait offrir à l'inspecteur Wei pour son fils.

Près de la rue de Henan, Chen ralentit le pas devant un haut bâtiment partiellement couvert d'échafaudages. Plusieurs marques réputées avaient déjà placardé fièrement leur logo sur le chantier. On construisait un grand magasin de luxe. Un panneau annonçait : *Ouverture prochaine*.

Étonnamment, cet après-midi-là, il n'y avait aucun raffut de machine, ni aucun ouvrier sur le site.

Debout devant le chantier, Chen sortit son téléphone pour appeler monsieur Gu, le président du groupe New World.

La conversation fut brève, mais elle suffit à confirmer ce que Wei lui avait dit sur Teng Jialing, le directeur général de Green Earth.

En raccrochant, Chen eut envie de noter pour lui-même les différentes pistes possibles afin d'être sûr de ne pas les oublier. Il leva la tête et se dirigea vers *La Mer Orientale*, un café situé un peu plus loin dans la rue. Son expérience lui avait appris que jeter ses pensées sur le papier l'aidait parfois à y voir plus clair.

La Mer Orientale, un café rescapé de la Révolution culturelle, paraissait misérable à l'ombre des nouvelles constructions environnantes. Il commanda sa troisième tasse de café de l'après-midi et finit de rédiger sa note.

Teng avait des raisons de détester Zhou. Sans doute assez pour riposter. Il n'avait peut-être pas assisté au colloque, mais des membres de son entreprise avaient pu voir le paquet de cigarettes. La chasse à l'homme lancée sur Internet pour un paquet de 95 Majesté Suprême avait dû satisfaire son appétit de vengeance.

Mais pourquoi aurait-il persisté après la destitution de Zhou ?

L'inspecteur principal ne voyait pas de mobile, en tout cas pas de raison suffisante pour que Teng prenne un risque aussi grand qu'assassiner Zhou dans un hôtel sécurisé. L'hypothèse était plausible car Teng avait des liens dans les triades. Mais si Teng avait voulu se débarrasser de Zhou, il lui aurait été plus facile de le faire avant le *shuanggui*.

Chen rangea son carnet, termina son café et composa le numéro de Jiang en sortant dans la rue.

Il réussit à lui faire entendre qu'il était trop tôt pour tirer des conclusions sur la mort de Zhou. Il ne fit aucune allusion à l'article du *Wenhui*. De son côté, Jiang eut l'intelligence de ne pas l'évoquer. Chen se montra laconique, mais parvint à s'assurer que Jiang comptait passer la journée à l'hôtel.

Il fit demi-tour et fila vers la rue de Jiujiang où il héla un taxi derrière l'hôtel *Amanda*.

Cinq minutes plus tard, il arriva au bureau de la Commission d'urbanisme situé dans le bâtiment du gouvernement municipal, près de la place du Peuple.

Il n'avait pas besoin de prendre un taxi pour une si courte distance, mais aux yeux des agents de sécurité, un homme arrivant à pied à l'hôtel de ville pouvait passer pour un « provocateur ».

Il entra et marcha droit vers le bureau de Dang, le sous-directeur de la Commission.

Ce dernier figurait en tête de la liste des bénéficiaires du crime établie par Wei. Il avait assisté au colloque, assis à la tribune à côté de Zhou, d'où il avait pu voir de près le paquet de cigarettes.

Dans les luttes de pouvoir intestines au Parti, le scénario classique voulait que si, pour une raison ou pour une autre, le numéro un tombait, le numéro deux lui succédait immédiatement.

Dang avait un mobile. Quant à son alibi, il avait participé ce jour-là à une réunion d'affaires dans un hôtel de Qingpu où il avait passé la nuit, du moins, d'après les registres de l'établissement. Il aurait facilement pu savoir dans quel hôtel se trouvait Zhou et sortir discrètement du sien. Il aurait aussi très bien pu embaucher des professionnels.

Chen passa devant le bureau de Zhou, toujours sous scellés officiels, et s'arrêta devant le bureau de Dang, au même étage.

Dang était un homme grand et costaud d'une quarantaine d'années, aux yeux de fouine et aux sourcils broussailleux. Il reçut Chen avec cordialité.

Après avoir échangé quelques formules de politesse, il entra dans le vif du sujet.

– Vous êtes de la maison, camarade inspecteur principal Chen, donc je vais vous épargner les déclarations officielles. Zhou pensait bien faire avec son discours. Il est facile pour les gens de se plaindre de la bulle immobilière. Mais quand la bulle éclatera, c'est toute l'économie qui s'écroulera. Dès que Zhou a décelé des signes de trouble sur le marché, il a voulu contrecarrer la tendance. Il a sous-estimé la frustration accumulée chez tous ceux qui n'ont pas les moyens d'accéder à la propriété. Le paquet de cigarettes leur a fourni un prétexte pour soulager leur colère. Et nous ne pouvons ignorer le fait que certains aient profité de l'incident pour souiller l'image du Parti.

– Oui, nous envisageons toutes les hypothèses, répondit Chen machinalement.

– Je ne sais rien des autres ennuis de Zhou qui ont déclenché le *shuanggui*. Si tous les faits révélés par la chasse à l'homme sont vrais, il a eu ce qu'il méritait. Au bureau, Zhou avait toujours le dernier mot et il prenait la plupart des décisions sans nous consulter.

Dang ramassa distraitement la carte de visite de Chen.

– Oh, vous êtes vice-secrétaire. Vous savez comment ça se passe. Beaucoup de dossiers étaient discutés sans que je sois au courant. En ce qui concerne le paquet de 95 Majesté Suprême, c'était surtout un coup de malchance. Il faut traiter le problème à la racine, inspecteur principal Chen. L'attaque n'était pas dirigée contre Zhou, mais contre le Parti. On ne peut pas laisser ces blogs se répandre comme une maladie.

Chen hocha la tête. De la part de Dang, un tel vœu était prévisible. Si on laissait le phénomène se développer librement, il risquait fort d'être la prochaine cible.

– J'aimerais vous poser une question au sujet de la photo. Savez-vous qui a pu la prendre ?

– Jiang m'a posé la même question, soupira Dang. Au colloque, Zhou et moi étions assis avec d'autres intervenants à la tribune. Il n'était pas question qu'un de nous perturbe la conférence en prenant des photos. Mais le public y était autorisé. Pour vous répondre en deux mots, nous n'en savons rien. Par contre, nous savons que Zhou a lui-même envoyé la photo par mail à Fang, sa secrétaire, et qu'elle a transmis le fichier à la presse. Il est possible que Zhou ait demandé à quelqu'un de prendre des photos avec son propre appareil et qu'il ait transféré les clichés sur son ordinateur. Si Zhou avait reçu la photo de quelqu'un d'autre, Jiang aurait trouvé le message sur son disque dur.

Chen avait remarqué le subtil passage du « je » au « nous » dans le témoignage de Dang, mais il ne fit aucun commentaire. Pourtant, ce détail consolidait les hypothèses de Wei.

– Inutile de préciser qu'aucun de nous n'a eu accès à son ordinateur jusqu'au scandale, poursuivit Dang. Ensuite, l'équipe de Jiang a tout emporté, notamment les CD et les disques durs.

– Est-il possible que Zhou ait utilisé d'autres comptes de messagerie dont il vous aurait caché l'existence ou bien qu'il ait effacé certains fichiers ou certains e-mails ?

– C'est possible, mais je ne vois pas comment il aurait fait. Les techniciens de Jiang sont des pros de l'informatique. Si Zhou avait reçu la photo, ils auraient fini par retrouver sa trace.

– Donc, sa secrétaire a envoyé le discours et la photo aux médias selon ses instructions.

– C'est exact, rétorqua Dang. Du moins, à ma connaissance.

– Est-ce une règle chez vous de choisir et d'approuver tout document destiné aux médias avant publication ?

– Tout ce qui a trait au marché de l'immobilier est sensible. Une remarque anodine lancée par un membre de la Commission pourrait déclencher un mouvement de panique auprès des acheteurs comme des vendeurs. C'est pour ça que cette règle a été instaurée. Cela paraît d'autant plus naturel dans le cas d'un discours important comme celui de Zhou.

– Pourrais-je parler à sa secrétaire ?

– Fang n'est pas là aujourd'hui. Elle a appelé ce matin pour dire qu'elle était souffrante. Jiang l'a interrogée. Elle affirme qu'elle s'est contentée de suivre les directives de Zhou. Ce n'est qu'une « petite secrétaire ».

– Une petite secrétaire, répéta Chen d'un air songeur.

Le terme pouvait faire référence aux maîtresses des patrons, généralement beaucoup plus jeunes, qui travaillaient pour eux en tant qu'assistantes. Mais rien dans le dossier de Wei ne mentionnait une possible relation. Chen n'insista pas. Dang n'en dit pas plus.

Chen nota malgré tout son nom, son adresse et son numéro de téléphone avant de quitter l'hôtel de ville.

Dehors, sur la place du Peuple, Chen aperçut un groupe de personnes âgées qui faisaient de la gymnastique au son tonitruant d'un lecteur CD. Il reconnut une chanson qu'il avait souvent entendue pendant la Révolution culturelle. *Génération après génération, nous rendons grâce au président Mao.*

C'était un des chants rouges réapparus suite aux changements survenus dans le paysage politique. Mais pour beaucoup, ce n'était qu'une mélodie entraînante sur laquelle danser.

Chen héla un taxi et retourna au bureau, submergé soudain par la fatigue.

9

Il était déjà plus de neuf heures du soir quand Chen rentra chez lui.

Encore une fois, les heures passées devant l'ordinateur du bureau n'avaient pas donné grand-chose. Il était épuisé. Tous ses muscles lui faisaient mal comme au début d'une grippe. Il se frotta les yeux.

Il ouvrit son carnet à la page sur laquelle il avait travaillé un peu plus tôt, couverte d'un amas de points indiquant les différentes directions possibles. Il ne parvenait toujours pas à les relier entre eux.

L'entretien de l'après-midi avec Dang ne lui avait rien appris de nouveau, même s'il était possible que celui-ci soit impliqué de manière souterraine.

Chen ne trouvait pas étrange que Zhou ait sélectionné lui-même la photo que sa secrétaire avait envoyée à la presse.

Mais qui avait pris la photo ?

On n'avait trouvé aucune trace de courrier adressé à Zhou après le colloque. Jiang avait épluché tous les dossiers, ce que Dang avait confirmé.

Une autre hypothèse voulait que Zhou ait transféré la photo directement depuis son appareil. Il paraissait improbable que Zhou se soit donné la peine de prendre une photo de lui-même au beau milieu d'un discours important. D'ailleurs, personne ne l'avait vu sortir son appareil, qui, après inspection, n'avait rien révélé non plus. À moins qu'il n'ait effacé toutes les photos pour d'obscures raisons.

Le scénario le plus probable était que la photo avait été prise avec l'appareil de quelqu'un d'autre.

Dans ce cas, qui pouvait avoir un accès direct à l'ordinateur de Zhou ?

Les membres de la Commission d'urbanisme. Dang, dont le bureau était adjacent au sien et d'autres employés. Parmi eux, la petite secrétaire.

Chen consulta sa montre. Un puissant mal de tête vint s'ajouter à ses douleurs musculaires. Il composa le numéro de Wei et évoqua la secrétaire.

– J'y ai pensé, chef, répondit Wei avec vivacité, je l'ai interrogée. Elle s'appelle Fang Fang. Je me suis renseigné sur elle.

Wei partit alors dans un long récit détaillé sur le passé de Fang, consultant ses notes de temps à autre. Chen l'écoutait, attentif au froissement régulier des pages.

Fang travaillait pour Zhou depuis deux ans. Elle ne répondait pas au profil habituel de la petite secrétaire. Elle avait déjà une trentaine d'années et elle était un peu trop mince pour être jugée séduisante. Un cadre du calibre de Zhou aurait facilement pu embaucher une fille plus jolie et plus jeune. On racontait qu'il s'était donné toutes les peines du monde pour lui assurer le poste. C'était un emploi en or, offrant la sécurité et un bon salaire, sans parler de l'argent possiblement détourné par la Commission. Plus de cent candidates s'étaient présentées. Zhou avait dû justifier son choix. Fang avait étudié trois ans en Europe ; titulaire d'un diplôme de communication, elle parlait anglais, ce qui pouvait s'avérer utile dans une métropole comme Shanghai. Après des recherches infructueuses en Angleterre à la fin de ses études et après plus d'un an de chômage depuis son retour à Shanghai, Fang avait été soulagée d'obtenir le poste. Une fois à la Commission, elle avait été rapidement promue au poste d'assistante de direction, responsable d'une grande partie des dossiers et notamment des relations publiques. Pour ce dernier communiqué, Zhou avait vérifié les éléments avant de les lui transmettre. Elle affirmait n'avoir prêté aucune attention particulière au texte ni à la photo. C'était une mission de routine et Zhou fumait presque toujours cette marque de cigarettes. Quant aux affaires de corruption dont Zhou était accusé, elle n'était au courant de rien car il ne discutait jamais de ses accords ni de ses décisions avec elle. Jusqu'à présent, Jiang et son équipe ne l'avaient pas classée parmi les suspects potentiels, mais ils lui faisaient subir une pression considérable en espérant qu'elle révélerait des secrets sur son patron.

– Ce fameux lundi soir, Fang a passé la nuit chez ses parents. Un membre de la famille était venu du Anhui en visite. Son alibi est solide, conclut Wei après avoir relu ses notes une dernière fois. Elle est très inquiète pour son travail. Son licenciement est imminent. Dang ne la gardera pas à un poste si important.

La conversation s'éternisait. Chen s'essuya le front du revers de la main. L'inspecteur Wei avait bien travaillé, son compte-rendu était précis, et à l'instar de Jiang, il ne suspectait pas Fang. Elle n'avait aucun mobile.

Encore une piste qui ne mènerait nulle part. Chen se demanda s'il valait la peine qu'il interroge la jeune femme.

L'information que la journaliste du *Wenhui* lui avait apportée plus tôt dans la journée lui revint en mémoire et dans la solitude immobile de la pièce, elle prit un écho particulièrement ironique.

« Pour l'instant, rien ne permet de présumer que la mort de Zhou soit autre chose qu'un suicide. »

L'inspecteur principal n'avait jamais rien dit de semblable. Mais pour l'instant, cette conclusion n'était pas si éloignée de la réalité.

Il se leva pour se servir une goutte de whisky, d'une bouteille qu'il avait rapportée d'un voyage aux États-Unis. Il espérait que l'alcool lui redonnerait un peu d'énergie, mais il n'était pas un grand buveur. Il avala une petite gorgée et fut pris d'une quinte de toux incontrôlable.

Encore une journée de perdue. En revenant sur les événements, il s'aperçut que l'allusion téléphonique de Lianping à ses poèmes avait été la seule éclaircie de cette morne journée. Mais la trêve avait été de courte durée car elle avait surtout appelé pour parler de sa soi-disant déclaration.

Il se sentait éreinté. Des vers de Du Fu lui revinrent en mémoire :

> *J'ai plus de soucis et de tourments*
> *que de cheveux sur mes tempes blanchies ;*
> *Écrasé, bon à rien,*
> *j'ai renoncé aux coupes de vin trouble.*

Quand il était étudiant, Chen n'aimait guère Du Fu, qui lui paraissait trop confucéen, trop sérieux, qui racontait au lieu de peindre et écrivait des vers larmoyants et grandiloquents sur les malheurs de son pays.

Le temps passait si vite. Combien d'années s'étaient écoulées depuis son entrée dans la police après son diplôme ? Au départ, malgré ses réticences, il était resté plus ou moins idéaliste. Et maintenant ? Existentialiste, au mieux, comme un personnage mythologique poussant son rocher en haut d'une montagne pour le voir rouler jusqu'en bas dans un perpétuel recommencement.

Sa rêverie fut interrompue par un coup de fil de l'inspecteur Yu qui n'hésitait pas à l'appeler malgré l'heure tardive.

– Attention, chef. La Sécurité intérieure est entrée en scène.

– La police des polices. Pour quelle raison ?

– Vous devriez le savoir mieux que moi.

Mais il ne savait rien non plus. Il avait passé la plus grande partie de l'après-midi à l'extérieur. L'intervention de la Sécurité intérieure signifiait que l'affaire était trop sensible pour la police, ou trop sordide. Il n'y avait aucun doute là-dessus.

À moins qu'ils ne soient venus pour les surveiller.

Quelle que soit l'explication, la nouvelle ne présageait rien de bon.

Et il se sentait vraiment patraque.

10

L'esprit agité, recroquevillé dans la voiture du bureau, transpirant à grosses gouttes, Chen passait un coup de fil après l'autre comme si le monde entier était suspendu à sa ligne téléphonique.

Il avait été malade tout le week-end ; il avait passé son lundi au lit, le téléphone coupé, dans un piteux état la majeure partie de la journée. Puis le mardi lui avait apporté la nouvelle de la mort de l'inspecteur Wei, survenue la veille dans un accident de voiture.

D'après les informations fournies par l'hôpital Ruijin, Wei avait été admis aux urgences en tant que victime non identifiée d'un accident survenu au coin des rues de Weihai et de Shanxi. Il ne portait ni papiers ni uniforme. Il était mort peu de temps après. Ce n'est que le lendemain qu'un agent de la circulation, après avoir trouvé dans la poche de Wei une épingle à cravate de la police et croyant voir une ressemblance entre le défunt et l'inspecteur Wei, avait jugé bon de prévenir les autorités.

Quinze minutes environ avant que la brigade criminelle ne reçoive l'appel de l'agent, la femme de Wei avait également appelé le bureau pour signaler que son mari n'était pas rentré la nuit précédente. Il était parti de chez eux la veille au matin vêtu d'une veste beige, d'une chemise blanche, d'une cravate et d'un pantalon de ville : une tenue trop élégante pour un policier en civil.

Chen n'avait pas eu d'autre choix que de se précipiter dehors, après avoir avalé quelques aspirines et glissé un sachet en réserve dans la poche de son pantalon.

Le chauffeur qui l'attendait, Wang le Chétif, était un fan autoproclamé de l'inspecteur principal et, suite à une surconsommation de romans policiers, il avait tendance à confondre l'homme en chair et en os avec un personnage de fiction. Mains sur le volant, il avait du mal à se retenir de poser des questions à son héros.

– Ça ne peut pas être un accident, lança Wang le Chétif au moment précis où Chen posait son téléphone. Au beau milieu d'une enquête.

– La circulation est infernale ici et la ville regorge de dangers publics. Il y a beaucoup d'accidents. Ne tirons pas de conclusion hâtive.

– C'est vrai. Mais quand même…

Chen passait déjà un autre coup de fil à Liao, le chef de la brigade criminelle.

– Je n'ai pas la moindre idée de ce qu'il allait faire ce matin-là, dit Liao. Nous avions parlé de ses avancées la veille. Il penchait de plus en plus pour un meurtre, comme vous le savez, mais il ne disposait d'aucune preuve pour étayer sa théorie. Il essayait sans doute d'obtenir quelque chose.

– C'est possible, dit Chen en pensant à la tenue de Wei ce jour-là.

Il planifiait peut-être une visite incognito de l'hôtel.

– Vous avez sans doute raison, Liao. Je reviendrai vers vous très bientôt.

Alors que la voiture bifurquait dans la rue de Shanxi, Wang intervint à nouveau :

– J'ai entendu parler de cet hôtel.

– Qu'avez-vous entendu ?

– Hier, je conduisais le secrétaire du Parti Li et il a reçu un appel d'un supérieur.

– Comment le savez-vous ?

– Li a deux téléphones. Un blanc et un noir. Il n'utilise presque jamais le blanc sauf pour des appels importants ou internes au Parti. Peu de gens connaissent ce numéro, j'imagine.

– C'est vrai. Je n'en connais qu'un.

– Et surtout, quand il décroche, je décèle tout de suite le changement dans sa voix. Avec un supérieur, Li prend parfois un ton obséquieux. Je crois bien que c'est pour ça que vous n'êtes encore que vice-secrétaire, inspecteur principal !

– Ne dites pas ça.

– Li a mentionné l'hôtel plusieurs fois et il a parlé d'une équipe de Pékin qui allait y séjourner. Je l'ai compris parce qu'il répétait les paroles de son inter-locuteur. Et puis, le nom de Zhou est arrivé dans la conversation. Li se montrait prudent ; il se contentait la plupart du temps d'acquiescer en marmonnant. Sans connaître le contexte, j'avais du mal à suivre. À la fin, Li a dit : « Je comprends et je n'en parlerai qu'avec vous, vous et personne d'autre. »

Ce matin-là, Chen avait justement entendu parler de l'arrivée d'une équipe de la Commission centrale de contrôle de la discipline de Pékin. Personne ne l'avait prévenu. Il n'était même pas en position de se renseigner. Leur venue était-elle liée à l'affaire Zhou ?

– Oh, déposez-moi au coin, près de l'Union des écrivains, dit Chen en changeant brusquement d'avis. Vous pouvez retourner au bureau. Je ne sais pas pour combien de temps j'en aurai.

– Aucun problème. Je peux attendre. N'hésitez pas à m'appeler dès que vous aurez besoin de la voiture.

– Je crois que je vais rentrer chez moi en taxi. Ne vous inquiétez pas pour moi. Si vous entendez quoi que ce soit, prévenez-moi.

– Bien sûr, inspecteur principal Chen.

Chen sortit de voiture et prit la direction de l'association.

Le Jeune Bao, le gardien, sortit la tête de sa guérite et l'accueillit chaleureusement.

– J'ai du thé Mao Jian extra-frais, maître Chen. Vous voulez en partager une tasse avec moi ?

La visite à l'association n'était qu'un prétexte pour éviter de révéler à Wang sa véritable destination. Le chauffeur du bureau était décidément trop bavard. Chen n'avait rien de spécial à faire à l'Union des écrivains ce matin-là et il ne refusait jamais une bonne tasse de thé.

– Merci, dit Chen en franchissant le seuil de la guérite. Et ne m'appelez pas maître, je vous l'ai déjà dit.

– Mon vieux père dit que vous êtes un maître. Il ne se trompe jamais.

Le Jeune Bao lui tendit une tasse. Chen savoura l'arôme unique qui s'échappait du thé vert.

– Le travail n'est pas trop dur ?

– Non, pas du tout. Il m'a fallu moins d'un mois pour connaître tous les gens qui travaillent ici. Bien sûr, ceux-là n'ont pas besoin de signer le registre. Et puis, la plupart des membres qui viennent de temps en temps connaissent le règlement et s'inscrivent sans que j'aie besoin de leur demander.

Chen hocha la tête et avala une autre gorgée de thé.

– À l'époque du Vieux Bao, reprit-il, il y avait beaucoup de passage ici. Beaucoup de visiteurs. Surtout des jeunes, « la jeunesse littéraire » comme on disait. Aujourd'hui, l'expression paraîtrait complètement ridicule.

– C'est malheureusement vrai.

– Je reste assis toute la journée et je n'ai pas grand-chose à faire. Regardez le registre. Moins de dix pages ce mois-ci.

L'Union des écrivains n'avait pas réellement besoin d'un agent de sécurité, songea Chen, mais pour une illustre institution d'État, la présence du Jeune Bao et de son registre restait indispensable.

– L'autre jour, je suis allé à *La Villa Moller*, poursuivit Chen. Là-bas, le gardien est occupé jour et nuit.

– C'est un hôtel très spécial. Weiming, le gardien, est un ami à moi. Son registre est au moins trois ou quatre fois plus épais que le mien, observa le Jeune Bao en mâchouillant une feuille de thé vert. Mais je n'ai pas à me plaindre, maître Chen. De tous les gardiens de la ville, je suis sûrement le seul qui ait le droit de lire au travail sans se soucier des conséquences. Au contraire, An et vous-même m'encouragez à lire autant que je le souhaite. Après tout, il faut bien que la bibliothèque de l'association serve à quelque chose.

– Je suis content d'apprendre que vous aimez la lecture.

– Weiming, le gardien de *La Villa Moller* dont je vous parle, est aussi un passionné de littérature. Il vient ici chercher des livres, il trouve ça beaucoup plus pratique que la bibliothèque municipale. En échange, il me vend des tickets de cantine de son hôtel. La nourriture y est excellente et très bon marché, grâce aux subventions du gouvernement et bien sûr, aux fréquentes visites des hauts cadres du Parti.

Chen ne répondit pas immédiatement. Il se souvint

d'une métaphore : la Chine se transformait en un gigantesque réseau de relations où chaque maillon, étroit ou distendu, visible ou invisible, unique ou multiple, ne tenait que grâce au tissage serré de l'ensemble.

– Devinez ce que je lis en ce moment. Des romans policiers. Certains sont traduits par vous. Voilà encore une raison pour moi de vous appeler maître. En raison de votre production littéraire et aussi de votre carrière d'enquêteur.

– Arrêtez, Jeune Bao. Le thé est délicieux, dit Chen en vidant sa tasse, mais je dois vous laisser.

– Je suis content qu'il vous plaise. Je vous en garderai. Pour vos prochaines visites.

Chen sortit et retourna dans la rue de Shanxi. Il se sentait toujours las, malgré le thé parfumé, mais il avait repris des forces.

Comme quelques jours auparavant, il marcha tout droit vers l'hôtel, non sans jeter un coup d'œil par-dessus son épaule de temps à autre.

Au coin de la rue, une jeune vendeuse de fleurs le salua d'un sourire engageant.

– Achetez un bouquet, monsieur, articula-t-elle dans un dialecte étranger à Shanghai.

À ses pieds, un panier de fleurs de jasmin éclatait de blancheur.

Distraitement, il acheta un rameau aux bourgeons minuscules, aussi fin qu'une décoration militaire, et, songeant à Wei, le rangea dans la poche de sa veste.

Un jour plus tôt, Wei s'était probablement dirigé vers *La Villa Moller* lui aussi ; il avait tourné dans cette même rue, avec ou sans la vendeuse de fleurs et son panier garni.

Le scénario selon lequel Wei se rendait à l'hôtel expliquait sa tenue distinguée. Il n'y allait pas en qualité de policier. Il se montrait prudent car l'équipe municipale rôdait toujours sur les lieux.

Maintenant, l'équipe de la Commission de contrôle de la discipline de Pékin était là aussi, avec sans doute d'autres préoccupations en tête que Zhou, pour qui Pékin ne se serait jamais donné la peine d'envoyer une équipe, et Chen devait redoubler de vigilance.

Quelles que soient les interprétations qui circulaient au sujet du séjour de la délégation de Pékin dans le prestigieux hôtel shanghaien, il n'avait pas à s'en mêler. L'inspecteur principal avait déjà largement de quoi s'occuper.

Il ralentit le pas, presque comme un touriste en promenade, et sortit son téléphone portable pour appeler un policier à la retraite surnommé L'Encyclopédie.

– Pourquoi ces gens descendent-ils tous au *Moller* ? demanda Chen. Vous pouvez peut-être m'en dire un peu plus sur l'histoire de cet hôtel ?

– Oh, c'était la villa Moller, comme vous le savez. Après 1949, c'est devenu le siège de la Ligue de la jeunesse communiste de Shanghai. La Ligue était sous l'autorité du gouvernement municipal, mais elle obéissait aussi au Comité central basé à Pékin. Aujourd'hui, un grand nombre de cadres de la Cité interdite sont d'anciens membres de la Ligue. Leur faction est très puissante au sein du Parti.

– Merci beaucoup, L'Encyclopédie.

Il y voyait plus clair. Le secrétaire général du Parti avait lui aussi appartenu à la Ligue de la jeunesse communiste. Lui et ses alliés formaient ce que l'on appelait « le Gang de la Ligue ». Son rival, « le Gang de Shanghai », rassemblait les cadres montants originaires de la ville dirigés par Qiangyu, le chef du Parti de Shanghai.

L'arrivée de la Commission centrale à Shanghai, dans cet hôtel précisément, pouvait être le signe d'une intensification des luttes de pouvoir au sommet du Parti, mais il n'aurait su dire si leur présence avait un rapport avec Zhou.

Et puis, Chen avait trouvé un nouveau paramètre expliquant pourquoi il n'avait pas encore été nommé chef de la police de Shanghai. Même si ces rumeurs étaient fausses, ses liens présumés avec certaines personnes comme le camarade Zhao, l'ex-secrétaire de la Commission de contrôle de la discipline de Pékin, lui portaient préjudice.

Premièrement, le camarade Zhao ne l'avait pas appelé depuis très longtemps. Et il n'avait reçu aucun message concernant l'équipe de Pékin dépêchée ici.

L'inspecteur principal décida d'aborder sa visite à l'hôtel avec un maximum de précaution. Au lieu de se diriger directement vers le bâtiment B et la chambre de Jiang, il s'approcha de la réception.

– Désolé, il y a une réunion exceptionnelle aujourd'hui. Nous ne sommes pas ouverts aux visiteurs.

– Quel dommage ! J'ai entendu tant de choses sur cet établissement légendaire, dit Chen en ramassant un dépliant.

Après réflexion, il ajouta :

– Mais que faites-vous des clients qui sont arrivés avant la réunion ?

– Eux aussi doivent quitter les lieux. Le plus vite possible.

Il se tramait bel et bien quelque chose ici. Et Jiang serait peut-être logé à la même enseigne que les clients.

Chen sortit tel un touriste dépité, puis regarda à droite et à gauche avant de traverser la rue pour essayer un nouveau restaurant.

La Famille du Nord-Est affichait une façade rustique où se balançait une guirlande de lanternes rouges. Il entra et monta au deuxième étage où il fut étonné de voir, le long des fenêtres donnant sur la rue de Shanxi, une rangée de *kangs* : des blocs surélevés servant à la fois de chaises et de tables. La curiosité le fit s'approcher.

Un serveur accourut et dit en s'excusant :

– Désolé, c'est une table pour six personnes.

L'emplacement offrait une vue imprenable sur l'hôtel.

– Quelle est l'addition minimum à cette table ?

Dans certains restaurants, le salon privé exigeait un montant minimum.

– Environ six cents yuans. Notre cuisine du Nord-Est n'est pas chère et pour ce prix, vous aurez un vrai festin. Vous ne pourrez pas tout manger tout seul. Mais nous allons faire une exception pour vous et renoncer au montant minimum, monsieur, annonça le serveur avec déférence. Nous avons des compagnes-de-repas. L'une d'elles s'assoira à votre table pour seulement cent yuans et se fera un plaisir de vous présenter les spécialités de notre cuisine.

– Très bien. Je paierai pour sa compagnie, mais je voudrais rester seul quelques instants d'abord.

– Comme vous voudrez, monsieur. Je vais déjà vous préparer une théière de Puits du Dragon.

Chen s'assit à la table près de la fenêtre. Le *kang* n'était pas très confortable. Traditionnellement, il s'agissait d'un lit de terre sous lequel on brûlait du charbon. Les gens s'installaient, jambes repliées sous leurs fesses, et posaient une table au milieu de leur cercle à l'heure des repas. L'imitation du restaurant n'était qu'approximative, mais il retira ses chaussures, grimpa sur le *kang* et regarda au-dehors.

En face, la villa Moller miroitait au soleil, peut-être telle que l'avait jadis rêvée une petite fille.

Il ne lui fallut pas longtemps pour s'apercevoir que ce matin n'était pas ordinaire. Pendant quinze minutes, il ne vit aucun piéton entrer ni sortir de l'établissement. Seules deux ou trois voitures de luxe aux vitres fumées s'engagèrent dans l'allée. Pas un taxi. L'hôtel avait dû être reconverti en « base politique ».

Une jeune compagne-de-repas s'approcha de lui. Elle était habillée comme une fille du Nord-Est et elle parvint même à tinter sa voix d'un léger accent de la région.

– L'aileron de requin est notre spécialité, monsieur.

– L'aileron de requin est une spécialité partout. Je ne vais pas en commander chez vous, mais je vous laisse choisir d'autres plats du menu.

– Vous savez commander, approuva-t-elle avant de se hisser sur le bord du *kang* et de retirer ses chaussons.

Il se demanda si elle allait rester comme ça près de lui pendant tout le repas, comme dans un film sur la vie conjugale dans les campagnes reculées.

– Merci, dit-il en sortant un billet de dix yuans. Voilà déjà un pourboire pour vous, mais je voudrais rester seul pour l'instant.

– Comme vous voudrez, Grand Frère, dit-elle en se levant, la main fermée sur le billet. Si vous avez besoin de moi, vous n'avez qu'à m'appeler. Nous offrons toutes sortes de services. Même après le repas, dans une chambre privée si vous voulez.

– Je vous le ferai savoir.

Bientôt, les plats arrivèrent. La cuisine du Nord-Est n'avait pas la réputation d'être la meilleure de Chine. On lui trouvait un style et des saveurs trop rudimentaires.

Il attrapa un morceau de tofu sauté, but une gorgée de thé et sortit son carnet.

Il commença par esquisser un emploi du temps du jour où Wei avait eu son accident. Parti de chez lui vers huit heures du matin, Wei avait dû arriver ici vers neuf heures. Selon le scénario le plus probable, il s'était habillé en touriste pour entrer à l'hôtel incognito, dans l'espoir de trouver un indice. L'hôtel était-il déjà fermé en préparation de l'arrivée de l'équipe de Pékin ?

Quoi qu'il en soit, si Wei était arrivé ici le matin, il avait pu se trouver sur les lieux de l'accident trois ou quatre heures plus tard. L'endroit était à moins de cinq minutes à pied. Mais qu'avait-il donc fait entre-temps ?

Eh bien, il était peut-être resté assis à la fenêtre, comme lui aujourd'hui, à surveiller l'hôtel. Imaginer Wei à sa place… Non, la vision était trop lugubre.

– Grand Frère, les plats vont être froids, prévint la compagne-de-repas qui revenait vers la table.

Elle avait raison. Certaines assiettes étaient restées intactes. Il se demanda combien de temps il avait passé là, perdu dans ses pensées.

– Les plats sont bien préparés, mais je crois que j'ai perdu l'appétit, s'excusa-t-il en montrant les mets abandonnés. Désolé, je n'ai pas touché à ceux-là.

– Ne vous en faites pas. J'étais censée manger avec vous, mais maintenant je vais devoir tout finir toute seule.

Il demanda l'addition qui s'élevait à un peu plus de trois cents yuans, en comptant la présence de la jeune femme. Elle écrivit son nom et son numéro sur la facture.

– La prochaine fois, appelez-moi directement.

En sortant, il regarda sa montre. Il était presque midi et demi.

L'idée de gravir toutes les marches métalliques de la passerelle ne l'enchantait guère, mais il se résigna.

Il n'avait rien fait de la journée mais il ne parvenait pas à chasser un sentiment de lassitude. Il essuya son front couvert de sueur du revers de la main. Sous ses pas, les flots de voitures filaient comme une rivière furieuse.

Il se souvint d'un pont traversé il y a très longtemps. Les feuilles mortes crissaient sous ses pieds, l'eau murmurait sous l'arche de pierre... La scène apparut une brève seconde puis se fondit immédiatement dans le trouble de sa mémoire. Le souvenir restait insaisissable.

Il rejoignit péniblement l'autre côté de la passerelle et s'engagea dans la rue de Yan'an. Une tour se dressait dans le soleil de l'après-midi. C'était l'immeuble Wenhui sur la rue de Weihai. Il abritait non seulement le journal du même nom, mais aussi le *Xinming*, un journal du soir, et le *Shanghai*, un quotidien anglais, tous propriétés du groupe Wenxin avec d'autres journaux moins réputés.

L'accident avait eu lieu près du croisement entre la rue de Shanxi et la rue de Weihai. À cause de la circulation toujours intense à cet endroit, aucune bande jaune ne délimitait la zone. Et aucun policier ne surveillait le carrefour.

Chen décida de parcourir d'abord les lieux à pied. Par une mystérieuse coïncidence, son portable sonna. L'agent de la circulation qui avait enregistré l'accident le rappelait.

– L'inspecteur Wei a été renversé sur la rue de Weihai alors qu'il se dirigeait vers l'est en sortant de la rue de Shanxi. Plusieurs témoins l'ont confirmé. Nous n'excluons pas la possibilité qu'il soit passé devant l'immeuble Wenhui et qu'il ait fait demi-tour, mais c'est peu probable. Il a été renversé par un 4x4 marron qui a débouché de la rue de Weihai. Le chauffeur a démarré brusquement, a foncé vers l'ouest, l'a percuté et s'est enfui. Tout s'est passé très vite. Personne n'a rien pu voir distinctement. Si l'on en croit les témoins, après avoir heurté Wei, la voiture aurait ralenti une seconde avant de filer et de tourner dans la rue de Shanxi. Le conducteur a peut-être jeté un coup d'œil et compris qu'il n'y avait rien à faire.

– La voiture a foncé droit sur lui ? fut la seule question qui vint à l'esprit de Chen.

– Oui. À pleine vitesse.

– Mais elle n'était pas dans la bonne file.

– Conduite en état d'ivresse, sans doute, inspecteur principal Chen. Heureusement, les enfants étaient à l'école. On a échappé au pire.

– Merci. Faxez votre rapport à mon bureau. Aussi détaillé que possible. J'y passerai un peu plus tard.

Pendant une demi-heure, Chen continua d'aller et venir rue de Weihai, le téléphone serré dans la main. Quelque chose ne collait pas dans le scénario de l'accident.

La rue de Weihai comportait deux voies. Un conducteur qui roulait vers l'ouest n'avait aucune raison de prendre la file qui longeait l'immeuble Wenhui, à moins d'avoir perdu le contrôle du véhicule en voulant tourner trop brusquement sur la gauche. Mais Chen avait du mal à croire à l'hypothèse d'un virage meurtrier.

Il passa une nouvelle fois devant l'immeuble Wenhui et aperçut un stand de nouilles installé sur le trottoir. Deux marmites d'eau bouillante et une de soupe étaient posées sur des réchauds à gaz ; un assortiment de viande et de légumes garnissait une vitrine en verre. Le patron et cuisinier, sans doute un habitant du quartier, épiait la rue tout en cuisinant frénétiquement comme dans une émission culinaire hongkongaise. Il était occupé à tremper dans l'eau bouillante une louche de nouilles qu'il retirait presque aussitôt pour ajouter la garniture.

Chen s'approcha du stand et s'assit à une table au bois raboteux. Deux ou trois bouteilles de bière reposaient non loin dans un cageot presque vide.

– Une bouteille de bière, du canard rôti en hors-d'œuvre et les nouilles ensuite.

Chen espérait discuter avec lui et en cas d'échec, rester assis pour observer la rue. Un bol de nouilles ne lui laisserait pas beaucoup de temps, mais une bouteille de bière pouvait changer la donne.

– Nous ne servons pas de bière. Elles sont pour ma consommation personnelle. Mais si vous y tenez, ce sera vingt yuans. Je cuisine dans la tradition de Hong-Kong, mais je suis prêt à faire une exception et à vous servir la garniture séparément.

– Des nouilles « sur l'autre rive », c'est très bien, dit Chen en sortant un paquet de cigarettes avant d'en proposer une au patron.

– Waou ! Des Panda !

– Les affaires doivent bien marcher par ici, dit Chen en versant lentement la bière dans son verre.

– Pas à cette heure. Mais à l'heure du déjeuner, pas mal de journalistes traversent la rue pour manger chez moi. Et dans quelques heures, il y a la sortie de la maternelle. Les riches parents attendent leurs enfants dans la voiture, mais les chauffeurs et les nounous viennent parfois.

– Je vois. Votre canard est vraiment frais et très

fin. J'en prendrais volontiers une autre portion, mais j'ai assez mangé pour aujourd'hui.

Le compliment était sincère. Le canard était délicieux, la peau juteuse et croustillante, la viande tendre à souhait. Au lieu de le poser sur les nouilles, le patron l'avait servi à part sur une soucoupe blanche et sa couleur pourpre contrastait harmonieusement avec les légumes verts de la soupe.

– Et vous restez là toute la journée ?

– De sept heures du matin à huit ou neuf heures du soir. J'habite dans une ruelle juste derrière. Ma femme prépare les garnitures à la maison et vient me livrer toutes les deux ou trois heures. Fraîcheur garantie. Ces jeunes journalistes sont tellement capricieuses. Une seule déception et elles ne reviennent jamais plus.

Au même moment, plusieurs personnes se mirent à pointer du doigt le lieu de l'accident près du carrefour et commencèrent à prendre des photos. Peut-être des journalistes ou des policiers en civil. Chen se tourna vers le patron.

– Que font-ils là ?

– Il y a eu un accident hier.

– Là-bas ?

– Oui, je l'ai vu de mes propres yeux.

– Ah bon ? Comment ça s'est passé ? Une autre bouteille de Tsing Tao s'il vous plaît.

Le patron le dévisagea d'un œil étonné. Il le prenait sûrement pour un de ces Gros-Sous excentriques qui décidait subitement de s'asseoir à une vulgaire échoppe de rue pour taper la causette, distribuer des cigarettes Panda et dépenser allègrement vingt yuans pour une bouteille de Tsing Tao qu'il décapsulait avec entrain sur le rebord de la table.

– C'est arrivé un peu après le déjeuner. La rue

était assez tranquille. Tout à coup, j'ai entendu le grondement d'un moteur de voiture qui démarrait en trombe. Un 4x4 marron. Il a renversé un homme au coin de la rue…

– Attendez, intervint Chen. Le piéton marchait du côté de l'immeuble Wenhui, c'est bien ça ?

– Oui, le conducteur devait être ivre mort.

– Il ne s'est pas arrêté ?

– Il a ralenti et a fait mine de s'approcher, mais il a vu que la victime était foutue. Alors, il s'est volatilisé comme un nuage de fumée.

– Donc, il n'était pas si saoul.

– Maintenant que vous me le faites remarquer, c'est vrai que c'est bizarre. La voiture n'était pas garée loin. Pas plus d'une centaine de mètres. Il n'y avait pas d'autre voiture dans le quartier à cette heure, ça, j'en suis sûr. Je ne sais pas combien de temps elle est restée garée là, au moins plusieurs heures. Je l'ai remarquée quand j'ai pris ma pause vers dix heures et demie. Une voiture de luxe. Le chauffeur avait l'air de somnoler à l'intérieur. Dans ce cas, comment aurait-il pu être saoul ?

L'arrivée d'un groupe de jeunes interrompit leur conversation.

Chen sortit son portefeuille et compta soixante yuans.

– Gardez la monnaie. Je reviendrai. Vos nouilles sont délicieuses.

– Je m'appelle Xiahou. Je suis là sept jours sur sept.

– Merci.

Chen retourna vers le carrefour de l'accident et composa le numéro du secrétaire du Parti Li. Il n'était pas obligé de fournir un rapport quotidien à son chef, mais cette fois, il décida de prendre l'initiative.

– Du nouveau, Chen ?

– Rien. Wei vous a-t-il contacté hier ?

– Il a dû m'appeler hier ou avant-hier, mais il n'y avait rien d'important. C'était un bon camarade.

– Vous a-t-il parlé d'une nouvelle approche dans son enquête ?

– Non, pas que je me souvienne. Il s'agissait seulement d'un rapport de routine.

– Vous a-t-il exposé son programme de la journée ?

– Non, rien que le rapport habituel, comme je vous ai dit. C'est vous le conseiller spécial, pas moi.

Li se montrait flottant, réservé, agacé même.

– L'enquête est menée sous votre autorité directe, secrétaire du Parti Li, vous l'avez précisé le premier jour. Comme l'inspecteur Wei, je me dois de vous faire mon rapport.

Une autre pensée traversa l'esprit de Chen. Que Wei ait appelé Li ou non ce matin-là, il devait avoir son portable avec lui. Or, selon le rapport de l'hôpital, Wei ne portait sur lui aucun objet permettant de l'identifier. Wei passait peut-être un coup de fil au moment de l'accident ; dans ce cas, son portable avait pu être projeté loin de la scène.

Chen avait une autre mission à remplir. Pas de précipitation, se dit-il en prenant une profonde inspiration. Il sortit le rameau de jasmin de la poche de sa veste et le jeta vers le lieu de l'accident.

Un pigeon gris volait au-dessus de sa tête, traînant son sifflement derrière lui. Quand Chen leva les yeux, il avait déjà disparu.

Un poème de la dynastie des Song lui était revenu en tête peu de temps auparavant, dans le jardin de l'Union des écrivains.

Il y pensait à présent, en ce début d'après-midi, pour d'autres raisons. Pour quelqu'un d'autre. Presque une autre vie. À l'époque, il venait d'être nommé dans la police, les bureaux du *Wenhui* se trouvaient ailleurs, près du Bund où il avait rencontré une journaliste partie depuis au Japon.

> *Jusqu'où tu as voyagé,*
> *Je n'en sais rien. Tout ce que je vois*
> *Remplit mon cœur de mélancolie.*
> *Plus tu t'éloignes, plus se font rares*
> *Les lettres de toi. L'étendue*
> *Des eaux est immense, et jamais un message*
> *N'arrive sur le dos des poissons, où et à qui*
> *Puis-je demander de tes nouvelles ?*

C'était la première strophe d'un poème composé par Ouyang Xiu au XIe siècle. À l'époque, les gens croyaient encore à la légende romanesque du poisson qui traversait les rivières et les mers pour délivrer un message aux amoureux. Une croyance obsolète à l'époque des e-mails.

L'inspecteur Chen tourna les talons pour entrer dans l'actuel siège du journal, s'efforçant de retrouver sa contenance habituelle.

Le hall était grandiose, digne d'un hôtel cinq étoiles. Au milieu de l'espace, il remarqua une exposition de photos en noir et blanc et plus loin sur la droite, un petit café ouvert qui paraissait offrir un lieu de détente ou de rendez-vous parfait pour les journalistes.

11

Lianping avait commencé sa journée par une visite à Yaqing, la directrice de la rubrique littéraire du journal, actuellement en congé parental. Elle habitait un appartement de haut standing à cinq minutes à pied du Wenhui.

Elle vint lui ouvrir, un grand sourire aux lèvres, élancée et gracieuse dans son peignoir de soie rouge orné d'un phénix brodé d'or, les pieds fourrés dans des chaussons de cuir à talons. Un énorme diamant étincelait à son doigt. On aurait dit une élégante de la haute société et Lianping mit un moment à la reconnaître.

L'immense duplex donnait sur un petit lac artificiel où une fontaine chantait des mélodies infinies. Ji Huadong, le mari de Yaqing, dirigeait une entreprise d'import-export et faisait partie de « l'élite glorieuse » de Shanghai.

Une bonne vint servir du thé Puits du Dragon dans le vaste salon, accompagné d'un plateau de litchis frais.

– Le thé de cette année, dit Yaqing en soufflant délicatement sur son breuvage, cueilli « avant la pluie ».

– Oui, il sent merveilleusement bon. Comment va le Petit Ji ?

– La nourrice lui donne à manger dans la nursery.

– Très bien. Je ne vais pas te déranger longtemps,

Yaqing. Je voulais seulement te donner des nouvelles de la rubrique littéraire.

– Ne t'inquiète pas, Lianping. Pour le *Wenhui*, cette rubrique n'a qu'une valeur symbolique, et encore. Peu de gens la lisent. Nos patrons ne se sont même pas donné la peine de trouver quelqu'un pour me remplacer. C'est une charge supplémentaire pour toi, j'en suis désolée.

Elle but une gorgée de thé et reprit d'un ton détaché :

– Je ne sais pas encore si je vais retourner au journal. Je n'en ai parlé à personne. Ji pense que ça ne vaut pas la peine. Il est si occupé. Quand il rentre à la maison, il veut que je sois là pour lui.

– Et ta carrière de journaliste ? J'ai du mal à imaginer une intellectuelle comme toi dans le rôle de la mère au foyer. Ça peut fonctionner quelques mois, mais à long terme, tu risques de t'ennuyer.

– Non, je ne crois pas. Les affaires de Ji se développent et il a des tas d'obligations sociales qui requièrent ma présence.

Elle changea de sujet.

– Ton petit ami, Xiang, possède une entreprise familiale encore plus importante. L'heure tourne. Plus vite pour la femme que pour l'homme.

– Ça recommence.

– Je vais te dire une chose. Je viens de recevoir une liste des cent soixante-dix nouvelles expressions approuvées par le ministère de l'Éducation. Une fille qui n'est pas mariée à vingt-six ans est appelée « vieille peau ». Et à trente ans, « peau morte ». Et après trente-cinq ans, « peau de singe », référence ironique au Roi des singes de *La Pérégrination vers l'Ouest*[1].

1. Roman de Wu Cheng'en datant du XVIᵉ siècle. Un des « quatre livres extraordinaires » de la littérature chinoise.

– C'est très cruel.

– Mais c'est la réalité. Même notre ministère a approuvé la liste. À quoi bon nier l'évidence ?

– En attendant, tout le monde n'a pas ta chance, dit Lianping pour changer de sujet à son tour.

– Tu l'as dit. Pour les un an de notre fils, Ji m'a acheté une Lexus. Mais tu n'as pas à te plaindre. Tu as eu une Volvo. Un cadeau de Xiang, n'est-ce pas ? Tu l'as bien mérité. Vous formez un couple parfait tous les deux. Beaux, cultivés et intelligents.

– Arrête, Yaqing. Il m'a seulement prêté l'argent de l'acompte. Je paie les mensualités de mon crédit et je vais le rembourser.

En réalité, Xiang avait insisté pour payer la totalité de la voiture. Mais comme ils n'étaient pas vraiment ensemble, elle avait refusé. Elle n'arrivait pas à franchir le pas. Lui non plus. Il paraissait d'ailleurs trop occupé par un voyage d'affaires à Guangdong avec son père pour prendre de ses nouvelles. Elle attendait un coup de fil, mais pour l'instant, il ne donnait aucun signe de vie.

La notoriété de la famille de Xiang l'avait poussée à tenir secrète leur histoire naissante, sauf auprès d'amies proches comme Yaqing. Elle redoutait la réaction des gens, surtout dans cette époque matérialiste. Comme disait un nouveau proverbe à la mode, *il vaut mieux trouver un bon mari qu'un bon boulot.*

Et elle ne considérait pas son poste comme un bon boulot, même s'il lui apportait la sécurité et un salaire décent, auquel s'ajoutaient les primes qu'elle recevait quand ses articles étaient publiés ailleurs. Le *Wenhui* avait passé un contrat avec l'agence Xinhua qui revendait des articles à des agences de presse étrangères, sous réserve que les textes soient politiquement acceptables, ce qui la mettait hors d'elle.

Pour une femme qui avait grandi loin de Shanghai, on pouvait dire qu'elle avait réussi. Grâce à l'acompte versé par son père, un chef d'entreprise aisé, elle avait pu acheter un appartement à quelques pas du Grand Monde[1], sur la rue de Yan'an. Mais son crédit devenait de plus en plus pesant. Même chose pour la voiture. Sans parler des dépenses indispensables que la journaliste devait engager pour maintenir son image de femme « accomplie ».

– Allez, je sais qu'il t'a proposé de te l'acheter, dit Yaqing, c'est toi qui as insisté pour que le premier versement soit un prêt. D'ailleurs, c'était très malin de ta part...

La sonnerie de son portable empêcha Lianping de s'expliquer et de demander à son amie ce qu'il y avait de si malin dans son geste. Elle décrocha.

– Allô, ici Lianping.

– Bonjour, c'est Chen Cao. Nous nous sommes rencontrés à l'Union des écrivains il n'y a pas si longtemps. Et vous m'avez appelé au sujet des poèmes pour votre rubrique dans le *Wenhui*. Vous vous souvenez de moi ?

– Mais oui, bien sûr que je me souviens de vous, inspecteur principal Chen. Alors, vous avez des poèmes pour moi ?

– Eh bien, je n'ai pas oublié votre requête.

– Je savais que vous accepteriez.

En vérité, elle ne pensait pas qu'il le ferait. C'était un homme bien trop occupé.

---

1. Centre de loisirs ouvert dans les années 30. Il accueille toujours des spectacles et des divertissements pour célébrer son âge d'or.

Elle avait déjà entendu parler de lui, quand elle était étudiante, non pas en tant qu'auteur reconnu mais en tant qu'inspecteur légendaire. Puis quand elle avait commencé à travailler au *Wenhui*, elle avait souvent surpris son nom dans la bouche de ses collègues des rubriques criminelle ou politique de la ville. Pourtant, leur rencontre à l'Union des écrivains ne l'avait pas vraiment impressionnée. Il lui avait paru trop réservé. Loin du poète romantique qu'elle avait imaginé, même si en tant que cadre montant du Parti, sa retenue était justifiée.

– J'ai essayé de retrouver des vieux poèmes.

– Je vous en prie, envoyez-les. Vous avez mon e-mail. Je suis impatiente de les lire.

– En fait, je suis dans le hall de votre bureau en ce moment même. J'aimerais discuter avec vous...

– Vraiment, inspecteur principal Chen ! Je vous rejoins dans cinq minutes. Si vous alliez au café du quinzième étage ? Il est plus confortable et nous y serons plus tranquilles pour bavarder.

Tandis qu'elle refermait le clapet de son téléphone, elle surprit le regard incrédule que lui lançait son amie.

– Je comprends mieux, commenta Yaqing. L'inspecteur principal Chen Cao t'attend dans le hall, non pardon, au café.

– Je l'ai croisé l'autre jour à une conférence de l'Union des écrivains. J'essaie de m'occuper de ta rubrique, tu le sais bien.

Elle se leva précipitamment.

– Désolée, je dois retourner au bureau.

– C'est un sacré personnage ! Un cadre du Parti en pleine ascension qui a résolu des enquêtes majeures et qui connaît des gens au sommet de la Cité interdite. On a déjà publié ses textes dans la rubrique des auteurs.

Crois-le ou non, on dit qu'il fréquentait une de nos journalistes il y a quelques années ; il lui a dédié des vers et elle les a publiés.

– Incroyable ! Et ça n'a pas marché entre eux ?

– Non, mais je ne connais pas tous les détails. Elle s'appelait Wang Feng. Elle est partie au Japon. Fin de l'histoire. Ce n'est pas un cadre ordinaire. Un homme énigmatique.

– N'est-ce pas ? Vu le rang qu'il occupe, je m'attendais à rencontrer quelqu'un qui n'a qu'à lever le petit doigt pour qu'une fille lui tombe dans les bras. Les prétendantes doivent se bousculer. Au fait, tu te souviens des titres des poèmes ?

– Je dois en avoir gardé une copie quelque part.

– Génial. Envoie-moi un mail si tu les trouves.

– D'accord, mais pourquoi ?

– Pour pouvoir lui en parler.

– Je vois. Aucun problème. Politiquement, cela peut être un bon point pour toi de faire publier ses poèmes dans notre journal. Il est vice-secrétaire de la police municipale de Shanghai, mais ce n'est qu'une question de temps avant qu'il ne devienne numéro un, Ji me l'a dit.

Yaqing hocha la tête.

– Quel rapace tu fais ! Tu as un bol fumant sous les yeux et tu louches déjà sur un autre plat.

– Voyons, Yaqing. Je ne m'intéresse qu'à ses poèmes.

– Mais c'est un homme imprévisible, ajouta Yaqing en l'accompagnant jusqu'à l'ascenseur. Et compliqué. Tu ne pourras jamais savoir pourquoi il s'intéresse à toi. Ton petit ami actuel est un choix plus sûr, crois-moi.

Pendant que l'ascenseur descendait, Lianping se prit à s'interroger à son tour sur les raisons de la visite de Chen. Il avait jugé bon de venir jusqu'à elle pour parler de ses poèmes. Un coup de fil ou un e-mail aurait largement suffi. N'importe quel journal de la ville serait heureux de publier ses textes.

Cinq minutes plus tard, elle l'aperçut dès qu'elle entra dans le hall du *Wenhui*.

– Je dois montrer une pièce d'identité et signer le registre, dit-il. J'ai pensé qu'il serait plus pratique que vous m'introduisiez comme un de vos auteurs.

C'était bien pensé de sa part. La venue d'un policier au journal pouvait éveiller les soupçons, mais aucun journaliste n'aurait honte de recevoir un homme aussi respectable.

Il portait une veste gris clair, une chemise blanche et un pantalon kaki. Il ne ressemblait certainement pas à un policier, ni à un de ces poètes modernistes à cheveux longs.

– Je suis si heureuse que vous ayez pris le temps de passer aujourd'hui, inspecteur principal Chen. Montons. L'endroit est plus calme et la vue splendide.

– Je vous remercie, mais je vous en prie, appelez-moi Chen. Surtout que les policiers ne doivent pas être très appréciés par ici.

– Un policier de votre rang est apprécié partout, surtout dans un journal du Parti.

– Bien dit, rétorqua-t-il, impressionné par sa repartie.

Ils prirent l'ascenseur jusqu'au quinzième étage et s'installèrent à une table près de la fenêtre.

Il commanda une tasse de café moulu ; elle opta pour un thé au jasmin et renifla l'eau fumante où les pétales blancs ondulaient contre les tendres feuilles de thé vert.

Tout est possible, mais tout n'est pas plausible,

songea-t-elle malgré elle en serrant un pétale de jasmin entre ses lèvres.

– J'apprécie réellement votre intérêt pour la littérature, Lianping, commença-t-il avant de boire une gorgée de café. Nous vivons une époque où peu de gens lisent encore de la poésie. Mais ma plume est rouillée. Je passais par hasard devant l'immeuble Wenhui cet après-midi. J'ai pensé à vous. Alors j'ai décidé d'entrer pour parler un peu.

Elle ne pouvait s'empêcher d'être flattée. Au moins, il n'avait pas pris sa requête à la légère.

– Quels poèmes m'avez-vous apportés ?

– Désolé, je n'ai rien encore. Je m'occupe d'une enquête spéciale et je suis très pris en ce moment, comme vous le savez. Mais j'aimerais connaître votre avis sur les sujets qui pourraient convenir au journal.

– Vous êtes toujours très pris, mais voyons voir, j'ai peut-être encore quelque part les poèmes que vous avez écrits pour nous.

Comme prévu, Yaqing lui avait envoyé la référence. Lianping lui montra le mail qui s'affichait sur son portable. Il y jeta un bref coup d'œil et lui rendit l'appareil d'un air visiblement embarrassé.

– Oh là, j'ai écrit ça il y a des années, dit-il.

C'était un ensemble intitulé « Trio ». Elle ne les avait jamais lus et entreprit donc de déchiffrer le premier, « Substance ».

Épouvantail, pris par l'orage et trop
Trempé pour me secouer au vent, être
C'est être construit : des boutons en plastique
Pour que tes yeux tiennent l'horizon
Emmitouflé dans un voile mouillé de brume,
Une carotte pour le nez, à moitié croquée par une mule,

Et une vieille boîte à musique déréglée dans la bouche,
Humide, fantasque, répétant :
Ling-Ling-Ling
Au crépuscule et aux corbeaux environnants.

Brûlée la photographie jaune paille,
Marmonné « le passé,
C'est le passé », comme un air sifflé seul,
Dans la forêt profonde, j'ouvre
La fenêtre sur un brusque soleil.

Un autre jour, quand la pluie reviendra,
Je serai encore toi...

– Je vous en prie, arrêtez, Lianping.

Elle avait du mal à réconcilier le personnage du poème avec le cadre du Parti assis devant elle qui faisait tourner sa cuillère dans sa tasse. Elle se demandait si le poème avait été écrit pour Wang Feng ou pour une autre femme nommée Ling. Dans son milieu, on racontait tant d'histoires au sujet de l'inspecteur principal.

– C'est trop sentimental, continua-t-il. Mais il ne faut pas confondre le personnage et le poète. Pour reprendre les mots d'Eliot, la poésie est impersonnelle. J'ai griffonné ces vers après avoir regardé un film japonais ; j'ai plus ou moins convoqué toutes les souffrances du protagoniste et exprimé ce qu'il ne disait pas dans le film. Comme une sorte de corrélatif objectif. Dans la création littéraire, une telle personnification peut avoir un effet libérateur.

– Je vois. Et vous n'avez jamais convoqué le personnage du flic ordinaire ? Bien sûr, vous êtes le chef, un chef exemplaire. Mais vous pourriez vous identifier à un policier moins extraordinaire, un de ceux qui travaillent sous vos ordres et qui font beaucoup de sacrifices sans recevoir ni compliments ni gloire. Ce serait un sujet parfait pour le *Wenhui*. Et c'est une réalité qui vous est familière.

Il hocha la tête et but une nouvelle gorgée de café.

– Oui, votre suggestion est pertinente et politiquement correcte. Je vous promets d'y penser, Lianping. Vous dirigez la rubrique littéraire depuis un certain temps ?

– Non, ce n'est pas mon domaine. Je m'occupe de la rubrique financière.

– Vous avez étudié la finance ?

– Non, l'anglais.

– Oh, voilà qui est intéressant, dit-il sans s'étendre. Mais la finance est bien plus en vogue.

– Que voulez-vous dire, inspecteur principal Chen ?

– Selon un romancier qui connut son heure de gloire dans les années quatre-vingt, aujourd'hui les hommes d'affaires ont bien plus la cote. Il est d'ailleurs lui-même devenu directeur général d'une entreprise prospère et n'a jamais plus écrit une ligne.

– Oh, vous parlez de Tieliang. J'ai vu l'interview télé à laquelle vous faites référence. Quel dommage ! Il a gagné des millions en créant une chaîne de clubs réservés aux cadres du Parti. Censés célébrer l'art et la littérature.

Elle versa de l'eau dans sa tasse avant de reprendre :

– Mais il n'est pas le seul. Vous vous souvenez peut-être de cette phrase du *Rêve dans le pavillon rouge*[1] : *Hormis les deux lions de pierre accroupis à l'entrée, dans la maison des Jia, rien n'est propre.*

---

1. Œuvre inachevée (1791) de Cao Xueqin, *Le Rêve dans le pavillon rouge* (*Honglou meng*) est considéré comme le plus grand roman chinois.

– Oui, il suffit de remplacer la maison des Jia par le socialisme à la chinoise.

– Ça alors ! J'ai rarement entendu un cadre du Parti s'exprimer ainsi.

– Puis-je fumer, Lianping ?

– Allez-y, dit-elle en s'apercevant qu'elle avait été emportée par leur discussion.

Elle se souvint qu'elle se trouvait en face d'un haut fonctionnaire de la police et se demanda de quoi il voulait réellement lui parler.

– Oh, il paraît que vous avez publié un recueil de poèmes et que vous avez tout écoulé, hasarda-t-elle.

– Oui, moi aussi j'ai cru qu'il s'était bien vendu. En réalité, un Gros-Sous a acheté dans mon dos mille exemplaires à l'éditeur pour les offrir en cadeau à ses relations d'affaires. C'était une faveur de sa part, mais mon ego de poète en a pris un coup. Et mon ego de policier aussi, car je n'ai pas su déceler l'anomalie dans les ventes. Enfin, à ma décharge, je n'ai jamais été à l'école de police.

Elle appréciait la subtile note d'ironie de son discours. Au moins, il n'était pas dupe. Elle opta à son tour pour l'autodérision.

– Quant à moi, je n'ai pas étudié la finance. Mais pour une fille de la province du Anhui, n'importe quel poste à Shanghai est une occasion à saisir. Mon diplôme d'anglais m'a tout de même fourni un avantage. Dans le monde de la finance d'aujourd'hui, la plupart des nouveaux termes sont empruntés à l'anglais : *stock-option*, *trader*... Ces expressions n'existaient pas dans l'économie d'État. C'est pour ça que j'ai obtenu ce poste au *Wenhui*.

– Quelle coïncidence. J'ai été nommé dans la police

pour des raisons similaires : j'étais chargé de traduire un manuel de procédure.

– J'avoue qu'il existe un écart matériel entre un journaliste littéraire et un journaliste financier...

– Éclairez-moi, Lianping.

– Par exemple, à l'Union des écrivains, j'ai eu droit à une tasse de thé. Un thé de qualité moyenne qui plus est. Alors qu'à une réunion d'investisseurs en immobilier, un journaliste reçoit tout un tas de cadeaux. Une fois, j'ai même eu droit à un ordinateur portable.

– Pas étonnant que Tieliang n'écrive plus, remarqua Chen, mais vous faites un travail important. Vous aidez les gens à comprendre le monde économique dans lequel ils vivent, un monde qui, sans vous, serait totalement obscur pour eux.

– Oui, mais je me vois contrainte de leur expliquer ce monde dans les limites de l'acceptable. Comme dit le philosophe Zhuangzi : *Qui vole une agrafe est mis à mort, qui vole une principauté en devient le prince.* Mon travail consiste à justifier les vols commis au sein du pays.

– Oui, la corruption court comme un cheval enragé dans notre merveilleux système de Parti unique.

– Tout le monde le sait, mais qui ose en parler ? Par exemple, les accords fumeux sur le marché du logement. Monsieur Tao, un des promoteurs du quartier de Xujiahui, était vendeur de boulettes ambulant et en deux ou trois ans, le voilà milliardaire. Comment a-t-il fait ? Un haut fonctionnaire du gouvernement municipal aurait repéré sa femme alors qu'elle servait les clients. Je vous laisse imaginer ce que le cadre a reçu de la main délicate de la femme, dans les profondeurs de la nuit, sous les nuages et la pluie, en échange de ses bienfaits.

– Je vois que vous êtes bien informée, Lianping.

– Je m'intéresse à la finance et j'ai un ami dont le père est promoteur. Toutes les fluctuations des prix de l'immobilier se font uniquement dans l'intérêt du Parti.

Elle eut un sourire embarrassé.

– Pardonnez-moi, je me laisse emporter.

– Non, je suis curieux d'entendre votre avis. J'avoue que lors de la réforme du logement, j'ai réussi à prendre le « dernier train » et à obtenir un trois pièces. Il était censé accueillir ma mère, mais elle refuse toujours de venir habiter chez moi.

– Vous n'avez pas à vous justifier. Pour un cadre de votre rang, un trois pièces n'est rien. Et il n'y a jamais eu de « dernier train ». Il y a six mois, le patron du *Wenhui* a reçu une villa gratuitement. Le confort lui permet soi-disant de mieux travailler pour le journal du Parti.

– Eh bien, si l'on en croit le darwinisme social, il y a toujours d'un côté ceux qui réussissent – qu'ils soient hommes d'affaires ou cadres du Parti –, et les autres, c'est-à-dire les gens ordinaires.

– Mais peut-on dénoncer ces abus ? Non. Et les journaux du Parti comme le *Wenhui* ou *Libération* se débattent avec cette réalité. Ils ne survivent que grâce aux abonnements obligatoires instaurés par la municipalité. C'est d'ailleurs ce qui explique la popularité des blogs sur Internet. Ils sont contrôlés par le gouvernement, mais pas aussi sévèrement et pas toujours avec la même efficacité.

– Si j'étais dans le quartier, intervint Chen de façon abrupte, c'est parce qu'un de mes collègues a eu un accident à deux pas d'ici.

– Oh, fit-elle, un peu déçue.

Il n'était pas venu parce qu'il pensait à elle ou aux poèmes qu'il lui avait promis.

– Cette ville est pleine de dangers publics, ajouta-t-il.

Il avala une gorgée de café en silence.

– Mais c'est bizarre, remarqua-t-elle, en général les voitures roulent prudemment par ici. Quel jour était-ce ?

– Lundi.

– Alors c'était… commença-t-elle avant de s'interrompre. Oui, je me souviens…

– L'inspecteur Wei a été tué. Juste au coin de la rue.

– Il est mort ! C'est invraisemblable.

Interloquée, elle se leva et montra la rue qui s'étalait sous les fenêtres.

– Regardez, la circulation est lente comme un escargot.

Chen suivit son regard et attendit qu'elle reprenne la parole.

– C'est une rue très passante. Ce n'est pas l'autoroute, mais la circulation y est souvent très dense. Parfois même complètement bouchée. Du quinzième étage, on n'entend pas trop le bruit, mais vous devriez venir dans mon bureau…

– C'est le carrefour qui bloque la circulation ?

– Savez-vous combien de personnes viennent au *Wenhui* tous les jours ? La plupart des journalistes ont leur propre voiture. Et il y a les taxis des visiteurs. Leur file s'étend parfois de l'entrée de l'immeuble jusqu'au coin suivant. Et puis, il y a la maternelle en face.

– La maternelle ? Oui, je me souviens l'avoir aperçue. Elle attire beaucoup de monde ?

– À trois heures et demie, il y a encore plus de voitures dans la rue. C'est une école privée. Une des meilleures de la ville. Elle est prisée aussi bien pour son emplacement que pour son histoire. L'inscription seule coûte trente mille yuans par an. Sans parler de la généreuse contribution que les parents doivent verser, au moins dix mille yuans.

– C'est plus que le salaire annuel d'un travailleur moyen.

– Mais ces familles n'appartiennent pas à la classe moyenne. Du coup, vers trois heures de l'après-midi, vous verrez une longue file de voitures garées devant l'école. Les parents envoient leurs chauffeurs ou leurs nounous dans des voitures de luxe. Des Lexus, des Mercedes…

– Et en dehors de la sortie de l'école ?

– Il y a toujours du monde. Les enfants arrivent en retard ou bien les adultes viennent plus tôt pour une raison ou pour une autre. En dehors de la maternelle, beaucoup de gens viennent au *Wenhui* à n'importe quelle heure du jour, vous devez le savoir. Et nos visiteurs sont parfois des gros bonnets du Parti, poursuivit-elle. Le conducteur devait avoir complètement perdu l'esprit pour rouler comme un fou sur la rue de Weihai. C'est l'enquête sur laquelle vous travaillez ?

– Non, j'ai seulement un rôle de conseiller spécial, mais l'inspecteur Wei était mon collègue.

– Vous pensez qu'il s'agit d'un acte criminel ?

– Comme vous, je ne peux pas m'empêcher de me demander comment un tel accident a pu se produire à cet endroit.

– Je vais poser la question. Mes collègues ont peut-être vu ou entendu quelque chose. Je vous tiendrai au courant.

– Je vous remercie pour votre aide.

– Oh, j'ai développé les photos de la conférence de l'Union des écrivains.

Elle lui tend une enveloppe.

– Ce portrait n'est pas mal, dit-il en extrayant un des clichés. Un jour, je m'en servirai peut-être pour la couverture d'un livre.

– Ce serait formidable.

– Je n'oublierai pas de citer votre nom.

– Ne vous fatiguez pas. Je prends tellement de photos. Surtout pour la rubrique financière. Que mon nom soit cité ou non, cela fait partie de mon travail. Je vous enverrai aussi le fichier électronique.

– Merci. Au fait, l'autre jour, vous m'avez interrogé sur l'affaire Zhou. Avez-vous entendu ou lu quoi que ce soit au sujet de la photo des 95 Majesté Suprême ? Une journaliste du *Wenhui* est parfois mieux renseignée qu'un policier.

Elle ne fut pas étonnée par la question. Au contraire, elle aurait été surprise qu'il n'aborde pas le sujet.

– Laissez-moi vous raconter une histoire, inspecteur principal Chen, une aventure qui est arrivée à un de mes amis journalistes dans la province du Anhui. Il a rédigé un article dénonçant les comptes truqués d'une grosse entreprise locale et a demandé à ce que la vérité soit publiée. Vous savez ce qui s'est passé ? Il a été inscrit sur la liste noire locale parmi les « criminels les plus recherchés » pour diffamation, alors que son article s'appuyait sur des preuves et des sources irréfutables. Il s'avéra que le patron était le neveu du ministre de la Sécurité. Aujourd'hui encore, son « crime » l'oblige à rester caché dans une autre province. Un poste dans un journal du Parti est considéré comme une position privilégiée apportant la sécurité et un bon salaire, tant que vous savez fermer la bouche ou vous boucher les oreilles. Donc, en ce qui concerne la photo, tout ce qu'un journaliste peut vous dire, c'est ce qui se trouve dans les journaux.

– C'est justement ce qui me dérange.

– Je suis spécialiste de la finance et des nouvelles entreprises. Je suis censée assister à toutes les réunions, comme celle où Zhou a prononcé son discours, et rédiger un rapport, que je sois d'accord ou non avec ce qui a été dit. Pourtant, je ne suis pas allée à cette réunion. Pourquoi ? On m'a dit que la Commission d'urbanisme m'enverrait un texte validé accompagné d'une photo et que je n'aurais qu'à l'imprimer tel quel en ajoutant quelques adjectifs et quelques adverbes. Ce que j'ai bêtement fait. Ceux qui opèrent sur Internet, pas au *Wenhui* ni dans n'importe quel autre journal du Parti, seront mieux placés que moi pour vous renseigner.

Elle parlait avec prudence et prenait soin de ne rien lui révéler qu'il n'ait déjà appris par ailleurs.

– La chasse à l'homme est partie d'un forum dirigé par un certain Melong, c'est tout ce que je sais.

– Melong ?

Une expression indéchiffrable apparut sur le visage de Chen, comme s'il entendait ce nom pour la première fois. C'était peut-être une feinte de sa part. Un policier si haut placé nommé sur une affaire pareille ne pouvait ignorer l'identité du blogueur, pensa-t-elle.

– Pour Melong, la chasse à l'homme lancée par la photo de Zhou était sans doute une forme de protestation subtile, mais les retombées ont largement dépassé tout ce qu'il pouvait imaginer. Je me renseignerai si vous voulez.

– Cela nous serait très utile, Lianping. Je vous en remercie. Je ne suis qu'un néophyte ; je n'ai pas encore franchi le seuil du monde virtuel.

– Oh, je tiens aussi un blog sur Internet. Moins officiel qu'ici, vous vous en doutez.

Elle inscrivit l'adresse sur un post-it.

– Ça s'appelle *Le Blog de Lili*.

– Lili ?

– C'est mon vrai nom. Celui que mes parents m'ont donné. Mais pour une journaliste, ça faisait animal de compagnie. Je l'ai donc changé pour Lianping.

– J'irai voir, dit-il en avalant d'un trait son café presque froid avant de se lever. Et je vous enverrai mes poèmes dès que possible. Merci pour tout, Lianping.

12

Comme tous les matins, l'inspecteur principal Chen prit le chemin du bureau.

Son rôle dans l'affaire Zhou ne le déchargeait pas nécessairement de ses responsabilités auprès de la brigade des affaires spéciales dont il était encore le chef, en théorie, même si dans la pratique, l'inspecteur Yu s'occupait de l'essentiel.

Ce matin-là, après avoir brièvement parcouru un rapport interne, Chen fut envahi par un puissant sentiment de dégoût et reposa le dossier. Un artiste indépendant appelé Aï était accusé d'encouragement à la sédition à cause d'une exposition postmoderniste dans laquelle il représentait la dissidence à travers des personnages nus contorsionnés dans des poses fantasques. Pour la brigade, la procédure était justifiée, mais Chen préféra écarter le dossier. Non seulement il connaissait le travail d'Aï, mais surtout il trouvait absurde de s'en prendre à un artiste au nom de la protection de la « société harmonieuse ».

Il trouva un message du secrétaire du Parti Li annonçant une réunion de routine prévue pour midi, mais décida de ne pas répondre à l'invitation.

Il se remit à ruminer des idées noires au sujet des circonstances douteuses de la mort de Wei. Un 4x4 marron abandonné avait été retrouvé dans le district de Nanhui. La voiture appartenait à une entreprise de fabrication de papier et avait été volée quelques jours plus tôt. Cette découverte renforçait la possibilité d'une attaque préméditée en même temps qu'elle précipitait l'enquête dans une impasse. Malgré son intuition qui le poussait à croire que la mort de Wei était liée à celle de Zhou, Chen savait qu'il valait mieux éviter d'en parler au bureau. Pas même à l'inspecteur Yu. Le manque de soutien dont il avait fait preuve avec Wei plongeait Chen dans un sentiment d'échec abyssal. Il reconnut les premiers symptômes d'une crise de migraine intense.

Il repensa alors à l'adresse du blog que Lianping lui avait donnée. Pour se changer les idées, il alluma son ordinateur et entra sur le site.

Ce qu'elle y écrivait n'avait rien à voir avec ses articles pour le *Wenhui*. Un titre récent attira son attention : *Mort de Xinghua*.

Xinghua, traducteur de Shakespeare et poète, était mort pendant la Révolution culturelle et peu connu de la jeune génération. Chen se demanda pourquoi elle avait choisi de parler de lui.

Lettré et poète de renom, Xinghua a traduit *Henri IV* et dirigé l'édition complète et annotée de l'œuvre. C'est à peu près tout ce que les gens apprendront sur cet homme si par hasard ils feuillettent les *Œuvres complètes de Shakespeare*. Quoi de plus tragique qu'une tragédie oubliée !

Dans les années 40, en pleine guerre sino-japonaise, le professeur Shediek, un Américain enseignant à l'Université unie du Sud-Ouest, considérait déjà Xinghua comme un de ses élèves les plus prometteurs, aussi brillant que Harold Bloom. En effet, les poèmes et les traductions de

Xinghua lui conférèrent rapidement une certaine renommée, mais sa carrière fut brusquement interrompue. En 1957, en plein mouvement anti-droitiste, il fut accusé de soutenir cette faction. Persécuté pendant toute la durée des troubles politiques qui suivirent, il mourut au début de la Révolution culturelle, dans les années 60, alors qu'il était âgé d'à peine plus de quarante ans. Dans les années 70, quand un article sur lui parut dans un journal officiel, les circonstances de son décès furent passées sous silence, comme s'il était mort de mort naturelle.

Récemment, j'ai eu l'occasion de rencontrer sa veuve qui m'a raconté toutes les souffrances qu'il avait endurées sur la fin de sa vie. Au début de la Révolution culturelle, il fut l'objet des plus humiliantes critiques et victime d'un véritable lynchage collectif. Sa maison fut mise à sac par les Gardes rouges et sa traduction presque achevée de *La Divine Comédie* brûlée dans la rue. Cet été-là, il fut forcé d'aller travailler dans une rizière, de six heures du matin à huit heures du soir, pour « rééducation idéologique par le travail ». Il transpirait, il avait faim et soif, mais il ne recevait ni eau ni nourriture et un soir, il n'eut pas d'autre choix que d'humidifier ses lèvres en attrapant dans sa main un peu d'eau boueuse. Le voyant faire, un Garde rouge se précipita sur lui et lui enfonça la tête dans le ruisseau contaminé pendant plusieurs minutes, puis un autre le frappa violemment dans les côtes. Xinghua, pris de crampes d'estomac, s'évanouit dans le champ. Deux heures plus tard, il mourait. De diarrhée aiguë. Le Garde rouge affirma qu'il s'était suicidé et demanda une autopsie. Pourquoi ? Parce que le suicide aurait aussi été considéré comme un crime, un acte de sabotage contre l'effort que le Parti avait fourni pour le sauver. La famille de Xinghua supplia, en vain. Son corps fut disséqué. Heureusement, le rapport d'autopsie prouva qu'il était mort après avoir ingéré une grosse quantité d'eau contaminée et sa famille échappa à l'étiquette posthume de contre-révolutionnaire.

Pourquoi les détails de sa mort tragique n'ont-ils jamais été cités dans nos médias officiels ? Pourquoi les Gardes rouges n'ont-ils jamais été punis ? On dit que celui qui a maintenu la tête de Xinghua dans le ruisseau appartenait à une famille de cadres de haut rang. Et celui qui l'a battu est devenu cadre à son tour. On dit qu'ils étaient simplement d'ardents défenseurs de Mao. Quand le portrait de Mao pend encore fièrement au-dessus du magnifique porche de la place Tian'anmen, que pouvons-nous faire ? Bien que la Révolution culturelle ait été depuis officiellement considérée comme une erreur bien intentionnée de Mao, il existe encore une règle tacite stipulant que tout écrit sur la Révolution culturelle doit faire preuve de « réserve ». En d'autres termes, rester vague, court, euphémique et aussi succinct que possible.

Après tout, qui se souvient de Xinghua ?

Je suis tombée par hasard sur un de ses poèmes. En voici une strophe :

Tâcher de saisir une lame de verre,
un morceau de bois où clouer
Le moment présent pour éviter la fuite du temps,
Pour se donner un peu de poids, pour se fixer,
Mais dans les montagnes lointaines,
l'automne s'étend sur les sommets,
Dépositaire de joies et de peines infinies.
La chance vient après l'échec.

Un poème triste. Pas seulement parce que le narrateur ne peut tenir qu'en s'accrochant à une lame de verre ou un morceau de bois, mais parce que, contrairement au revirement total espéré dans le vœu déchirant du dernier vers, la chance n'est jamais venue frapper à la porte du poète.

Chen alluma une cigarette. Ce n'était sans doute pas le genre de blog qui attirait beaucoup de visiteurs. La plupart des internautes n'avaient probablement jamais entendu parler de Xinghua. Le nombre limité de commentaires en attestait. Mais cela n'empêchait pas Lianping de creuser le passé et d'écrire avec cœur. L'article ne parlait d'ailleurs pas uniquement des souffrances d'un homme pendant la Révolution culturelle. Il décrivait la société d'aujourd'hui.

Et le poème cité à la fin lui plaisait.

Et lui, sa chance de flic frapperait-elle à sa porte ?

Il saisit le combiné et composa le numéro de Jiang à l'hôtel.

En insistant un peu, Chen parvint à lui soutirer une information. L'article original sur Zhou avait bien été publié sur un forum dirigé par un certain Melong. Jiang parut d'ailleurs étonné de voir qu'il avait obtenu ce renseignement par ses propres moyens.

Chen appela Lianping.

– Je voulais vous féliciter pour votre article sur Xinghua. Il est très bien écrit. Dommage que si peu de gens se souviennent de lui.

– J'ai fait des études d'anglais, moi aussi. Ne l'oubliez pas.

– Vous devez parfaitement savoir comment fonctionne un blog.

– Ça n'est pas difficile, mais les blogs n'échappent pas à la censure. Dès qu'un article attire l'attention de la police du Web, l'administrateur du site doit le retirer. Heureusement ou malheureusement, Xinghua ne fait pas partie de leur liste noire.

– Au fait, hier vous m'avez parlé d'un certain Melong. Vous publiez vos articles sur son forum ?

– Son site est très populaire et il m'a demandé d'écrire pour lui, mais j'ai préféré m'abstenir. Il est un peu trop controversé, si vous voyez ce que je veux dire.

– Donc vous le connaissez bien.

– Pas si bien que ça. Je l'ai rencontré trois ou quatre fois. Mais il est très intelligent et débrouillard, un vrai génie de l'informatique. Il a réussi à monter son forum tout seul.

– Pouvez-vous m'en dire un peu plus sur lui ?

– Eh bien... Laissez-moi passer un ou deux coups de fil d'abord.

– Ce serait formidable. Merci d'avance pour votre aide, Lianping.

Chen voulut ensuite profiter de l'heure du déjeuner pour discuter avec l'inspecteur Yu, mais il était sorti avec d'autres policiers. Il laissa un mot à son vieux partenaire en lui demandant de faire en sorte que la brigade ne prenne aucune nouvelle affaire pendant son absence. La requête était inhabituelle. Yu était plus que compétent, mais pourquoi irait-il s'encombrer d'une affaire comme celle de l'artiste Aï ?

À mesure que l'heure de la réunion de routine approchait, Chen se sentit de moins en moins capable d'y aller. Il décida plutôt de s'échapper du bureau. Au moins, son rôle de conseiller spécial lui fournissait une excuse. Il ne sollicita pas les services du chauffeur.

Au coin de la rue de Yan'an et de la rue du Sichuan, il monta dans le bus 71, bondé, comme toujours.

Le bus se traînait patiemment dans les rues embouteillées. Pris dans un tourbillon de pensées confuses, Chen prêta peu d'attention au paysage qui évoluait autour de lui. Au lieu de descendre à l'arrêt de la rue de Shanxi, il resta debout dans le bus, agrippé à une poignée suspendue, en direction de l'hôpital de la Chine orientale où sa mère était soignée.

Elle y était suivie depuis plusieurs semaines, suite

à une crise cardiaque. Il ne se pardonnait toujours pas de n'avoir pas pris assez soin d'elle. Il transpirait abondamment et après une soudaine embardée qui précipita le bus en avant, il percuta une femme obèse, brûlante comme un four.

Il n'avait pas rendu visite à sa mère depuis plusieurs jours, mais elle lui avait répété maintes fois au téléphone de ne pas s'inquiéter.

L'hôpital se trouvait sur la partie ouest de la rue de Yan'an et formait un vaste ensemble entouré de hauts murs de brique rouge. Équipé d'appareils ultra-sophistiqués, parfaitement sécurisé et intime à la fois, il accueillait les cadres importants du Parti et les per-sonnes d'un certain rang, généralement supérieur à celui d'inspecteur. Dans les années soixante-dix, il était même exclusivement réservé à l'élite du pays.

La chambre privée de sa mère se trouvait au deuxième étage d'un bâtiment de style européen. Sur le palier recouvert de moquette, un vieil homme en chemise blanche et pantalon vert militaire, qu'on aurait dit tout droit sorti d'un vieux film, lui fit un cérémonieux signe de tête. Chen ne le reconnut pas, mais lui rendit son salut.

Ce n'était pas grâce à sa position que sa mère était là, même si son titre aurait constitué un critère large-ment suffisant, réfléchit Chen avec humour en frappant doucement à la porte. Celle-ci était entrouverte, laissant le soleil de l'après-midi pénétrer dans la pièce par les baies vitrées du couloir. Il attendit une ou deux minutes avant d'entrer. Sa mère faisait la sieste.

Il attira délicatement une chaise vers le bord du lit, étudia son visage endormi et lui toucha la main.

Qui prétend qu'une pensée menue comme un brin d'herbe
Puisse payer le soleil bienfaisant du printemps ?

C'étaient les célèbres vers de Mong Kiao, un poète de la dynastie des Tang, au XVIIIᵉ siècle, qui comparait l'amour que sa mère lui portait à la chaleur d'un soleil de printemps toujours recommencé. Chen se perdait dans ses souvenirs…

Une jeune infirmière passa dans le couloir, s'arrêta et jeta un coup d'œil dans la chambre sans entrer ni adresser un mot à Chen. Elle sourit et s'en fut comme une douce brise au début de l'été.

La chambre paraissait claire et propre ; la fenêtre donnait sur un jardin soigné à l'arrière du bâtiment. Sa mère était mieux logée que dans le quartier bondé où elle habitait. Elle ferait aussi bien de prolonger son séjour ici.

Le regard de Chen tomba sur le tas de cadeaux posés sur la table de nuit. La plupart coûtaient très cher. Des nids d'hirondelle, du ginseng, des oreilles d'arbre[1], de la gelée royale… À son grand étonnement, il aperçut aussi une bouteille de *hajie*, de l'essence de lézard, reconnue comme un produit *bu*, censé stimuler le yin et le yang selon les théories de médecine chinoise traditionnelle. Il se demanda si un tel remède pourrait soulager une vieille femme dans son état.

Ces présents venaient sûrement de Lu le Chinois d'outre-mer ou de monsieur Gu, deux amis, entrepreneurs fortunés, qui tenaient toujours à la couvrir de somptueux cadeaux. Ils ne s'étaient même pas donné la peine de prévenir Chen de leur visite.

Dans la fabuleuse épopée de la réforme économique chinoise, il ne leur faudrait plus que quelques années pour devenir milliardaires. Si Chen avait suivi Lu

1. Champignons séchés.

au démarrage de sa chaîne de restaurants, il le serait devenu également.

Mais lui aussi avait réussi, en tant que fonctionnaire du Parti. Et même s'il s'efforçait de se distinguer de Zhou et de ses semblables, il ne pouvait pas nier qu'il profitait des « privilèges tacites » autant que les autres.

Une exonération des frais médicaux, par exemple. Sa mère avait eu le bras cassé par un Garde rouge pendant la Révolution culturelle. À l'époque, elle n'avait reçu aucune compensation. Mais après toutes ces années, elle avait enfin obtenu le statut de « personne à mobilité réduite » qui, en accord avec la nouvelle réglementation, lui permettait de recevoir des soins supplémentaires. Sans parler de son admission dans cet hôpital, et ce en chambre individuelle.

Pour être un fils dévoué, il devait être un membre dévoué du Parti, gravir les échelons : entrer dans le système. Quelle ironie !

Sa mère remua, ouvrit les yeux et eut un sourire surpris en voyant son fils assis près du lit. Elle avait un teint de cendres, l'air amaigri, mais elle réussit à tendre vers lui une main émaciée.

– Ne te sens pas obligé de venir ici. Je suis bien mieux que dans une maison de retraite.

– Comment était ton déjeuner ?

– Très bien. J'ai eu des nouilles avec des tranches de porc et du chou vert.

Elle montra du doigt le menu posé sur la table. Contrairement aux autres hôpitaux, celui-ci proposait une gamme variée de plats, presque comme un petit restaurant gastronomique. Elle avait dû choisir les nouilles à cause de ses dents. Elle en avait perdu plusieurs, mais à son âge, elle refusait de se donner la peine de les faire réparer.

Chen se leva pour lui préparer une tasse de thé vert à l'huile essentielle de ginseng américain.

– Notre famille et nos amis ne tarissent pas d'éloges sur toi, dit-elle avec tendresse. J'ai arrêté d'essayer de comprendre comment fonctionne la Chine d'aujourd'hui. Cela restera un mystère pour moi, mais tu fais toujours ce qu'il faut, je le sais bien.

– Mais je ne me suis pas assez occupé de toi. Quand tu sortiras de l'hôpital, je t'en prie, viens habiter avec moi. Aujourd'hui, beaucoup de gens n'hésitent pas à embaucher une aide à domicile.

– Non, je n'en ai pas besoin. Je suis comblée, je t'assure. Si je quittais ce monde aujourd'hui, je fermerais les yeux sans regret. Sauf un, qui est que je m'inquiète toujours pour toi – tu sais de quoi je veux parler.

Et c'était justement l'unique sujet sur lequel il n'avait rien à dire. Confucius disait : *Il y a trois choses qui font d'un homme un mauvais fils, et ne pas avoir de progéniture est la plus grave.*

L'inspecteur Chen était toujours célibataire.

– Nuage Blanc est venue me voir l'autre jour, reprit-elle. Quelle gentille fille.

– Je ne l'ai pas vue depuis longtemps.

Il devait l'admettre, c'était de sa faute si les choses n'avaient pas marché avec Nuage Blanc. Partout où elle allait, l'ombre de son corps dansant dans le salon privé du club de karaoké *Dynastie* semblait la suivre – à moins qu'il ne s'agisse d'une ombre tourbillonnant dans l'esprit de Chen.

> *L'eau suit son cours, les nuages filent au loin*
> *et le printemps n'est plus.*
> *Le monde est différent.*

Il entreprit de mettre en ordre les objets posés sur la table de nuit, comme si cette occupation pouvait l'aider à se sentir moins pitoyable.

– Bonjour, inspecteur principal Chen. L'infirmière Liang Xia m'a dit que vous étiez ici. Vous auriez dû me prévenir.

Chen leva les yeux et aperçut le docteur Hou qui entrait d'un pas vigoureux dans la chambre, un large sourire aux lèvres. Hou Zidong, le directeur de l'hôpital, était un homme grand, soigné, d'une petite cinquantaine d'années, qui portait une blouse blanche sur un costume noir et une cravate rouge.

– Docteur Hou, je voudrais vraiment vous remercier pour tout ce que vous avez fait pour ma mère. Je sais que vous êtes très occupé, je ne voulais pas vous déranger.

– Tante Chen se porte très bien. Ne vous inquiétez pas. Elle est comme chez elle ici, je fais le nécessaire.

– Le docteur Hou a été merveilleux, je te l'ai dit des dizaines de fois, ajouta la vieille femme en le regardant d'un œil où brillait un éclat de fierté.

Chen comprenait. Cette attention particulière était due à une affaire sur laquelle il avait travaillé à ses débuts. Le suspect n'était autre que Hou, un jeune médecin nommé dans un hôpital de quartier. Alors qu'il était étudiant, Hou avait entretenu une « liaison étrangère », comme on les appelait. D'après les éléments du dossier établi par la Sécurité intérieure, il avait rendu visite à un spécialiste américain à l'hôtel Jingjiang et sa signature apparaissait plusieurs fois sur le registre. On soupçonnait l'Américain d'être en lien avec la CIA. Sans le savoir, Hou avait été inscrit sur liste noire. Deux ans après qu'il eut obtenu son diplôme, une conférence médicale internationale se tenait à New York. Le chef de la délégation chinoise, un haut dirigeant de Pékin, avait vu en Hou un représentant qualifié en raison des nombreux articles médicaux qu'il avait publiés en anglais, pensant que sa présence contribuerait à « renforcer l'image de la Chine ». Mais avant que Hou ne rejoigne la délégation, il fallait mener une enquête minutieuse sur ses relations avec les Américains. D'où la mission confiée à Chen, à cause de son diplôme d'anglais, consistant à écouter les conversations téléphoniques entre Hou et l'espion présumé. Il s'avéra que les deux hommes ne faisaient que parler de leur intérêt commun pour la médecine. Une fois, Hou pressait l'Américain de faire attention, mais d'après le contexte, il faisait plutôt référence au penchant pour l'alcool de son ami. Chen avait conclu qu'il était ridicule de placer Hou sur liste noire pour si peu. Il avait transcrit et traduit consciencieusement les dialogues, soumis une analyse complète à ses supérieurs et proposé que le nom de Hou soit définitivement réhabilité.

Innocenté, Hou avait ainsi été admis au sein de la délégation. Le discours qu'il avait prononcé à la conférence avait été bien reçu et la chance n'avait depuis cessé de lui sourire. En peu de temps, il avait été muté à l'hôpital de la Chine orientale, un des établissements les plus prestigieux de la ville, et de là, promu jusqu'au poste de directeur. Mais il y avait à peine un an qu'il avait appris de la bouche d'un cadre de haut rang soigné chez lui quel rôle Chen avait joué dans l'histoire. Le lendemain, il s'était rendu au bureau de la police pour annoncer que Chen était le *guiren* de sa vie, l'être bienfaisant envoyé par le destin.

« Je savais que quelqu'un m'avait aidé, mais je ne savais pas que c'était vous, inspecteur principal Chen. Je vais vous dire une chose. Depuis, j'ai toujours essayé

d'être un médecin honorable. Vous savez pourquoi ?
Pour être à la hauteur de mon *guiren*. Il y a beaucoup
de problèmes dans notre société, mais il y a encore
quelques cadres du Parti comme vous. Si jamais je
peux faire quoi que ce soit, n'hésitez pas. Comme dit
le proverbe, *si on te donne une goutte d'eau, creuse
une fontaine en échange.* »

Le docteur Hou avait tenu sa promesse. Quand la
mère de Chen était tombée malade, il avait insisté
pour s'occuper de tout. Il était impossible aux gens
ordinaires d'obtenir une place dans cet établissement,
mais en tant que directeur, Hou s'était débrouillé pour
l'installer dans une chambre privée, malgré le caractère
mineur de son attaque. Et il avait insisté pour la garder
tout le temps nécessaire à sa convalescence.

– Vous vous êtes donné beaucoup de mal pour elle,
docteur Hou.

– Pour moi, l'effort n'est pas plus grand qu'un geste
de la main. Tante Chen peut rester ici aussi longtemps
qu'elle le désire. Et sa facture est déjà réglée. En toute
honnêteté, nous avons besoin de patients qui paient
comptant comme elle. Lu, votre grand ami, a absolument tenu à offrir une large somme pour sa chère tante.

– Ce Chinois d'outre-mer est incorrigible, dit Chen
dans un sourire amer en jetant un nouveau regard vers
la table de nuit.

Lu n'était sûrement pas le seul bienfaiteur. La sonnerie du portable du docteur Hou retentit. Il regarda
l'écran sans décrocher.

– Encore une réunion. Je dois y aller. Mais ne vous
inquiétez pas, inspecteur principal Chen. Je viendrai la
voir régulièrement.

La mère de Chen se redressa et regarda le docteur
qui sortait avant de se tourner vers son fils.

– Toi aussi, retourne travailler. Les gens ne disent pas toujours du bien des policiers, mais mon fils est intègre, je le sais, comme le docteur Hou. Cela me réconforte plus que tout au monde. Les bontés sont toujours récompensées. C'est le karma.

Chen hochait la tête.

– Oh, avant que j'oublie, j'ai là un bon-cadeau laissé par un autre de tes amis, monsieur Gu. Tu sauras mieux que moi quoi en faire.

Il prit la carte qu'elle tendait et fronça les sourcils en apercevant le montant. Vingt mille yuans.

L'argent n'avait bien sûr aucune valeur pour Gu, un des plus importants hommes d'affaires du pays. Il avait aidé Chen dans une de ses enquêtes et Chen lui avait rendu service à l'époque de la construction du complexe New World. Gu se considérait depuis comme son ami et appelait sa mère « ma tante ».

Un tel cadeau aurait été acceptable pour une vraie tante, mais pour Gu, ce geste n'était qu'un moyen supplémentaire d'entretenir leur relation. Il ne versait pas d'argent directement, mais la carte pouvait être échangée contre du liquide. Au moins, l'attention restait subtile.

Ce qui rendait la situation délicate était que le bon n'était pas adressé à Chen, mais à sa mère. Il lui serait plus difficile de le rendre.

– Je vais m'en occuper, mère.

Son portable se mit à sonner. C'était l'inspecteur Yu. Chen s'excusa et sortit rapidement de la chambre.

Yu lui fit le récit de la réunion qui venait de prendre fin au bureau. Entre autres choses, le secrétaire du Parti Li s'était montré particulièrement catégorique dans son refus d'accepter que l'inspecteur Wei soit mort en service. Il avait été tué alors qu'une enquête était en cours, mais personne ne savait ce qu'il faisait ce jour-là, à ce carrefour-là, à cette heure-là. Selon Li, Wei était peut-être allé se renseigner sur des cours du soir dans une école du coin de la rue.

Chen ne fut pas surpris par le changement d'attitude de Li. Au départ, il avait sans doute été choqué et peiné par la nouvelle, comme tout le monde au bureau. Wei faisait partie des anciens, il travaillait pour lui depuis des années. Mais envisager son décès comme un meurtre risquait de compliquer terriblement la situation. Aux dernières nouvelles, toute spéculation dans l'affaire Zhou serait considérée comme contraire aux intérêts du Parti.

– Sa femme est malade, sans emploi, et son fils est encore au collège, conclut Yu avec tristesse.

Chen comprit le message. Si la mort de Wei était accidentelle, le bureau ne verserait aucune compensation à sa famille.

Quand il revint dans la chambre, le téléphone à la main, Chen se sentait encore plus coupable qu'avant. S'il avait eu le courage d'aller à la réunion, il aurait au moins pu plaider la cause de Wei, même s'il n'était pas sûr d'avoir pu changer la donne. Non, la seule solution était de prouver que son collègue était en service ce jour-là et qu'il se trouvait au coin de l'immeuble Wenhui pour les besoins de l'enquête.

– Je dois y aller, mère, dit Chen. Il y a du nouveau au bureau. Je reviendrai bientôt.

13

Le lendemain matin, Chen se retrouva rue de Pin-
gliang, dans le district de Yangpu.

D'après l'adresse, la maison des Wei se trouvait dans
une vieille ruelle. Au début des années soixante, un
nombre important de « logements ouvriers » avaient été
construits dans ce secteur – une nette amélioration par
rapport aux bidonvilles d'avant 1949, mais les appartements avaient ensuite été systématiquement divisés
et redivisés, jusqu'à ce que chaque famille n'occupe
plus qu'une des trois pièces originellement prévues,
avec la cuisine et le cabinet de toilette communs à
plusieurs foyers.

Comme il s'y attendait, la rue était marquée par les
blessures du temps. Le contraste avec les gratte-ciel
environnants était frappant. Alors qu'il avançait dans
l'allée sous un enchevêtrement de bambous d'où pendait
du linge humide, comme une composition impression-
niste venue masquer le ciel, Chen se sentit étrangement
désorienté. Un fouillis d'objets méconnaissables empilés
sur les côtés rendait le passage encore plus étroit : une
bicyclette cadenassée avec un panier de bambou sur
le guidon, une autre recouverte d'une grande bâche
en plastique, un poêle à charbon hors d'usage, une
cabane à outils ou à déchets déglinguée et toutes sortes

d'installations bricolées par les résidents, légalement ou illégalement, sortes d'excroissances miraculeuses des logis.

Déconcerté, Chen avait l'impression de pénétrer dans une autre ville, un autre temps. Et les habitants n'étaient sans doute pas moins déroutés pas son intrusion. Un vieil homme assis sur les talons, le dos nu plaqué contre un mur, leva les yeux vers lui ; un autre à califourchon sur un tabouret de bois, une jambe en avant, lui bloqua involontairement le passage ; et plus loin dans l'allée, Chen pouvait apercevoir d'autres silhouettes, l'une tenant un bol de riz, l'autre s'étirant nonchalamment sur une chaise longue en bambou délabrée, une autre écaillant vigoureusement un poisson sabre argenté dans un évier commun couvert de mousse…

Il n'était jamais venu par ici, pourtant certains détails lui semblaient profondément familiers ; il se sentait presque accueilli, comme si un être proche l'attendait au fond de la ruelle.

Il s'arrêta et frappa à la porte écaillée qui avait dû être repeinte un certain nombre de fois, dont au moins une en rouge. Cette visite ne le réjouissait pas tellement, mais il n'avait guère le choix.

Une femme maigre aux yeux gonflés et aux cheveux parsemés de mèches argentées lui ouvrit. La pièce étroite était encombrée de vieux objets, mais Chen remarqua un cadre noir tout neuf renfermant une photo de Wei dans son uniforme de police. Quand elle reconnut l'inspecteur Chen, elle parut troublée.

– Oh, chef… Vice-secrétaire du Parti Chen.

– Je vous en prie, appelez-moi Chen, madame Wei.

– Appelez-moi Guizhen alors.

Elle eut du mal à trouver une chaise libre dans la pièce. Voyant les deux lits péniblement casés dans moins de quinze mètres carrés, Chen conclut que l'un d'eux appartenait à leur fils qui allait déjà au collège.

Wei n'avait pas réussi à acheter un appartement plus grand pour sa famille. Maintenant, il n'était même plus question d'y penser.

Guizhen avait été couturière dans un atelier de confection du quartier, payée au salaire minimum, mais son employeur avait fait faillite depuis déjà plusieurs années. La famille ne dépendait plus que du salaire de Wei. Sa mort soudaine leur permettrait de remplir le dossier de demande d'allocation des résidents de la ville, mais même s'ils étaient déclarés éligibles, le montant resterait dérisoire.

Chen repensa à l'éventuelle compensation du bureau. Les règles étaient formelles : si Wei avait trouvé la mort dans un accident de la circulation alors qu'il vaquait à des occupations personnelles, le seul dédommagement possible viendrait de l'argent collecté par ses collègues, autant dire des clopinettes.

– Comme vous le savez peut-être, Guizhen, bien que Wei ait été plus âgé que moi, je suis entré dans la police à peu près en même temps que lui, à mon retour de la province de Jiangxi où je faisais partie des jeunes instruits. Pendant notre première année, nous étions tous les deux à la circulation, je m'en souviens encore. Puis il a été transféré à la criminelle. Toutes ces années, il a accompli un travail exemplaire.

Après une courte pause, il reprit :

– Cette fois, Wei s'occupait d'une enquête importante sur laquelle on m'a demandé d'intervenir en tant que conseiller spécial. Mais cette affaire concerne surtout la brigade criminelle et nous ne nous sommes pas vus tous les jours ; en tout cas, pas le jour de l'accident.

Du coup, je ne sais pas exactement ce qu'il faisait cet après-midi-là. Ni pourquoi il se trouvait à ce carrefour.

– Il est parti tôt le matin sans me dire où il allait. Il avait pour principe de ne jamais me parler de ses enquêtes en cours.

– Avez-vous remarqué quelque chose d'inhabituel ?

– Euh… Il était habillé très élégamment. Il n'était pas du genre à accorder beaucoup d'importance à son apparence. Mais parfois, il lui arrivait de faire un effort pour les besoins d'une enquête.

Cela arrivait à Chen aussi. Si Wei se rendait à l'hôtel, cette attention était logique.

– Parlons maintenant du lieu de l'accident. Vous a-t-il dit quelque chose ? Par exemple, ce qu'il comptait faire là-bas ou s'il avait l'intention de rendre visite à quelqu'un dans ce quartier ?

– Dans mon souvenir, non. Rien du tout.

– Vous a-t-il appelée pendant la journée ?

– Non. Je l'ai appelé en début de soirée. Sans réponse. Il avait l'habitude de travailler tard. Une fois ou deux, il a même passé la nuit au bureau. Mais le lendemain, son portable ne répondait toujours pas. J'étais inquiète. Alors j'ai appelé le bureau.

– Certains de ses collègues disent qu'il projetait de s'inscrire à des cours du soir. Une école propose ce type de formation près du lieu de l'accident.

– Je ne sais pas, mais ça m'étonnerait, dit-elle en s'essuyant les yeux du revers de la main. Il a travaillé dur pendant toutes ces années et il est resté inspecteur de second rang. Tout ça, parce qu'il n'avait pas de diplôme universitaire. Nous faisions tous les deux partie de cette fameuse jeunesse instruite et nous avons sacrifié nos meilleures années à la Révolution culturelle. Parfois, il s'en plaignait. Mais que pouvait-il faire ? Il avait plus de cinquante ans, il n'avait ni le temps ni l'énergie de prendre des cours du soir. Et puis, notre fils est au collège, nous n'aurions pas pu nous permettre de payer pour une autre scolarité.

Le raisonnement était logique. Mais il n'expliquait toujours pas pourquoi Wei se trouvait là-bas.

– Autre question, Guizhen. Avait-il emporté son déjeuner avec lui ?

– Non, pas ce jour-là. Il n'emportait son déjeuner que lorsqu'il était sûr de passer la journée au bureau.

Donc Wei avait très bien pu déjeuner dans le quartier, à un des stands bon marché du carrefour, réfléchit Chen. Mais il avait du mal à imaginer que Wei, sortant de l'hôtel, ait décidé de gravir les marches de la passerelle rien que pour aller acheter à manger.

Pendant le bref silence qui suivit, Guizhen se leva pour lui servir une tasse de thé.

– Excusez-moi, j'ai oublié. L'eau n'est pas très chaude, inspecteur principal Chen, prévint-elle confuse.

Pour un couple frappé de pauvreté, tant de choses sont tristes.

– Le thermos ne marche plus très bien, ajouta-t-elle encore avec regret.

C'était un vieux thermos à l'ancienne, une bouteille d'eau chaude dans une coque de bambou, posé sur la table comme un point d'exclamation à l'envers. Aucun réfrigérateur ni autre appareil moderne ne venait encombrer la petite pièce.

Chen ne put s'empêcher de se rappeler la maison d'une autre veuve qu'il avait récemment rencontrée. Madame Zhou avait elle aussi le cœur brisé, mais au moins, sa famille n'était pas sans ressources. Elle finirait peut-être par récupérer une partie de l'argent détourné par Zhou ; le reste disparaîtrait à jamais.

– Si je vous pose toutes ces questions, Guizhen, c'est parce que j'essaie de voir si vous ne pourriez pas obtenir une compensation du bureau. Si nous parvenions à établir avec certitude que votre mari est mort en service, je pourrais le faire reconnaître comme « victime du devoir », et votre famille bénéficierait alors d'une aide.

– Je ne sais pas comment vous remercier, inspecteur principal Chen. Vous m'envoyez un sac de charbon au cœur de l'hiver.

– Ne me remerciez pas.

– Laissez-moi vous raconter une chose sur Wei. Vous avez dit qu'il était entré dans la police en même temps que vous.

– Oui, si je me souviens bien.

– Parfois, je ne pouvais m'empêcher de l'asticoter. Il ne vous arrivait pas à la cheville, même si ça n'était pas vraiment de sa faute. Comme beaucoup de gens de sa génération, il n'avait pas de diplôme universitaire, alors il est resté en bas de l'échelle.

– Oui, c'est à cause de la politique de promotion des cadres qui accorde une importance démesurée à l'enseignement supérieur. J'ai seulement eu de la chance et un avantage injuste sur mes collègues.

– Savez-vous ce que Wei m'a dit quand on lui a confié cette enquête et qu'il a su qu'il travaillerait sous vos ordres ?

– Quoi ?

– Eh bien, il n'était pas toujours d'accord avec vous, en dépit de votre position supérieure, mais au final, il préférait travailler avec vous plutôt qu'avec n'importe qui. Sans hésiter. À notre époque, vous êtes un des rares policiers qui essaient encore de faire leur travail consciencieusement.

– Je suis très touché d'apprendre qu'il nourrissait cette opinion sur moi. Merci de me l'avoir dit, Guizhen.

Chen se sentait d'autant plus honteux de ce qui était arrivé à Wei et de son incapacité à venir en aide à sa famille. Il aurait pu expliquer à la veuve tout ce qu'il comptait faire, mais s'il ne réussissait pas à atteindre ses objectifs, cela ne servirait à rien.

Comme un magicien soudain frappé d'inspiration, il sortit l'enveloppe renfermant le bon-cadeau et la lui tendit.

– Un petit quelque chose pour votre famille, dit-il.

Elle ne l'ouvrit pas, selon la coutume chinoise.

– Je ne peux pas l'accepter, dit-elle en repoussant l'enveloppe. Si ça venait du bureau, ce serait différent. Après tout, Wei a sacrifié ses meilleures années à son travail.

– Ce n'est pas de moi, dit Chen, pensant que l'honnêteté serait la meilleure option. Un monsieur Gros-Sous que je connais me l'a donnée. Pour tout vous dire, je n'arrivais pas à savoir si je devais l'accepter ou non. J'ai trouvé comment en faire bon usage, je crois. Donc, en fin de compte, vous me rendez service.

Interloquée, elle le dévisagea sans rien dire.

– J'étais avec Wei quelques jours avant sa mort ; nous sommes allés boire un café, poursuivit Chen tout en cherchant le bon-cadeau qu'il avait glissé dans son portefeuille en sortant du *Häagen-Dasz*. Je voulais lui parler et il a choisi ce glacier à la mode en disant que c'était un des endroits préférés de son fils. Celle-là vient de moi. Je l'avais presque oubliée. Je vous en prie, prenez les deux.

– Inspecteur principal Chen…

Il se leva et sortit sans lui laisser le temps d'ajouter quoi que ce soit.

Mais il eut à peine le temps d'atteindre le bout de l'allée qu'il entendit des pas qui couraient derrière lui. C'était Guizhen, l'enveloppe encore serrée dans la main.

– C'est beaucoup trop.

– N'en parlons plus. Comme je vous l'ai dit, vous me rendez service. Mon ami me l'a donnée plus ou moins à cause de ma position, je le sais bien. Je ne serais pas digne de la confiance que Wei avait en moi si je la gardais.

– Je ne devrais pas…

Une fois encore, elle n'alla pas au bout de sa phrase.

– Oh, vous m'avez demandé si j'avais remarqué quoi que ce soit d'inhabituel chez Wei ce matin-là.

– Oui ?

– Avant de partir, il a examiné plusieurs fois la photo du *Wenhui*. Vous savez, celle où on voit le paquet de 95 Majesté Suprême. Il a même été jusqu'à utiliser une loupe. À la maison, il me parlait rarement de son travail. Mais ce matin-là, il m'a montré la photo et il m'a demandé si je pouvais lire ce qui était écrit sur le paquet de cigarettes.

– Vous avez réussi ?

– Non, impossible. C'était trop petit, trop flou.

14

Pour l'inspecteur Chen, la journée du samedi commençait par un événement qui n'avait pas grand-chose à voir avec ses obligations de policier.

La veille au soir, il avait reçu un appel de l'inspecteur Yu.

– Vous nous rendriez un grand service si vous acceptiez de venir au temple Longhua ce samedi, ne serait-ce que pour dix ou quinze minutes. Peiqin ne voulait pas que je vous en parle. Elle organise une commémoration bouddhiste en l'honneur de ses parents. Pour le centenaire de la naissance de son père. Nous savons que c'est inhabituel pour un cadre du Parti comme vous d'assister à ce genre de célébration. Mais un des cousins de Peiqin a récemment organisé une cérémonie similaire pour laquelle il a dépensé des sommes faramineuses et invité autant de gros bonnets que possible. Donc, je me suis dit…

Selon la croyance populaire bouddhiste, cent ans après sa naissance, le défunt peut commencer une nouvelle vie. À cette occasion, les descendants organisent souvent un service religieux. Dans un temple, de préférence. Dans le cycle des réincarnations, cette étape est très importante. Après cela, les vivants du monde de la poussière rouge sont déchargés de tous leurs devoirs.

Chen se demanda si Peiqin croyait vraiment à ce genre de rituel. Mais son opinion avait sûrement peu de poids face aux croyances de sa famille. L'inspecteur Yu ne lui demandait jamais de faveur et l'inspecteur principal ne se sentait pas en mesure de refuser.

Et puis, cette sortie lui permettrait d'échapper à une énième réunion harassante du bureau. Il avait dû passer la majeure partie du vendredi à une réunion du Comité du Parti de Shanghai. En tant que nouveau membre, son avis n'était pas beaucoup sollicité ; tous ces discours politiques non seulement l'ennuyaient, mais le vidaient inexplicablement de toute son énergie. Qiangyu, le premier secrétaire, avait prononcé une longue allocution pour vanter les merveilleux progrès réalisés dans la ville de Shanghai sous la supervision exemplaire du Comité municipal du Parti. Il voulait faire passer un message, Chen l'avait vaguement senti ; il avait tenté de déchiffrer le sous-entendu avant d'abandonner rapidement à cause d'une migraine sourde, mais tenace.

Chen se réjouissait donc à l'idée de changer d'activité tout en faisant plaisir à Peiqin.

– Bien sûr que je viendrai au temple. Pas seulement dix ou quinze minutes. Vous pouvez compter sur moi, Yu.

Tôt le matin, Chen prit place dans une Mercedes noire conduite par Wang Le Chétif, le chauffeur du bureau.

– Les Yu vont en mettre plein la vue à leur famille au temple aujourd'hui, commença Wang.

D'après une récente analyse, dans cette époque de vide spirituel, les gens avaient tendance à se raccrocher à quelque chose, à n'importe quoi. Dans une culture où les concepts de paradis et d'enfer de la religion occidentale n'existaient pas, les Chinois cherchaient un peu de réconfort en allant au temple honorer leurs morts et les accompagner dans l'autre vie.

Ironiquement, la société matérialiste réussissait même à infiltrer les codes des rites religieux. *Plus la dépense est grande, plus la figure est bonne.* Les Yu n'avaient pas de quoi entrer dans la compétition. C'était la raison pour laquelle l'inspecteur Yu, qui n'était pas bouddhiste, avait tenu à ce que l'inspecteur principal Chen, un cadre de haut rang, soit présent. Pour faire bonne figure. Pour les Shanghaiens, les apparences étaient primordiales.

– Nous y voilà. Le temple Longhua, déclara Wang Le Chétif.

En raison de l'expansion urbaine dévorante, le temple, originellement construit à la périphérie, faisait désormais partie intégrante de la cité. Mais grâce à sa situation excentrée, il était plus grand que ceux du centre-ville.

Chen entra dans une immense cour qui menait à une entrée imposante présentant une rangée de bouddhas dorés enveloppés de volutes d'encens. De part et d'autre de l'entrée, deux salles servant originellement d'annexes à l'entrée principale avaient été transformées en salles de culte, engendrant pour le temple des revenus considérables.

Comme il franchissait le seuil, Peiqin eut un sursaut de surprise, puis le présenta à haute voix à la congrégation.

– Le légendaire inspecteur principal Chen Cao, dit-elle, vice-secrétaire du Parti à la police de Shanghai et membre du Comité du Parti communiste de la ville. Vous avez forcément entendu ou lu son nom quelque part. Yu travaille pour lui à la brigade des affaires spéciales.

Pour une fois, elle se donnait la peine de citer tous ses titres officiels. Il comprenait sa démarche.

– De la part du vice-secrétaire du Parti, claironna Wang Le Chétif en déposant au pied d'une table de service une immense gerbe de fleurs ceinte d'un ruban de soie portant le nom de Chen ainsi que ses titres officiels, comme pour confirmer l'introduction de Peiqin.

– Peiqin et Yu sont mes amis, déclara Chen aux invités après s'être prosterné devant la table où se trouvait une photo dans un cadre noir, entourée de bougies allumées et de tout un assortiment de nourriture typiquement shanghaienne.

Yu et Peiqin se courbèrent à leur tour devant lui en signe de gratitude.

Chen prit un bouquet de bâtons d'encens et salua à nouveau respectueusement trois fois le couple.

Les yeux rivés sur l'inspecteur principal, tous les invités semblaient retenir leur souffle.

Tandis qu'il déposait l'encens dans un vase, Chen remarqua plusieurs coffres en carton empilés sur la table. Il pensait pouvoir deviner leur contenu : de l'argent de l'autre monde pour les morts[1]. Des années plus tôt, l'argent était simplement placé dans de grands sacs rouges. Les imitations de coffres avec leurs cadenas peints de couleurs vives faisaient partie des « progrès du temps » et signifiaient que l'on portait une attention particulière aux usages de l'autre monde. Chen se demanda malgré lui si la gerbe de fleurs n'était pas inappropriée au milieu de ces offrandes.

– Je ne sais pas comment vous remercier, vice-secrétaire du Parti Chen, dit Yu.

---

1. Lingots d'argent en papier aluminium brûlés en offrande aux morts pour qu'ils puissent s'acheter des biens dans l'au-delà.

– Ne me remerciez pas, Yu. C'est la première fois que je rends hommage à mon oncle et ma tante.

Comme l'emploi du titre officiel par Yu, les termes « oncle et tante » prononcés par Chen étaient destinés à impressionner l'auditoire.

Mais Chen se sentait de plus en plus mal à l'aise dans cette cérémonie et il s'éloigna vers un moine qui étalait de grandes enveloppes sur une table de service. Il essaya d'engager la conversation sur le bouddhisme, mais le moine le dévisagea comme s'il était une étrange créature et ne lui adressa pas la parole.

Peiqin s'approcha de lui.

– J'espère que la cérémonie allégera mon sentiment de culpabilité, murmura-t-elle.

C'était donc une des raisons pour lesquelles elle organisait cette célébration. Son père avait eu des ennuis politiques alors qu'elle était encore à l'école primaire et il était mort dans un camp de travail loin de la ville. Pendant la Révolution culturelle, sa mère était décédée à son tour. Peiqin parlait très peu de ses parents. Une fois, elle avait avoué à Chen qu'étant petite, elle leur en avait secrètement voulu de lui avoir légué un héritage familial si lourd à porter.

Une file de moines s'avança dans la salle de culte. Chen se prosterna avec les invités. À son grand étonnement, le maître de cérémonie cita solennellement son nom en tête des participants, comme si cette mention pouvait avoir une quelconque valeur aux yeux des morts. Une vague de murmures parcourut l'assemblée.

Des membres de la famille de Peiqin commencèrent à discuter entre eux. Sa tante, une vieille femme à la mode, cheveux gris et lunettes à montures dorées, s'appuya sur sa canne de bambou et s'avança d'un pas chancelant jusqu'à Chen.

– Merci beaucoup, inspecteur principal, dit-elle avec ferveur. Vous avez comblé Peiqin aujourd'hui et nous tous avec elle. J'ai vu votre photo dans les journaux. Peut-être aurons-nous aussi la chance de voir une photo de vous au temple…

Elle n'avait pas besoin de finir sa phrase. Il avait compris. Mais la requête était ridicule. Les journaux publiaient des photos liées à son activité professionnelle. Pas des photos de lui assistant à une cérémonie bouddhiste.

Il hocha néanmoins la tête, sortit son téléphone portable et composa un numéro.

– Êtes-vous disponible cet après-midi, Lianping ?

– Oui, pourquoi, inspecteur principal Chen ?

– Je suis au temple Longhua. Mon coéquipier, l'inspecteur Yu, et sa femme Peiqin organisent un repas de commémoration bouddhiste dans un restaurant. Certains parents évoquent la possibilité que des photos de l'événement soient publiées dans les journaux…

– Le culte des apparences, dans ce monde comme dans l'autre… Je comprends. Le déjeuner est gratuit, j'espère ? ajouta-t-elle d'une voix forte. D'ailleurs, je vous remercie d'avoir pensé à moi. Et de m'inviter. Je serai là-bas dans vingt minutes, monsieur le vice-secrétaire du Parti.

Au milieu des chants bouddhistes, Yu et Peiqin n'avaient perçu que des bribes de la conversation, mais ils n'en restèrent pas moins abasourdis.

Moins de vingt minutes plus tard, Lianping, appareil photo en main, annonçait son arrivée par une déferlante de flashs.

Elle commença par saluer Chen, effleurant sa joue de la sienne. Pour l'occasion, elle avait choisi une robe noire décolletée et des chaussures à talons assorties ;

160

elle portait aussi une écharpe blanche nouée autour du cou et un badge rouge du *Wenhui* à son nom.

– L'inspecteur principal Chen m'a demandé de venir. Comment aurais-je pu lui dire non ?

Un sourire affable aux lèvres, elle serra la main de Peiqin et de Yu avant de se tourner vers les convives.

– Je prépare actuellement un portrait de l'inspecteur principal Chen pour le *Wenhui*. Les photos paraîtront avec l'article. On veut non seulement montrer le policier infatigable, mais aussi les multiples facettes de l'homme. La photo pourrait porter cette légende : *Chen se prosterne au temple avec son coéquipier : l'humanité sincère d'un cadre du Parti.*

Son discours teinté d'ironie était crédible, mais Chen ne croyait pas un seul instant qu'elle publierait ces photos.

Comme la cérémonie battait son plein, il réussit à s'éclipser dans un coin où il fut rapidement rejoint par Lianping. Ils pouvaient espérer rester tranquilles un moment. Les invités n'oseraient pas les déranger, sauf s'il fallait présenter un retardataire à l'illustre convive.

– Devinez combien coûte ce genre de rituel ? lui glissa-t-elle à l'oreille.

– Mille yuans ?

– Non. Beaucoup plus. J'ai consulté la brochure à l'entrée. Rien que la location de la salle coûte plus de deux mille yuans, sans compter le prix de la cérémonie. Et les enveloppes rouges pour les moines.

– Les enveloppes rouges ?

– Vous ne connaissez pas le proverbe ? *Le vénérable moine récite les textes sacrés sans y mettre de cœur.* Difficile d'échapper à la règle quand on chante trois cent soixante-cinq jours par an. Selon la croyance populaire, dans ce cas, les rites sont moins efficaces.

Si l'on veut être sûr que les moines mettent du cœur à l'ouvrage, les enveloppes rouges sont indispensables.

Malgré le cynisme de sa jeunesse, elle était perspicace et n'hésitait pas à exprimer son opinion sur les absurdités du paysage social.

– Votre présence rehausse encore ce carnaval des apparences, reprit-elle en lui lançant un sourire moqueur. Vous leur rendez un fier service. Au passage, Zhou aurait été accueilli avec transport dans ce genre de contexte – avant sa chute, j'entends.

Cette remarque à la fois ironique et sérieuse décontenança l'inspecteur.

– L'inspecteur Yu est mon coéquipier, et un très bon ami, dit-il. N'allez pas chercher trop loin.

– Notre société repose sur les relations : des liens tissés grâce à des échanges de faveurs. Votre amitié est différente, je le sais. Vous êtes son patron, vous n'étiez pas obligé de venir, je le sais aussi, c'est d'ailleurs pour ça que j'ai accepté de prendre des photos. Mais ça me dépasse, je veux dire, la cérémonie. En théorie, le bouddhisme condamne la vanité des passions humaines, mais le voilà qui incarne tout ce qu'il y a de vaniteux dans le monde de la poussière rouge, tout ce qui n'a de valeur que pour les vivants.

– C'est vrai. J'ai voulu interroger un moine sur la différence entre le petit et le grand véhicule et il m'a regardé comme si j'étais un extraterrestre qui divaguait dans un langage indéchiffrable.

Leur discussion fut interrompue par l'invitation de Peiqin à aller déjeuner dans un restaurant situé en face du temple.

À la porte de l'établissement un grand panneau rouge indiquait que le repas des Yu aurait lieu autour de trois tables installées dans une grande salle à manger.

À l'intérieur, Yu et Peiqin s'affairaient pour guider les invités vers leurs places respectives.

Lianping fut placée à côté de Chen à la table principale, sans doute grâce à une ruse bien intentionnée de Peiqin, pressée de voir Chen en ménage et souvent aussi véhémente que sa mère sur ce sujet. Il n'était pas mécontent du placement. Lianping souriait et jouait avec plaisir le rôle que l'hôtesse semblait lui avoir assigné.

– Les crevettes sont bien fraîches, dit Lianping qui en décortiqua une de ses longs doigts avant de la poser dans la soucoupe de Chen, presque comme une petite amie. Je me demande pourquoi le repas n'est pas végétarien, lui murmura-t-elle.

Son commentaire tomba dans l'oreille de Peiqin qui se pencha pour verser du vin dans le verre de Chen et répondit d'un hochement de tête approbateur.

– Nous avons étudié le menu du restaurant du temple. Deux cent cinquante yuans par personne pour leur soi-disant « buffet végétarien », avec des Häagen-Dasz à volonté.

– Que viennent faire des Häagen-Dasz dans un menu végétarien ? s'exclama Chen.

– Un repas de cérémonie doit être cher, expliqua Peiqin, sinon l'hôte et ses invités perdraient la face. Et les morts aussi. Mais il n'est pas facile de rendre un menu végétarien luxueux. D'où les Häagen-Dasz.

– Je pense que vous avez fait le bon choix, Peiqin, dit Chen en attrapant un morceau de concombre de mer braisé à la sauce d'huître et œufs de crevettes.

La sonnerie d'un téléphone retentit. Plusieurs personnes vérifièrent leurs écrans respectifs. Lianping regarda le sien sans chercher à répondre.

– On vient de me transférer un lien weibo, dit-elle.

– Weibo ? demanda-t-il.

Le concombre de mer s'échappa de ses baguettes et retomba dans l'assiette.

– Un microblog. C'est la même chose qu'un blog sauf que l'espace est limité à cent quarante caractères. Du coup, le mouvement ne devrait pas causer trop de remous, c'est ce qu'espère le gouvernement. Mais c'est comme une petite tribune. Les gens peuvent lire, commenter ou transférer des articles sur leurs téléphones portables. Tout ça en moins d'une seconde. Le weibo commence déjà à donner du fil à retordre aux autorités qui luttent pour le « maintien de la stabilité ». On parle d'ailleurs d'une nouvelle réglementation exigeant que les utilisateurs s'enregistrent sous leur vrai nom.

– Pour que la police du Net puisse les tracer plus facilement, dit Chen en secouant la tête. Vous écrivez aussi sur ce réseau ?

– Non, mais je lis ce qu'on y écrit.

Elle se pencha vers lui et continua à voix basse.

– Je me suis renseignée sur Melong. Son blog fait partie des plus connus de la ville et attire un grand nombre de visiteurs. Cette visibilité a attiré une foule de publicitaires, trop heureux de soutenir son opération. Melong est un sacré personnage ; il réussit à maintenir l'identité à la fois populaire et controversée de son blog, il frôle parfois dangereusement la « ligne rouge » fixée par les autorités, mais il ne franchit jamais celle qui fournirait au gouvernement un motif suffisant pour intenter une action contre lui et fermer son site.

– C'est intéressant. Donc, il reste assez indépendant.

– On peut dire ça. En tout cas, il n'a pas besoin de travailler ailleurs et il est aussi pirate informatique à ses heures. On dit qu'il a gagné des fortunes dans ce domaine, mais on ne saura jamais si ces rumeurs sont vraies. C'est quelqu'un de prudent. Toujours est-il que je n'ai jamais entendu dire qu'il avait eu des ennuis à cause de ça. Dans le milieu, il a la réputation de vivre selon la voie du *Jianghu*…

– Le *Jianghu*. Vous parlez du monde imaginaire, avec ses codes et sa morale propres, comme dans les romans d'arts martiaux ?

– Oui, il obéit à un principe connu : il y a des choses qu'il fait et d'autres qu'il ne fait pas. Par exemple, il met un point d'honneur à protéger ses sources, ce qui renforce la popularité de son site. Mais on ne peut jamais vraiment savoir. D'aucuns disent qu'il entretient des liens avec le gouvernement. Ce qui expliquerait qu'il ait réussi à survivre aussi longtemps.

– Quoi d'autre ?

– Quoi d'autre ? répéta-t-elle en souriant avant d'attraper un morceau de bœuf à la sauce d'huître. C'est un fils dévoué, comme vous.

D'où tenait-elle cette information ? Elle avait dû mener son enquête, sur Internet ou ailleurs.

Un toast inattendu prononcé par la tante de Peiqin dispensa Chen de répondre à ce dernier commentaire.

– Je voudrais vous remercier, vice-secrétaire du Parti Chen, ainsi que votre charmante amie journaliste. Quand les photos paraîtront dans le *Wenhui*, les parents de Peiqin seront très heureux dans l'autre monde.

Il se leva précipitamment, le verre à la main, mais il ne savait pas quoi dire. Ni si dans une pareille occasion, il était convenable de répondre au toast.

De l'autre côté de la table, Peiqin lui adressa un sourire désolé. Yu se grattait la tête.

Lianping sortit son téléphone portable, mais au lieu de composer un numéro, elle attrapa une serviette rose, y inscrivit quelque chose et la fit glisser vers Chen qui se rasseyait maladroitement.

– Voilà le numéro de téléphone de Melong. Vous n'avez qu'à l'appeler de ma part. Dites-lui que vous êtes un ami.

– Merci.

Le déjeuner touchait à sa fin, heureusement avant qu'un autre convive n'ait le temps de prononcer un nouveau toast.

Tout le monde traversa la rue pour retourner au temple. Ceux qui avaient conservé les restes de leurs plats dans des boîtes se dépêchèrent d'aller les déposer dans leurs voitures avant de rejoindre la cérémonie.

Au lieu de regagner la salle de culte, ils se réunirent dans la cour autour d'une gigantesque vasque de bronze. Il était temps de brûler les offrandes pour les morts. Ils commencèrent par jeter au feu les sacs et les boîtes remplis d'argent de l'autre monde, ainsi que d'autres simulacres d'objets sacrificiels. Parmi eux se trouvait un palais de papier coloré d'une exécution minutieuse.

– Regardez l'adresse, murmura Lianping à ses côtés.

– 123 parc Binjiang.

– Le quartier le plus cher de Shanghai.

– Pour que les morts profitent du luxe dans l'autre monde, dit-il, à défaut d'avoir pu le faire dans celui-ci. Je ne pense pas que cette pratique ait grand-chose à voir avec le bouddhisme. Brûler des objets symboliques pour les morts, ce serait plutôt confucéen.

– Il y a une chose que je ne comprends pas chez Confucius. Il dit qu'un homme respectable ne doit pas parler des esprits et des dieux, pourtant il exhorte les gens à faire des sacrifices pour leurs ancêtres.

– Dans cette époque de grand vide spirituel et idéologique, notre société ne s'appuie plus sur la religion.

Pour la plupart des gens, rien n'existe ou n'a d'importance que dans le temps présent. Disons même dans leur interprétation du présent. Le rituel leur apporte une sorte de réconfort succinct qui ne peut trouver place hors des considérations matérielles.

Tout en parlant, il se pencha vers le brasier. Parmi les objets qui se consumaient dans les flammes, il fut étonné de reconnaître un faux paquet de cigarettes.

– Hé ! Des 95 Majesté Suprême !

– Vous savez, une nouvelle photo est apparue sur Internet, dit-elle, le visage rougi par la chaleur des flammes.

– En rapport avec Zhou ?

– Non, pas directement. Elle montre un autre cadre du Parti dans une salle de conférences. À ce genre d'événement, on voit souvent des boissons et des cigarettes sur la table des invités, des produits de luxe qui font partie des dépenses générales du gouvernement. Mais sur cette photo, les cigarettes ont été retirées du paquet et posées sur une petite soucoupe. Pourquoi ? Pour éviter que le public ne reconnaisse la prestigieuse marque. Les organisateurs ont dû craindre un nouveau scandale. Mais c'était stupide. Aucun fumeur ne garderait ses cigarettes en vrac hors du paquet. L'effort de dissimulation n'a servi qu'à attirer l'attention sur ce détail et l'incident a provoqué une avalanche de commentaires virulents de la part des cyber-citoyens.

Elle avait raison. Lui-même n'aurait jamais fait une chose pareille, mais certains de ses besoins étaient également couverts par le gouvernement. Heureusement, elle changea de sujet.

– Au fait, on va bientôt ériger une nouvelle statue de Confucius sur la place Tian'anmen, à ce qu'il paraît. Je me demande si les gens iront brûler de l'encens là-bas.

– Impossible, dit Chen. Songez au mouvement du 4 mai et aux attaques de Mao contre le confucianisme.

– Rien n'est impossible dans notre miraculeuse République. Vous vous souvenez du proverbe ? *Le vrai malade n'a plus le loisir de choisir son médecin*, qu'il s'appelle Confucius ou autrement. Croyez-vous qu'une ancienne idole ressuscitée puisse guérir le pays de sa crise idéologique ?

Elle haussa les sourcils. Une lueur d'humour cynique brillait dans ses yeux et cela plaisait à Chen.

Quelles qu'aient été les offrandes jetées dans le brasier de la cour du temple, le feu les avait dévorées.

15

Encore une fois, le lundi matin apporta son lot de corvées bureaucratiques à l'inspecteur Chen. Il réussit à quitter quelque temps sa routine pour repenser aux divers scénarios possibles de l'affaire Zhou, mais aucun ne lui parut convaincant. Et puis, une série d'appels prévisibles et inopinés l'empêcha de rester concentré.

Le secrétaire du Parti Li le rappela suite à un message qu'il lui avait laissé au sujet de la mort de Wei.

– Je n'ai aucune objection à ce que vous enquêtiez sur les éventuelles causes de sa mort. C'était un bon camarade. Mais la politique reste la politique. Tant que vous ne pourrez pas prouver qu'il se trouvait à ce carrefour pour des raisons spécifiques à l'enquête, nous ne pourrons rien faire pour obtenir cette compensation.

On ne pouvait pas discuter avec Li. Chen devinait pourquoi le chef du Parti restait campé sur ses positions.

Il reçut un coup de fil inattendu de Shan Xing, un journaliste du *Wenhui* en charge des affaires criminelles. Lui aussi avait dû entendre des rumeurs et cherchait des liens éventuels entre la disparition de Wei et celle de Zhou. Chen ne fit aucun commentaire. Shan Xing alla jusqu'à évoquer la coïncidence entre l'heure de l'accident et l'arrivée de l'équipe de Pékin à l'hôtel *Moller*. À nouveau, Chen resta muet.

Il alluma son ordinateur et trouva un message de Lianping contenant une série de photos prises au temple. Le commentaire était lapidaire : « Je n'ai pas encore choisi celle que j'utiliserai pour votre profil. Mon patron a approuvé l'idée. »

Au lieu de parcourir les photos, Chen décida de contacter le camarade Zhao à Pékin. Il rédigea un e-mail respectueux pour l'ex-secrétaire du Parti à la Commission centrale de contrôle de la discipline sous forme de rapport global adressé après un long silence, même s'il avait peu de choses concrètes à rapporter. Il ne parlait pas de l'affaire Zhou en détail, mais il exprimait ses préoccupations au sujet de la corruption rampante, symptôme de l'autorité suprême du régime à parti unique. Au passage, il ajouta un mot sur la présence de l'équipe de Pékin à l'hôtel *Moller*. Il espérait que Zhao pourrait lui répondre et lui donner quelques indices sur les agissements au sommet ou sur la mission de l'équipe.

À sa grande surprise, le lieutenant Sheng, de la Sécurité intérieure, l'appela avant qu'il n'ait terminé son e-mail. Sheng avait été envoyé de Pékin en tant qu'expert en informatique, mais il semblait complètement dépassé par sa mission shanghaienne. Il ne fit aucune allusion à son travail. Il appelait par politesse, pour prendre des nouvelles. Mais sa démarche était peut-être liée à l'affaire Zhou. Chen se demanda quel pouvait être le lien sans chercher à obtenir des éclaircissements. Il n'avait pas toujours été en très bons termes avec la Sécurité intérieure.

Il regarda sa montre. L'heure du déjeuner était passée. La foule avait déserté la cantine. Il n'avait pas faim.

En début d'après-midi, l'inspecteur Yu entra dans

le bureau avec un sac en papier brun rempli de gâteaux, des restes d'offrandes de la veille.

– Peiqin dit que selon la coutume ancestrale, tous ceux qui étaient présents à la cérémonie doivent recevoir des gâteaux de l'autel. On les appelle des gâteaux consolateurs. On les a oubliés dans la précipitation. Si ça ne vous dérange pas, Peiqin aimerait que vous en donniez aussi à votre petite amie journaliste.

– Peiqin ne renonce jamais, n'est-ce pas ? dit Chen. J'ai rencontré Lianping il y a tout juste une semaine. Nous entretenons une relation d'auteur à éditeur.

– Je ne fais que transmettre le message, chef, dit Yu, mais les gâteaux ne sont pas mauvais. À base de riz gluant. Selon ma femme, je précise, vous pouvez les manger froid, mais si vous préférez, vous pouvez aussi les réchauffer. Ils sont encore meilleurs.

Une fois que Yu eut quitté le bureau, Chen sortit un gâteau en forme de lingot d'argent décoré au centre d'un sceau rouge. Il lui tiendrait lieu de déjeuner.

Il venait à peine d'avaler une bouchée de la pâtisserie légèrement sucrée qu'il reçut un appel de Lianping. Elle l'invitait à assister à un concert dans le nouveau centre d'Art oriental de Pudong.

– Un billet coûte plus de mille yuans et j'ai deux invitations, un des privilèges des journalistes du *Wenhui*. Ce serait dommage que je sois la seule à en profiter.

La perspective était tentante. Un changement de décor l'aiderait peut-être à se rafraîchir les idées.

– C'est gentil à vous. Je viendrai.

Quand il reposa le combiné, il remarqua qu'une fine pluie commençait à tomber. Et il s'étonna de la facilité avec laquelle il avait accepté l'invitation. Une sirène hurla au loin.

Il revint ensuite à son e-mail inachevé. Il lui fallut

plus de temps qu'il ne pensait pour terminer sa lettre au camarade Zhao. Quand il eut envoyé le message, il se sentit soulagé.

Il se replongea dans sa paperasse.

Il était près de quatre heures quand il leva le nez de ses dossiers. La bruine tombait toujours, par intermittence.

Les jours de pluie, trouver un taxi pouvait devenir un vrai calvaire, surtout à l'heure de pointe.

Le centre d'Art oriental se trouvait dans Pudong, un quartier qu'il connaissait encore assez mal. Il n'était pas sûr de pouvoir s'y rendre directement en métro. Et il ne savait pas comment serait la circulation là-bas. Il décida qu'il ferait mieux de partir tôt. Il glissa dans sa sacoche un dossier ainsi qu'un gâteau de riz enveloppé dans son papier et il se mit en route.

Il préférait éviter d'utiliser la voiture du bureau. Il ne voulait pas demander au chauffeur d'attendre jusqu'à la fin du concert, ni que le récit de sa soirée fasse le tour du bureau.

Le trajet en métro dura plus de quarante minutes. Dehors, la pluie cessait enfin et un arc-en-ciel commençait à se dessiner sur l'horizon chargé.

Pour lui, Pudong était comme une autre ville. Le plan qu'il tenait à la main ne l'aidait pas beaucoup. Il avait été imprimé seulement un ou deux ans plus tôt, mais à l'époque, certains noms et certaines rues n'existaient pas encore.

Les gratte-ciel serrés les uns contre les autres formaient un ensemble oppressant. Du moins, c'était l'impression qu'il avait en marchant sous les nuages gris qui naviguaient dangereusement entre les tours de béton et d'acier.

Il se dit qu'il ferait aussi bien de s'égarer un peu, comme Grand-mère Liu au cœur du jardin de la Grande Vision dans *Le Rêve dans le pavillon rouge*.

Bientôt, sa flânerie sans but le lassa. Il regarda sa montre. Il lui restait encore plus d'une heure avant le concert.

Il aperçut alors un petit cybercafé tapi entre deux chantiers de construction. À l'origine, il devait s'agir d'un café temporaire où les ouvriers venaient prendre leur pause. Un simple panneau était suspendu à la façade d'un bâtiment d'un étage qui ressemblait à un dortoir de fortune. Tout serait sûrement détruit dès que le gratte-ciel s'élèverait. Chen décida de consulter sa messagerie avant de se diriger vers la salle de spectacle.

Quand le jeune homme assis au comptoir de l'entrée lui demanda sa carte d'identité, il resta interdit.

– Je veux seulement vérifier mes mails.

– C'est la nouvelle réglementation. Elle date de ce mois-ci. Directive formelle du gouvernement municipal. On n'a pas le choix.

– Vraiment !

Il sortit sa carte d'identité et le jeune homme copia le numéro sur un registre usé avant de lui attribuer une place.

– Cinquante et un.

Chen se dirigea vers l'appareil, au bout d'une rangée de tables.

Cette mesure n'était pas si surprenante. Chen repensa aux conversations qu'il avait eues depuis le début de l'enquête. Apparemment, le gouvernement redoublait d'efforts pour renforcer sa surveillance d'Internet. Et il n'était pas étonnant qu'une telle loi soit mise en application sans qu'il en soit averti. Le contrôle de la toile dépassait le périmètre de la police.

Il s'assit devant l'ordinateur et démarra une nouvelle session. Un garçon assis à côté de lui engloutissait bruyamment un bol de nouilles instantanées au bœuf, les yeux rivés sur la situation critique de son jeu vidéo. Le cybercafé proposait de l'eau chaude et des snacks, mais pas de café.

Un message de Lianping lui rappelait les détails du concert du soir. Elle l'encourageait également à donner vie à son personnage de flic ordinaire. L'idée d'observer le monde à travers un tel prisme le tentait. L'expérience serait un bon moyen d'élargir son horizon, même s'il doutait d'avoir le même élan créatif qu'auparavant.

Il décida ensuite de consulter le compte Hotmail qu'il avait créé lors d'un séjour de la délégation aux États-Unis. Là-bas, certains de ses amis s'étaient plaints de ne pas réussir à le joindre sur son Sinamail habituel. Il ne se servait pas souvent de cette messagerie. Il était encore tôt. Il essayait seulement de tuer le temps.

Mais il ne parvint pas à se connecter. Un assistant vint l'aider, essaya plusieurs fois, sans succès. Chen s'apprêtait à abandonner quand l'homme lui indiqua un autre ordinateur.

– Essayez celui-là.

Chen se déplaça vers l'autre poste qui semblait mieux fonctionner, mais qui n'en demeurait pas moins étonnamment lent. Au bout de deux ou trois minutes, il déclara forfait. Il entreprit alors de lancer quelques recherches sur Google. Encore une fois, l'accès lui fut refusé.

Il secoua la tête et ouvrit un brouillon qu'il avait sauvegardé sur son compte Sinamail. C'était un poème qu'il avait prévu d'envoyer avant de changer d'avis à la dernière minute.

Froissant une lettre de refus,
j'endosse mon rôle habituel
À l'ombre des gratte-ciel voisins.
De mes rapports d'enquête,
j'essaie en vain de faire jaillir
Une lumière sur le glas qui sonne dans la ville.

Autant que je sache, je suis flic, ni plus ni moins.
Et je fouille dans les passages
Les ruelles, les scènes jadis intimes
De ma mémoire : un couple blotti
Une silhouette découpée sur la porte,
un reclus et ses cigarettes
Assemblées comme une antenne
qu'il gardera pour plus tard,
Une grand-mère aux pieds joints
penchée sur un pot de chambre
Telle une brindille brisée,
un camelot émergeant des décombres,

Presque un suspect... Un panneau DÉMOLITION
Me déconstruit. Rien ne peut empêcher la venue
D'un bulldozer. La tâche n'est pas facile
qui consiste à mener,
Au cœur d'un décor qui s'efface,
sa ronde jusqu'à la fin.

Il se demanda si le poème lui avait été inspiré par les sollicitations répétées de Lianping. Les images n'étaient pas nouvelles, mais le personnage de flic ordinaire établissait un cadre à l'intérieur duquel il lui paraissait plus facile de s'exprimer. Il n'était pas encore satisfait, mais il songea que c'était à peu près tout ce dont il était capable en ce moment. Il relut le poème une dernière fois et l'envoya en pièce jointe.

Il découvrit ensuite un nouveau mail de Peiqin qui

avait reçu elle aussi les photos prises par Lianping lors de la cérémonie bouddhiste.

> Chef, merci beaucoup d'être venu à la célébration, et d'avoir invité votre jolie et brillante amie. Ses photos sont magnifiques et leur résolution est excellente. Sur l'ordinateur, on peut les agrandir autant qu'on veut. Sur l'une d'elles, j'ai même découvert quelque chose que je n'avais pas vu ce jour-là : l'adresse du palais de papier.

Chen ouvrit le dossier contenant les photos. Celle dont parlait Peiqin montrait la grande maquette de papier brûlée en offrande dans la cour du temple. Il agrandit l'image et effectivement, il put lire l'adresse sur la porte : 123 parc Binjiang.

Une idée fugace lui traversa soudain l'esprit. Comme une étincelle. Il regarda fixement l'écran. Quelque chose lui avait échappé jusqu'alors. Mais l'idée s'enfuit avant qu'il ne puisse la saisir avec clarté. L'écran lui renvoyait son regard.

Finalement, il se leva.

Au comptoir, l'employé vérifia le temps qu'il avait passé sur le poste 51, comme indiqué sur le registre, et lui réclama le montant correspondant. Chen remarqua qu'il ne tenait pas compte du fait qu'il ait changé d'ordinateur. Après tout, les employés du café n'étaient pas des policiers du Net. Pour eux, la réglementation n'apportait que des désagréments sans aider en rien leurs affaires. Il n'était pas réaliste d'espérer les voir suivre les directives à la lettre. Il tendit un billet de cinq yuans et l'homme lui rendit la monnaie.

Il sortit et se dirigea vers la salle de concert. Il avait encore une vingtaine de minutes d'avance.

Le bâtiment était une construction ultramoderne à l'immense façade de verre décorée de panneaux de métal de différentes épaisseurs. De là où il se tenait, près de l'entrée, il pouvait apercevoir des fragments des murs intérieurs partiellement recouverts de céramique émaillée qui à eux seuls avaient dû coûter une fortune.

Par hasard, il tourna son attention vers une voiture qui s'arrêtait le long du trottoir. Une main gracile le salua par la fenêtre.

– Je ne vous ai pas trop fait attendre, inspecteur principal Chen ?

– Non, pas du tout.

– Désolée, la circulation est infernale, dit Lianping. Je vais garer la voiture derrière et je vous rejoins tout de suite.

Quatre ou cinq minutes plus tard, elle sortit de la foule, deux billets à la main. Elle portait un gilet de cachemire beige sur une robe bustier en satin blanc. Ses mules argentées à talons claquaient sur le sol à chacun de ses pas et donnaient l'impression qu'elle sortait de son salon.

Elle appartenait définitivement à une autre génération, « la génération 80 », comme on l'appelait parfois. L'expression ne faisait pas tant référence à l'époque qu'aux valeurs héritées de ce temps-là.

Les lumières de la salle commençaient à baisser quand ils entrèrent pour rejoindre leurs places.

On donnait la Symphonie n° 5 de Mahler par l'Orchestre de la jeunesse de Singapour. Chen avait lu des choses sur Mahler et il avait entendu parler de lui, mais il n'avait jamais le temps d'aller au concert.

Quelque part en coulisses, un musicien accordait son instrument et jouait des notes irrégulières. Lianping ouvrit le programme et l'étudia. Dans la pénombre,

Chen se prit soudain à regretter la carrière qu'il avait jadis envisagée. Pendant ses années étudiantes, il essayait d'aller au spectacle ou au musée. Comme beaucoup de gens de sa génération, il savait qu'il avait beaucoup de connaissances à rattraper après les dix années perdues dans la Révolution culturelle. Mais on l'avait nommé dans la police et il avait embrassé une tout autre carrière. Les yeux mi-clos, il essaya vainement de retrouver, pour un instant, le rêve de ses années de jeunesse…

Quand il se tourna vers la jeune femme, il surprit le ravissement qui éclairait son visage au moment où la symphonie démarrait. Captivée, elle laissa tomber ses mules et découvrit ses deux pieds nus qui battaient à son insu le rythme de la mélodie.

Lui aussi se perdait dans une sorte de transe au gré des mouvements de l'orchestre, et au milieu de sa rêverie, des fragments de vers jaillissaient dans son esprit, comme pour le guider vers une compréhension transcendantale de cette musique qui dissolvait l'instant présent.

À l'entracte, ils décidèrent de prendre l'air.

Dans le somptueux hall éclairé, il commanda deux verres de vin blanc. Ils restèrent debout à discuter au milieu de la foule agitée.

– Comme ça, vous avez des invitations pour tous les spectacles ?

– Pas pour les plus demandés. Cette salle vient d'ouvrir et les billets sont hors de prix. Ils ne sont jamais complets, alors pourquoi ne pas inviter les journalistes ? Un encart dans le *Wenhui* vaut largement une invitation.

– Vous allez écrire un article ?

– Une courte mention suffira. Rien que des clichés, toujours les mêmes, sur la qualité de l'interprétation et l'enthousiasme des spectateurs. En général, je n'ai qu'à changer le titre de l'œuvre et la date. Ça ne vaut pas le poème que vous m'avez envoyé.

– Oh, vous l'avez reçu.

– Oui. Je l'aime beaucoup. Il paraîtra la semaine prochaine.

Elle montra du doigt une affiche.

– Oh, regardez ! Concert de chants rouges. La semaine prochaine.

– Quel retour, dit-il.

Depuis peu, on encourageait les gens à chanter des chants révolutionnaires, surtout ceux qui étaient à la mode pendant la Révolution culturelle, comme si cette pratique pouvait restaurer la confiance du peuple dans le Parti.

– C'est comme de la magie noire, dit-elle. Vous vous souvenez de la révolte des Boxers[1] ? Ces soldats paysans qui chantaient : *Nous ne craignons pas les balles*, tandis qu'ils avançaient sous les tirs et tombaient comme des mouches ?

La comparaison était cinglante et elle lui rappela la scène d'un film qu'il avait vu longtemps auparavant. Mais en cet instant, il se trouva si près d'elle que le parfum qu'elle dégageait l'empêcha de rassembler ses idées.

– J'ai une question pour vous, Chen, dit-elle. Dans la poésie chinoise classique, la musique vient du subtil motif tonal créé par les caractères monosyllabiques de chaque vers. Sans motif équivalent dans le vers libre, comment pouvez-vous rapprocher la poésie de la musique ?

---

1. Mouvement de révolte contre la présence étrangère en Chine qui eut lieu entre 1899 et 1901.

– C'est une bonne question.

Il se l'était déjà posée, mais il ne possédait pas de réponse toute faite permettant de satisfaire l'attente qu'il lisait dans ses yeux.

– Le chinois moderne est relativement jeune. Sa musicalité est encore expérimentale. Le rythme est sans doute un terme qui convient mieux. Par exemple, on peut jouer sur la longueur des vers. Rien n'est totalement libre. Ni totalement dénué de rythme et de rime.

Décidément, cette femme était une énigme. Un instant, elle paraissait jeune et branchée, et l'instant d'après, sophistiquée et réfléchie. Ce mystère n'empêchait pas Chen de l'apprécier, bien au contraire.

Une sonnerie annonça la seconde partie du concert.

– Au fait, j'ai failli oublier, dit-elle comme tirée de ses pensées. Tenez.

Elle lui tendait une petite carte sur laquelle étaient inscrits le nom de Melong et son numéro de téléphone.

– Merci. J'apprécie votre attention, Lianping. Mais vous m'avez déjà donné son numéro au restaurant.

– Il change tout le temps. Tous les deux ou trois mois. Seuls ceux qui le connaissent bien peuvent suivre sa trace. Quelqu'un me l'a donné.

Elle vida son verre. Dans la lumière tamisée, elle lui prit le bras, l'air perdu dans ses rêves.

Ils regagnèrent leurs fauteuils. La seconde moitié de la symphonie démarra et ils profitèrent du concert jusqu'au bout.

Quand le rideau tomba, elle parut encore exaltée par la musique et applaudit plus longtemps que la plupart des spectateurs.

Puis ils sortirent avec la foule. Le bruit du dehors paraissait soudain écrasant. Une brise légère dérangea une mèche de cheveux sur le front de la jeune femme.

– Merci beaucoup. J'ai passé une excellente soirée, dit-il.

– Tout le plaisir est pour moi. Je suis contente que ça vous ait plu.

Il voulut trouver un taxi, ce qui s'annonçait difficile.

– Vous n'êtes pas venu en voiture ?

– Non, je n'en ai pas.

– Le bureau doit bien en avoir une pour vous.

– Pas pour aller au concert. Encore moins en compagnie d'une jeune et jolie journaliste.

– Allons, camarade inspecteur principal Chen. Regardez la file de gens qui attendent. Il vous faudra au moins une demi-heure avant d'en obtenir un. Laissez-moi vous raccompagner. Attendez ici.

Elle apparut au volant d'une Volvo gris métallisé. Le nom du modèle, Fuhao, était une fusion astucieuse de plusieurs mots signifiant à la fois riche et accompli. Elle ouvrit la portière. Sa voiture flambant neuve était équipée d'un GPS, un outil particulièrement utile dans un quartier en pleine expansion comme Pudong.

La main sur le volant, elle semblait pleine d'assurance et manœuvrait allègrement entre voitures et ruelles, comme un poisson dans l'eau. Le miroitement des néons jouait sur son visage. Elle se tourna vers lui, appuya sur un bouton et le toit ouvrant s'enroula voluptueusement vers l'arrière. Elle lui lança un sourire radieux. Il ne put réprimer le sentiment que cette ville appartenait aux femmes jeunes et pleines de vie comme elle.

Elle se mit à lui conter des bribes de son passé. Elle était née dans la province du Anhui, où son père possédait une petite usine. Comme beaucoup d'habitants des campagnes, il rêvait d'établir sa fille à Shanghai, à défaut d'avoir pu le faire lui-même. Il était fier qu'elle ait obtenu un poste au *Wenhui* à sa sortie de l'université de Fudan.

– *La numéro un des journalistes financiers*, selon votre carte de visite, je me souviens, commenta Chen pendant qu'elle buvait une gorgée d'eau de sa bouteille.

– Oh ça, ça veut seulement dire que je suis le numéro un sur la liste des gens en qui le chef du Parti a confiance et le numéro un de la rubrique, ce qui équivaut à un bonus de mille yuans par mois.

– C'est formidable.

– Mais pour garder ce titre, je dois écrire dans l'intérêt du Parti.

Elle prit un virage serré et continua :

– Oh, regardez ce nouveau restaurant sur votre droite. Le rendez-vous préféré des amoureux, d'après le Forum des recommandations des internautes. Il y fait noir comme dans un œuf ; les clients ne peuvent même pas voir leur nourriture et passent leur soirée à tâtonner, palper, tripoter.

Elle avait une façon incroyable de parler des choses, bondissant d'un sujet à l'autre comme un moineau sautille de branche en branche, et elle en savait beaucoup plus que lui sur les coins branchés de la ville.

– Je deviens vieux…

– Que voulez-vous dire, inspecteur principal Chen ? Allons… Vous êtes l'inspecteur principal le plus jeune du pays, dit-elle en lui tapotant légèrement la main. Je me suis renseignée sur Internet.

Alors que la voiture ralentissait dans le tunnel bondé qui passait sous la rivière pour rejoindre le district de Puxi, il lui demanda où elle habitait.

– Pas loin du Grand Monde. Grâce à son capital, mon père a pu m'aider à acheter un appartement là-bas.

C'était un bon investissement. En moins de trois ans, les prix ont quadruplé.

– Oh, c'est près de là où habite ma mère.

– Vraiment ? Passez me voir la prochaine fois que vous irez chez elle ! J'ai une machine à café ultra-moderne.

La voiture s'arrêtait déjà dans le quartier de Chen, près de la rue Wuxing.

Lianping sortit, se campa face à lui et le fixa de ses yeux étincelants dans le ciel étoilé.

La brise parfumée rendait la nuit enivrante.

– Merci pour tout, dit-il. J'ai passé une très bonne soirée. J'ai apprécié la musique et notre discussion.

Il ajouta maladroitement :

– Il est tard et mon appartement est un vrai bazar. Peut-être une prochaine fois...

Il suivit des yeux la voiture qui faisait demi-tour et disparaissait dans l'horizon de la nuit.

16

Melong était chez lui assis à son bureau, devant sa troisième tasse de thé Pu'er, seul, posant les pieds sur la table, puis les retirant sans trouver le repos.

Pour la première fois, il se sentait comme une bête en cage.

Le précepte confucéen conseillant de respecter les esprits et les dieux tout en gardant ses distances lui avait jusqu'alors servi de règle avec les policiers du Net, avec la police en général, et par extension avec la Sécurité intérieure et le gouvernement municipal.

Mais cette fois, le respect ne suffisait plus. La chasse à l'homme lancée par la photo des 95 Majesté Suprême publiée sur son forum lui avait valu une avalanche de questions de la part des autorités.

Les réactions initiales n'étaient pas totalement inattendues, mais le développement de l'affaire l'avait déconcerté. Pourtant, Melong ne se sentait pas responsable de la tragédie.

Sa participation n'était pas différente de celle d'autres administrateurs de sites. Une chasse à l'homme controversée augmentait la fréquentation du blog. Mais il n'avait pas confié aux policiers la satisfaction secrète qu'il avait ressentie en observant la chute d'un nouveau cadre corrompu et l'embarras des autorités du Parti à défendre leur image de droiture et de grandeur.

Il leur avait néanmoins dit la vérité. Il ne savait pas qui lui avait envoyé l'image originale. Il était remonté jusqu'à l'adresse IP d'un ordinateur qui se trouvait dans un cybercafé. Les policiers du Net avaient dû suivre la même piste pour aboutir au même résultat. Fin de l'histoire.

Sauf qu'elle ne s'arrêtait pas là. En tout cas, pas pour les policiers du Net qui avaient inventé une théorie selon laquelle Melong aurait réussi à infiltrer l'ordinateur de Zhou, se serait emparé de la photo, l'aurait mise en ligne et aurait ensuite concocté l'histoire du cyber-citoyen anonyme qui avait envoyé le fichier depuis un cybercafé. Ils avaient entendu parler de son expérience de piratage informatique et avaient basé tout leur scénario là-dessus. Après tout, un lecteur ou un internaute ordinaires n'auraient jamais pu déchiffrer la marque de cigarettes sur la photo du journal.

Ils se voyaient donc contraints de le punir. Le site était tout simplement devenu une épine dans le pied des autorités. L'incident leur offrait l'occasion de le fermer pour un motif qui paraîtrait légitime.

Pour l'instant, les policiers du Net essayaient sans doute de rassembler des preuves, mais avec ou sans, ils finiraient par « harmoniser » le forum en le réduisant à néant. Ce n'était qu'une question de temps. Melong n'avait aucun doute là-dessus.

Une quinte de toux déchirante venue de la pièce de derrière lui rappela que le blog n'était pas son seul souci. Il ne s'était jamais senti si démuni.

Il préparait sa quatrième tasse de thé corsé, assez noir pour teindre ses cheveux gris, quand un de ses portables sonna. Étrange. C'était son « téléphone privé » dont il avait changé la carte SIM seulement deux ou trois jours plus tôt. Peu de gens connaissaient le numéro qu'il changerait à nouveau dans un mois.

– Bonjour. Je voudrais parler à Melong.

– C'est moi. Qui est à l'appareil ?

– Chen Dao.

La voix lui était inconnue, tout comme le nom.

– Chen Dao, répéta Melong sans réussir à replacer ce patronyme dans sa mémoire.

– Votre amie Lianping m'a donné vos coordonnées.

– Lianping ?

Il la connaissait, mais il était surpris qu'elle le mette en relation avec quelqu'un sans lui en toucher deux mots d'abord. Et il ne se souvenait pas lui avoir donné son nouveau numéro. Mais de toute évidence, l'interlocuteur était un proche de la jeune femme.

– Que puis-je faire pour vous ?

– J'aimerais discuter avec vous. Nous pourrions nous retrouver au salon de thé *Saveur Tang*, dans la rue de Hengsan.

Il avait entendu dire que leur thé était délicieux. Discuter avec un inconnu chez lui n'était pas une bonne idée ; il pouvait être sur écoute.

– Très bien, j'y serai. D'ici une demi-heure, en fonction de la circulation.

Une demi-heure plus tard, Melong entrait dans l'établissement. Situé près de la sortie du métro, le salon de thé entretenait une clientèle nombreuse et tirait sa popularité de la variété de pâtisseries gratuites servies avec le thé.

Le téléphone de Melong sonna de nouveau. Il avait reçu un message.

« Bienvenue. Je suis au troisième étage. A6. »

Il suivit les indications. Une serveuse en robe Tang rouge le conduisit jusqu'à un salon privé et lui tint la porte en lui offrant un chaleureux sourire.

Quand il entra, un inconnu d'une cinquantaine d'années se leva pour lui tendre la main. Il portait une chemise blanche et sa veste bleu nuit était accrochée sur le dossier d'une chaise en acajou.

– Chen Dao ?

– Chen Cao, de la police de Shanghai.

Cette fois, le nom lui était familier. Il avait dû mal entendre la première fois.

– Je me méfie, dit Chen dans un sourire amusé, j'ai peur que les gens ne viennent pas s'ils apprennent que je suis policier. C'est pour ça que je ne vous en ai pas dit davantage au téléphone. Merci d'être venu si rapidement.

– C'est un honneur de vous rencontrer, inspecteur principal Chen. J'ai beaucoup entendu parler de vous.

Il ajouta :

– Vous enquêtez sur l'affaire Zhou, c'est ça ?

– J'ai entendu parler de vous aussi, dit Chen en ignorant la question. Lianping m'a affirmé que vous étiez un génie de l'informatique.

Chen ne faisait pas partie de la police du Net, alors pourquoi voulait-il le rencontrer ? Comme disait le vieux proverbe, *on ne vient pas au temple sans une prière à formuler*.

– Donc vous connaissez bien Lianping. C'est une excellente journaliste, mais je ne l'ai pas vue depuis longtemps.

– J'ai déjeuné avec elle hier.

– Très bien. Cigarette ?

– Prenez les miennes, dit Chen en sortant son paquet

de Panda. À ma décharge, c'est un vieil ami qui me les a données. Je n'ai pas les moyens de me les offrir.

– Ne vous en faites pas, inspecteur principal Chen. Je vais être honnête avec vous. Vous n'êtes pas le premier flic qui vient me voir, mais au moins vous, vous êtes un vrai.

– Que voulez-vous dire ?

– Eh bien, ceux qui m'interrogent sont du *wang guan*, la police du Net. Ils étaient là bien avant le scandale autour de Zhou et des 95 Majesté Suprême. Je les côtoie depuis le jour où j'ai ouvert mon forum.

– Oui, j'ai entendu parler de ces soi-disant policiers du Net. Mais je vous rassure tout de suite. Je n'ai rien à voir avec eux.

La serveuse entra munie d'une épaisse carte des thés et d'une bouilloire de bronze au bec allongé.

Chen commanda un thé Oolong au ginseng et Melong un Pu'er, le thé du Yunnan.

– Bonne dégustation, dit la serveuse qui sortit les feuilles de thé du tiroir de la table et versa l'eau bouillante dans leurs théières individuelles. Les pâtisseries sont offertes. Elles figurent toutes sur notre carte.

– Le thé suffit pour l'instant, dit Chen. Quand nous aurons besoin d'autre chose, nous vous ferons signe.

Quand ils furent à nouveau seuls, Chen reprit :

– Vous parliez de votre forum, Melong.

– Oui, pour qu'un blog comme le mien survive, il y a deux facteurs essentiels.

Melong devinait que le blog était la raison pour laquelle Chen avait voulu le rencontrer. Sa démarche n'avait rien d'étonnant. On disait qu'il était pratiquement le numéro un de la police de Shanghai. Il devait s'intéresser à la mort de Zhou et au contexte virtuel de l'affaire. Melong avait beau être exaspéré par les policiers du *wang guan*, il n'avait aucune raison de se faire un ennemi d'une telle pointure.

– L'autorisation du gouvernement et la popularité du contenu. Inutile de s'étendre sur le premier point. L'harmonie sociale est à la base de tout. En revanche, si les utilisateurs sont trop peu nombreux, le site ne peut pas vivre. Le nombre de visiteurs détermine le montant des revenus publicitaires.

– Je vois. Si vous le voulez bien, entrons un peu dans les détails. Pourquoi une telle escalade dans la chasse à l'homme provoquée par les 95 Majesté Suprême ?

– Laissez-moi vous dire une chose, inspecteur principal Chen. Une chasse à l'homme n'est pas forcément déclenchée à cause d'un site Internet. Vous pouvez publier toutes les photos ou tous les articles que vous voulez, si les citoyens ne se rassemblent pas, rien ne se passe.

– C'est vrai.

– Quand j'ai mis la photo en ligne, je ne savais pas quelle réaction elle allait déclencher.

C'était ce qu'il avait dit aux policiers. Il n'aurait servi à rien de mentionner les encouragements qu'il avait formulés auprès des internautes pour qu'ils multiplient leurs réponses et leurs réactions, précipitant ainsi les citoyens dans une traque furieuse. Melong remarqua que Chen restait de marbre. Il était soi-disant un des rares policiers qui tenait encore à ses principes. Autrement, Lianping ne lui aurait pas transmis ses coordonnées.

– La chasse à l'homme est-elle une solution idéale ? Certainement pas. Mais nous ne sommes pas dans une société idéale. Dans une société comme la nôtre, quel autre recours ont les gens ? Sans pouvoir législatif autonome, malgré ce que les autorités veulent nous faire croire…

Melong s'interrompit. Le fonctionnaire de police assis en face de lui échappait peut-être à la norme, mais il restait un des représentants du système.

– Et sans presse indépendante, enchérit Chen en hochant la tête. Internet est donc devenu la seule alternative possible. Un moyen d'expression pour la population.

– Vous avez tout compris, inspecteur principal Chen. Un des policiers du Net m'a tenu un discours similaire, en insistant sur la nécessité qu'il y avait à contrôler ce mode d'expression. Il ne faut pas croire qu'on reste anonyme ou invisible dans le monde virtuel, ni qu'on peut dire tout ce qu'on veut sans en subir les conséquences. Les mots sensibles peuvent être repérés et « harmonisés », effacés si vous préférez ; pour préserver l'harmonie de notre société, un site peut être bloqué ou banni et le gouvernement peut facilement remonter jusqu'au responsable.

– Oui, je sais tout cela, dit Chen avec lenteur en buvant son thé à petites gorgées. En ce qui concerne les chasses à l'homme, on dit que les cyber-citoyens essaient simplement de faire le travail des journalistes. Mais vous imaginez une chose pareille dans le *Wenhui* ? On dit même que les internautes sont comme des meutes enragées sans morale et sans responsabilité sociale. Mais qui est en droit d'établir la responsabilité ? Quoi qu'on en pense, ce phénomène montre clairement que les gens n'ont pas d'autre moyen d'obtenir justice et d'exprimer leurs opinions.

Melong était déconcerté par la virulence du discours de Chen. Il décida de rester sur la réserve. Après tout, il pouvait tout aussi bien s'agir d'un piège.

– C'est vrai, poursuivait Chen, les gens sont si nombreux à se rassembler autour d'une traque ou d'une autre. Comme dit le vieux dicton, *quand trop de gens sont impliqués, la loi ne peut sévir.*

Il s'interrompit un court instant.

– Mais pouvez-vous me donner d'autres détails sur l'origine de la photo et la façon dont elle s'est retrouvée sur votre site ?

On y arrivait. Melong était préparé.

– J'ai déjà tout expliqué aux policiers du Net. Pour vous, je veux bien le raconter encore une fois. J'ai reçu un mail avec une photo en pièce jointe. Le message était simple. « La photo est parue dans *Libération*, le *Wenhui* et d'autres journaux officiels ce vendredi. Regardez le paquet de cigarettes posé devant Zhou, le directeur de la Commission d'urbanisme de Shanghai. Quelle est la marque ? *95 Majesté Suprême*. Croyez-vous qu'un cadre du Parti intègre qui œuvre dans l'intérêt du plus grand nombre ait les moyens de s'offrir un tel luxe ? » Un haut cadre qui fume une marque de luxe n'a rien de sensationnel. Mais par curiosité, j'ai consulté le journal du jour et j'ai immédiatement reconnu la photo. Le stratagème était brillant. J'ai pour principe de ne jamais rien publier sans avoir vérifié l'identité de la source. Cette fois, il s'agissait d'une photo officielle. Je n'avais donc pas besoin de vérifier son authenticité. Je me suis contenté de la mettre en ligne avec le message en légende. Vous connaissez la suite.

– Et les policiers du Net sont venus vous voir, c'est ça ?

– Bien avant eux, des gens du gouvernement municipal ont débarqué chez moi, toute une équipe dirigée par un certain Jiang. Et puis, la Sécurité intérieure a suivi. Ils ont tellement insisté que j'ai fini par leur fournir le mail d'origine. L'adresse IP indiquait que le message avait été envoyé depuis un cybercafé. C'est tout.

Melong s'arrêta, avala une gorgée de thé et continua :

– Ils veulent que je collabore pour mettre la main sur l'expéditeur anonyme. Mais à quoi bon me mettre à contribution ? Ils disposent de ressources largement supérieures aux miennes.

Il préféra taire les menaces qui pesaient sur lui. Il n'en voyait pas l'intérêt. L'inspecteur principal ne se rangerait pas forcément de son côté.

– Oui, ils tiennent les rênes en somme. Ce sont eux les justiciers, pas vrai ?

Le sarcasme de Chen était manifeste. Melong avançait à tâtons dans la conversation. Il préférait attendre que le policier ait abattu toutes ses cartes.

– Vous le pensez vraiment ? demanda-t-il.

– Ça ne doit pas être facile de diriger un forum comme le vôtre, répondit Chen. Vous faites quelque chose qui a du sens. Vous offrez aux gens un autre moyen de comprendre le socialisme à la chinoise et vous leur donnez la possibilité de réagir à l'actualité en dépit de la censure et des réglementations.

– Merci, inspecteur principal Chen. Les choses ne doivent pas toujours être faciles non plus pour un cadre à hautes responsabilités tel que vous.

– Vous avez raison.

Chen aida Melong à allumer une cigarette et en alluma une à son tour, laissant la minute qui suivit s'écouler dans le silence des volutes de fumées.

– L'affaire sur laquelle je travaille est particulièrement délicate. Pour moi, le seul objectif est de déterminer les causes de la mort de Zhou. Mais avant d'aboutir à un semblant de conclusion, mon collègue, l'inspecteur Wei, a trouvé la mort dans un étrange accident. Et je me sens plus ou moins responsable. Il avait peut-être découvert un indice, mais j'étais trop occupé ce matin-là pour discuter avec lui et je n'ai pas eu le temps de l'avertir des dangers qu'il courait en suivant cette piste.

Melong commençait à comprendre pourquoi Chen tenait tant à le rencontrer. L'inspecteur principal voulait venger la mort de son collègue et en désespoir de cause, il venait lui demander de l'aide. Mais s'il espérait le convaincre de pirater l'ordinateur de Zhou, comme les policiers du Net, il se fourvoyait complètement.

– C'est délicat. Beaucoup de gens travaillent sur cette affaire, dont certains qui étaient là bien avant nous. Le *shuanggui* a commencé une semaine avant la mort de Zhou. Ses ordinateurs ont été confisqués. Les seules informations que je réussis à obtenir sont déjà passées entre des dizaines de mains.

– D'après le Bureau de surveillance de l'Internet, hasarda Melong, le disque dur de Zhou a été détruit avant leur arrivée. Mais avez-vous déjà des suspects potentiels ?

– Pour l'instant, je privilégie une hypothèse, parmi d'autres. Elle est simple. La photo du journal était trop petite pour qu'un lecteur puisse déchiffrer la marque de cigarettes. Celui qui a envoyé la photo devait avoir accès au document original qui se trouvait dans l'ordinateur de Zhou pour pouvoir l'agrandir et en révéler les détails. J'ai fait cette découverte en parcourant des photos qui m'avaient été envoyées par Internet.

– C'est logique, dit Melong sans préciser que cette théorie rejoignait celle des policiers du Net.

– Reste à savoir qui pouvait avoir accès à ce fichier. Les proches de Zhou, capables de se faufiler dans son bureau et de fouiller dans son ordinateur ou dans son appareil photo. Comme l'inspecteur Wei me l'a rappelé, une de nos méthodes consiste à déterminer à qui cette chasse à l'homme a pu profiter.

– La liste ne doit pas être longue.

On aurait dit un combat de tai chi. Les deux participants prenaient un malin plaisir à lancer une attaque sans frapper leur adversaire, tout en réussissant à laisser deviner leurs intentions. Melong avait compris l'allusion. Le vrai policier suivait le même raisonnement que la police du Net, mais ne le considérait pas comme une cible. Qu'il soit en ligne de mire ou non, Melong n'avait nullement l'intention de travailler avec la police.

– Mais ça n'est qu'une simple liste, reprit Chen. C'est pour ça que je pense que nous pouvons nous entraider, Melong. Une fois que l'affaire sera réglée et que la vérité éclatera, la police du Net cessera aussitôt de perdre son temps avec vous.

La proposition était claire. Le statut et les relations de Chen lui permettraient de le protéger. Du moins, pour cette fois. Melong hésitait.

Une sonnerie de portable retentit. Chen sortit précipitamment son appareil.

Melong s'apprêtait à quitter la pièce, mais Chen lui fit signe de rester.

– Pardon, c'est seulement ma mère, mais je dois décrocher.

Chen parlait comme un fils dévoué. Melong ne put s'empêcher de remarquer le changement d'expression qui passa sur le visage de l'inspecteur. Il parut clairement soulagé. Sorties de leur contexte, les bribes de phrases qui suivirent restèrent indéchiffrables.

– Je l'ai fait… C'est la veuve de mon collègue… en parler à monsieur Gu… Oui, je remercierai le docteur Hou comme il se doit… demain ou après-demain, c'est promis… Oui, je le ferai… Chine orientale… Fais attention à toi. Au revoir.

Chen rangea son téléphone dans la poche de son pantalon et dit :

– Ma mère a eu une légère attaque mais elle vient de sortir de l'hôpital. Je garde mon téléphone allumé en permanence. Elle est seule et âgée. Je m'inquiète beaucoup pour elle.

– Elle ne vit pas avec vous ?

– Non, elle refuse catégoriquement de quitter son ancien quartier. Mais elle ne veut pas rester trop long-temps à l'hôpital, à cause du coût.

– Elle était dans quel hôpital ?

– L'hôpital de la Chine orientale.

– Pas étonnant, pour un haut fonctionnaire comme vous.

– En fait, je connais le médecin qui dirige cet éta-blissement. Ce sont mes relations, vous me direz, mais je dois faire tout ce qui est en mon pouvoir pour aider ma mère. En tout cas, il s'est très bien occupé d'elle, que ce soit grâce à ma position ou non.

– Dans la société actuelle, on n'arrive à rien sans relations. Et les relations viennent avec le statut. Tout le monde n'a pas la chance que vous avez, ajouta Melong malgré lui.

– Que voulez-vous dire ?

– Ma mère souffre d'un… d'un cancer du poumon, de second stade. Il y a deux mois d'attente pour être admis dans n'importe quel hôpital de la ville. Et je ne parle même pas des hôpitaux réputés comme la Chine orientale. Je me sens tellement impuissant.

Un léger sanglot étouffait sa voix. Il vida sa tasse.

– Je suis un fils indigne.

– Je comprends. J'ai le même sentiment parfois, dit

Chen en sortant un autre téléphone de sa poche pour composer un numéro.

Il choisissait délibérément de laisser Melong assister à la conversation.

Ce dernier le regardait d'un air ébahi.

– Docteur Hou, j'ai une faveur à vous demander, articula Chen avec grandiloquence. La mère d'un ami doit entrer à l'hôpital le plus vite possible. Elle souffre d'un cancer du poumon avancé. Je sais combien il est difficile pour vous d'obtenir une place dans votre hôpital, mais je vous demande cette faveur exceptionnellement.

Melong ne put entendre la réponse de Hou, mais Chen reprenait déjà la parole.

– Merci infiniment, docteur Hou. Je vous revaudrai ça.

À nouveau, le docteur Hou parla dans le téléphone, mais Chen l'interrompit rapidement.

– Mettons que nous sommes quittes. N'en parlons plus.

Cette dernière phrase était pleine de mystère. Les deux hommes paraissaient s'échanger des faveurs. Chen se retourna vers son interlocuteur.

– Le docteur Hou accueillera votre mère demain à la première heure. Ne vous inquiétez pas. Il s'occupera de tout.

– Pour un si grand service, articula Melong en se levant pour s'incliner devant Chen, comme on dit dans les romans d'arts martiaux, *si je n'honore pas ma dette dans cette vie, je me réincarnerai en cheval ou en bœuf et je travaillerai pour vous dans la prochaine.*

– Ne dites pas cela, Melong. Vous savez, j'apprécie également les romans d'arts martiaux dans lesquels on dit aussi : *Les montagnes vertes se dressent, les eaux bleues s'écoulent et nous nous reverrons.*

Melong saisit l'allusion et joignit ses mains sur sa poitrine.

– À présent, je dois aller préparer son entrée à l'hôpital. C'est ma mère, vous comprenez. Mais je vous appellerai, je vous le promets, dès que j'aurai du nouveau.

17

L'inspecteur principal Chen sortit du bureau à la tombée de la nuit, encore perdu dans ses pensées.

Marcher l'aidait parfois à réfléchir, surtout quand plusieurs directions s'offraient à lui, comme dans un poème anglais qu'il avait lu des années plus tôt à l'université. Le poète rêvait au destin vers lequel menait la route non empruntée à travers les bois jaunes[1], mais le policier ne pouvait s'accorder ce loisir.

Il avait encore passé l'après-midi à éparpiller son attention entre toutes les pistes possibles.

Il avait d'abord songé aux derniers jours de la vie de Zhou. Mais il avait vite abandonné. Le paquet de cigarettes n'était sans doute que l'élément déclencheur. Zhou avait pu être mêlé à des affaires plus importantes bien avant le scandale. La présence du gouvernement municipal à l'hôtel appuyait cette hypothèse.

Puis il avait repensé à la dernière journée de Wei. Il avait passé plusieurs coups de téléphone, contacté toutes les relations imaginables du défunt, mais il lui faudrait encore des jours avant d'obtenir le moindre résultat.

1. Allusion à un poème de Robert Frost, « La route que je n'ai pas prise », trad. Alain Bosquet, *Anthologie de la poésie américaine*, Paris, Stock, 1956.

Il s'était concentré ensuite sur les motifs de la visite de l'équipe de Pékin. Le camarade Zhao ne lui avait pas répondu. Plusieurs rumeurs circulaient dans les couloirs, mais aucune ne lui paraissait convaincante...

À bout de forces, il avait décidé de s'en tenir là et d'aller rendre visite à sa mère qui était de retour chez elle, seule avec une aide payée à l'heure qui parlait à peine le dialecte de Shanghai.

Il marchait sans penser à rien quand il se retrouva dans la rue du Yunnan, un endroit qu'il parcourait souvent à l'époque où il vivait encore dans ce quartier. La rue était connue pour ses petits restaurants déglingués bon marché qui proposaient une grande variété de savoureuses spécialités. Reconnaissant l'odeur familière, il eut l'idée d'acheter quelques plats chauds pour sa mère.

À présent, la rue s'appelait « la rue des Gourmets ». Des immeubles hauts et des restaurants somptueux avaient remplacé les anciennes bicoques. Chen s'approcha du *Shenjiamen*, un établissement récemment ouvert devant lequel, sur le trottoir, s'étalait une impressionnante collection de vasques, en plastique ou en bois, de couleurs, de tailles et de formes variées, remplies de toutes sortes de mets délicats. Il ralentit et s'arrêta. Les calamars agglutinés, les palourdes cracheuses, les truites frétillantes, les grenouilles sauteuses et les crabes rampants offraient un avant-goût du dîner, convoquant les rivages silencieux des rivières et des mers qu'ils semblaient encore habiter. Un tuyau d'arrosage serpentait entre les bassins et y insufflait un semblant de vie. Plusieurs personnes, des clients potentiels ou de simples passants, observaient le spectacle, debout ou accroupis autour des bassins. Une jeune mère baissa la tête vers un petit garçon qui la tirait par la main ;

son visage rayonnait dans la lumière crue du néon qui hurlait : *Salon privé, cadre élégant.*

Le téléphone de Chen sonna. C'était Jiang, du gouvernement municipal.

– Fang a disparu, inspecteur principal Chen.

– Fang ?

– La secrétaire de Zhou. Personne ne sait où elle est. Même pas ses parents.

– Je ne l'ai jamais vue ; je ne l'ai même pas interrogée. L'inspecteur Wei ne la considérait pas comme une suspecte.

– Personne ne la soupçonne d'avoir tué Zhou, mais elle pouvait être au courant de ses affaires de corruption. Nous lui avons parlé un certain nombre de fois et elle n'a cessé de clamer qu'elle ignorait tout sur le sujet.

– Ce n'est qu'une secrétaire. De tous ceux qui étaient mêlés aux affaires de Zhou, elle n'est certainement pas la mieux placée.

– Elle est plus qu'une secrétaire, camarade inspecteur principal Chen, c'est une *petite secrétaire,* si vous voyez ce que je veux dire.

– Vous me l'apprenez, Jiang, répondit Chen sans sourciller, préférant ignorer le sarcasme de son interlocuteur. En fait, vous ne m'avez encore jamais parlé d'elle.

– Il y a quelques années, elle est partie faire ses études en Angleterre. C'est Zhou qui l'a embauchée. Son passeport est encore valide et elle possède un visa pour l'Europe. Nous devons éviter qu'elle ne quitte le pays. J'ai déjà prévenu les services de la douane, et j'ai fait circuler sa photo.

– Je vois.

Un tel empressement n'était pas naturel. Même si elle était au courant des magouilles de Zhou, l'affaire n'était pas un secret d'État. Jiang n'avait aucune raison de paniquer comme ça.

– Vous devez nous aider à la retrouver au plus vite, inspecteur principal Chen. J'en ai parlé avec votre secrétaire du Parti. Vous êtes un spécialiste des cas de disparition.

– Envoyez-moi par fax ou par mail tout ce que vous avez sur elle. Des photos aussi. Entre-temps, prévenez Liao, de la brigade criminelle. Je ferai de mon mieux, ajouta-t-il pour conclure.

Encore un revirement inattendu. Chen ne voyait pas en quoi la disparition de Fang était si dramatique. Si Jiang lui avait parlé « un certain nombre de fois », il n'était pas difficile d'imaginer la pression qu'avait subie cette femme. N'en pouvant plus, elle avait pris la fuite sans prévenir personne. Une décision spontanée tout à fait plausible. Elle réapparaîtrait peut-être avant même que la police ne soit partie à sa recherche. Mais il était clair que Jiang ne lui avait pas tout dit. Pourquoi avait-il pris la peine de prévenir les douanes ?

Il décida de repousser un peu sa visite à sa mère et entra dans un petit cybercafé situé sur le trottoir d'en face. L'établissement devait être là depuis longtemps, mais comme un tas d'autres détails, il ne le remarquait que lorsqu'il en avait besoin.

Comme dans le café de Pudong, il aperçut un écriteau en plastique indiquant qu'il fallait s'inscrire à l'accueil, et cette fois, il sortit sa carte d'identité sans qu'on la lui demande.

Perché sur une chaise devant l'ordinateur qu'on lui avait attribué, avec à la main la tasse de thé réchauffé, gracieusement offerte, il consulta ses mails. La première salve envoyée par Jiang était déjà arrivée, accompagnée de plusieurs photos. Elles montraient Fang à vingt ans, une jeune femme séduisante et vive qui ne correspondait pas du tout au cliché de la *petite secrétaire*. Il parcourut les informations générales sur son passé. Rien de nouveau, ni d'utile. Il lui faudrait des heures pour tout éplucher.

La sonnerie de son portable retentit. C'était Lianping.

– Quoi de neuf ?

– Je pars demain pour le Festival de littérature de Shaoxing.

– Si c'est la première fois que vous y allez, ça vaut le coup.

– Non. C'est à seulement une heure de Shanghai et l'organisateur offre un forfait aux journalistes : une entrée pour la résidence de Lu Xun, des tickets repas et une nuit dans un hôtel quatre étoiles pour ceux qui souhaitent rester jusqu'au lendemain.

– Un joli cadeau !

– J'ai parlé de vous aux organisateurs. Ils aimeraient beaucoup que vous fassiez partie des intervenants. Séjour tous frais payés plus une jolie somme pour votre discours.

– Merci, Lianping. Je ne suis pas sûr d'avoir le temps d'aller à un festival, ni de prononcer un discours, mais je vais y réfléchir.

– Réfléchissez bien. J'y serai, vous savez.

Il pesa le pour et le contre. Pendant un moment, il se sentit étrangement attiré par la ville de Shaoxing et par la possibilité de prendre un peu de repos là-bas. Sans songer à la personne qui l'invitait, il essaya de combattre l'idée de partir en vacances. Mais cette ville était chargée d'histoire, elle avait accueilli de nombreux hommes de lettres reconnus, notamment Lu Xun, un écrivain du XXe siècle que Chen admirait avec passion.

Pourtant, vu comme l'enquête patinait, il ne pensait pas avoir le temps d'aller là-bas.

Il se remit donc à étudier le dossier sur Fang quand il reçut un autre appel. De Melong cette fois.

– J'ai quelque chose pour vous, inspecteur principal Chen. Où êtes-vous ?

– Sur la rue du Yunnan.

– La rue des Gourmets. Je ne suis pas loin. Je peux vous retrouver là-bas dans dix minutes. J'ai quelque chose à vous montrer.

– Très bien. Je vous attends, dit Chen en regardant au-dehors en direction d'un restaurant qui faisait l'angle, près de la rue Ninghai. Aux *Nouilles sur l'autre rive des quatre mers*.

Ce rendez-vous annulait tous ses plans pour la soirée. Sa mère se couchait très tôt. Après son rendez-vous avec Melong, il n'aurait certainement plus le temps de passer la voir.

Il marcha jusqu'au restaurant de nouilles et fut surpris de trouver l'endroit assez désert. Il choisit une table dans un coin. Il n'avait pas encore parcouru le menu et finit sa cigarette quand Melong entra, une grande enveloppe à la main. L'homme regarda autour de lui.

– C'est un des rares endroits du coin qui n'a pas trop changé, dit-il en s'asseyant en face de Chen. Très bon choix.

Pourtant, même ce restaurant de nouilles avait changé : le service était plus soigné et le menu plus varié que dans les souvenirs de Chen. Le serveur posa sur la table une dizaine de petites soucoupes de garniture fraîche, dont des tranches de porc émincé, du bœuf, de l'agneau, du poisson, des crevettes et des légumes. Puis il leur servit deux grands bols de nouilles fumantes dans leur soupe recouverte d'un léger film huileux. Ils devaient plonger la garniture dans la soupe et attendre une minute ou deux avant de commencer à manger.

Dès que le serveur s'éloigna vers la cuisine, Melong glissa l'enveloppe vers Chen.

Elle contenait une série de photos de Zhou et Fang, s'embrassant et s'étreignant. L'une d'elles montrait Zhou assis sur son bureau, le pantalon à moitié défait, et Fang à genoux devant lui sur la moquette, la poitrine dénudée, ses cheveux tombant en cascade dans son dos. D'autres photos plus explicites les dévoilaient au lit, totalement dévêtus, enlacés dans l'extase de la pluie et des nuages déchaînés. Mais la qualité des clichés était médiocre. La plupart étaient carrément flous.

– Où avez-vous trouvé ça ?

– Vous connaissez mes activités, n'est-ce pas ? Elles étaient dans l'ordinateur de Dang, le sous-directeur de la Commission d'urbanisme.

– Dans son ordinateur ? Mais comment… ?

Chen n'avait pas besoin d'entendre sa réponse. Un des scénarios évoqués avec l'inspecteur Wei consistait à soupçonner celui à qui profitait le crime. Dang était le premier sur la liste. Chen avait cité son nom lors de sa conversation avec Melong. Celui-ci avait compris l'allusion et agi de sa propre initiative. Bien que les photos aient été obtenues par des voies inattendues, elles projetaient Dang dans une lumière nouvelle. Il n'était pas difficile de comprendre pourquoi il avait accumulé ces preuves. Il avait installé une caméra vidéo en secret pour pouvoir utiliser ces photos contre Zhou.

Ces clichés auraient largement suffi à faire tomber le numéro un de la Commission d'urbanisme et à désigner Dang comme son légitime successeur. Ce dernier devait guetter le moment propice quand le scandale des

95 Majesté Suprême avait éclaté. Il n'avait alors plus eu besoin de sortir son dossier.

D'un autre côté, il avait pu se servir des photos pour faire chanter Zhou.

– L'autre jour, vous m'avez cité les noms de ceux qui sont dans votre ligne de mire, dit Melong. Je me suis renseigné sur eux et j'ai trouvé ça. Pour l'instant.

Melong payait sa dette envers Chen, comme il le lui avait promis. Il n'avait pas besoin de s'expliquer. Chen hocha la tête.

Mais une autre question le taraudait.

Il n'était pas tant étonné par la présence de Fang sur les photos que par son absence soudaine. Une liaison secrète entre un patron et sa petite secrétaire n'avait rien d'inhabituel en Chine. Jiang devait être au courant. Était-ce la parution de nouvelles photos compromettantes qui l'inquiétait ? Ou tout autre chose ? Ou bien était-il sujet à des angoisses irrationnelles ?

Chen s'extirpa de son interrogation et vit que Melong l'observait, un sourire amusé aux lèvres.

– Quoi ?

– Les nouilles sont froides. Elles ont ramolli dans la soupe et se sont transformées en pâte de colle.

– Désolé. C'est entièrement de ma faute.

– Non, de la mienne. J'aurais dû vous montrer les photos après.

– Commandons autre chose.

– Non merci. Je n'ai pas très faim.

– Je vous revaudrai ça, Melong. Je vous inviterai dans un meilleur restaurant la prochaine fois. Comment va votre mère ? demanda-t-il un peu tard.

– Elle est rentrée à l'hôpital. Le docteur lui accorde une attention particulière. Je vais d'ailleurs devoir y aller. Les visites sont interdites après huit heures.

– C'est vrai.

Chen regretta de ne plus avoir le temps de prendre des nouvelles de la sienne. Il regarda Melong s'engouffrer dans un taxi et plongea dans une humeur sombre. Il décida de faire livrer des plats chauds à sa mère et dirigea ses pas vers *Le Petit Poulet de Zhejiang*. Il opta pour une carpe fumée à la mode de Shanghai et un demi-poulet *sanhuangji* – plumes jaunes, bec jaune et chair jaune.

Il n'était peut-être pas trop tard pour rendre visite aux parents de Fang.

Il retourna dans le cybercafé. L'employé le reconnut et lui attribua un ordinateur sans lui demander sa carte d'identité. Il rouvrit le dossier envoyé par Jiang et recopia l'adresse de Fang.

Il n'arrivait pas à chasser le sentiment d'avoir frôlé une révélation juste après le coup de fil de Lianping l'invitant au festival de Shaoxing, aussitôt chassée par l'appel de Melong.

Une idée jaillit d'un coup dans son esprit.

Il sortit en toute hâte un dossier de sa mallette. Il ne s'était pas trompé.

L'année dernière, Zhou s'était rendu deux fois à Shaoxing. Il était né là-bas et y avait vécu sept ans avant que son père ne soit muté à Shanghai. Il n'y était jamais retourné jusqu'à tout récemment, où il y avait séjourné deux fois en peu de temps d'intervalle. Le dossier rassemblé par l'inspecteur Wei était assez détaillé et incluait la liste de tous les voyages que Zhou avait effectués ces dernières années, précisant les motifs et les personnes rencontrées, notamment les fonctionnaires locaux. Mais il n'y avait aucun renseignement sur ses voyages à Shaoxing. Il y était allé, certes, mais pour des raisons personnelles inconnues.

Une note dans le dossier précisait que Zhou ne possédait aucune propriété à son nom dans Shaoxing. Wei avait mené une enquête minutieuse ; il avait pris en compte toutes les relations et connections possibles de la victime.

Bien sûr, un homme pouvait se trouver soudain atteint de nostalgie au point de vouloir retourner sur les terres de son enfance, et pourquoi pas plus d'une fois par an. Mais l'hypothèse restait peu probable, surtout pour un cadre officiel aussi occupé que Zhou.

Chen sortit son téléphone et appela le secrétaire du Parti pour le prévenir qu'il devait prononcer un discours à un festival de littérature en dehors de Shanghai, mais qu'il serait de retour le jour suivant.

– Bien sûr, allez-y, inspecteur principal Chen.

Il ne lui demanda même pas où avait lieu l'événement. Et il ne lui posa aucune question sur l'enquête.

– S'il y a une urgence, appelez-moi et je pourrai être là en une heure ou deux, ajouta Chen.

– Ne vous inquiétez pas. Allez-y. Vous êtes un poète reconnu.

Chen consulta les horaires des trains entre Shanghai et Shaoxing. Plusieurs trains rapides partaient le lendemain. Les chances pour que ce voyage fasse avancer son enquête étaient minces, mais il céda à l'impulsion du moment et décida de tenter le coup.

Il se leva et sortit du café.

Une chauve-souris noire et solitaire voletait dans le ciel qui déployait son obscurité.

18

Le lendemain matin, Chen arriva par le nouveau train rapide en gare de Shaoxing.

Pendant le voyage, il avait appelé l'inspecteur Tang, une de ses relations au bureau de la police locale. Deux ou trois ans plus tôt, Chen l'avait aidé à boucler une enquête ardue à Shanghai qui, sans lui, aurait pris des mois d'investigation infructueuse.

– Quel bon vent vous amène à Shaoxing aujourd'hui, inspecteur principal Chen ?

– Eh bien, on m'a parlé d'un festival de littérature et il se trouve que j'ai aussi une petite enquête à mener.

– Que puis-je pour vous ? avait demandé Tang sans détour.

– Je viens incognito. Je ne veux pas que vous préveniez votre bureau, mais j'ai une faveur personnelle à vous demander.

– Oh, je suis content que vous pensiez à moi. Il va de soi que je ferai tout mon possible. Je n'oublierai jamais l'aide que vous m'avez apportée à Shanghai. Avec cette tête de mule de secrétaire général procédurier...

– Laissons-le de côté pour l'instant. Vous avez sûrement entendu parler de l'affaire Zhou, du paquet de 95 Majesté Suprême et de tout ce qui a suivi. Ce n'est pas mon enquête à proprement parler, mais l'affaire a été confiée à notre bureau et un de mes collègues a trouvé la mort dans des circonstances probablement liées à ses recherches.

– Un de vos collègues est mort ! J'en suis désolé. L'affaire vous intéresse donc tout particulièrement.

– Zhou est né à Shaoxing, mais il est parti pour Shanghai à l'âge de six ou sept ans. Il n'était jamais retourné ici jusqu'à l'année dernière où il est venu deux fois. Vous me rendriez un grand service si vous pouviez réunir quelques informations sur ses séjours dans cette ville. Et sur les personnes qu'il a contactées ici. Je vous donne mon numéro.

Chen lui avait confié le numéro du portable qu'il venait d'acheter spécialement pour son séjour à Shaoxing.

– Et bien sûr, pas un mot de ma visite à vos collègues.

Alors qu'il sortait de la gare, Chen fut étonné de voir une grande place moderne grouillante de monde et à l'arrière-plan, une impressionnante autoroute à six voies d'où s'élevaient les rugissements d'une circulation très dense. Une file de taxis attendait le long du trottoir.

L'image que Chen avait de la ville lui venait essentiellement des écrits de Lu Xun, « l'écrivain révolutionnaire » soutenu par Mao et par les autorités du Parti pendant la Révolution culturelle. Les livres de Xun étaient d'ailleurs les seuls qu'il osait lire ouvertement, sans dissimuler le titre sous la couverture en plastique rouge des *Citations de Mao*. Dans ses récits, Shaoxing se présentait plus comme une localité rustique que comme une ville, avec des hameaux, des bateaux, un marché, des fermiers, tel le héros de *La Véritable Histoire de Ah Q*, et des enfants des campagnes, comme Runtu, le narrateur de *Terre natale*. Mais comme toute la Chine, Shaoxing avait radicalement changé de visage.

C'est alors qu'il aperçut Tang qui se frayait un chemin à travers la foule, une carte à la main, pareil à un touriste. Homme robuste d'une quarantaine d'années, Tang avait un regard volontaire et profond et une mâchoire carrée, mélange étonnant des deux caractéristiques typiques du sud et du nord de la Chine. Ce matin-là, il portait une veste gris clair et une chemise bleue sur un jean.

Sans poser la moindre question, il lui serra la main et replia le plan de la ville.

– Désolé, je ne peux pas me garer ici. Je suis de l'autre côté de la rue. Je reviens dans une minute.

Chen le vit faire demi-tour au volant d'une Buick noire rutilante. Certainement pas une voiture de fonction. Tang avait promis de ne rien dire à ses collègues.

Dès que Chen fut installé dans la voiture, Tang lui tendit une grande enveloppe de papier kraft.

– Zhou n'est pas venu ici en visite officielle. Il n'a vu que des membres de sa famille et des amis. Je vous ai dressé une liste avec leurs noms, adresses et numéros de téléphone. C'est tout ce que j'ai pu obtenir en si peu de temps.

– Vous avez accompli un travail remarquable. Où allons-nous ?

– Chez sa cousine. Ils se sont vus l'année dernière.

La voiture s'engageait déjà dans un quartier calme aux rues étroites et aux passages crasseux où se dressaient de vieilles maisons vétustes.

– J'ai aussi inclus des informations sur son homologue local, dit Tang dans un sourire confus. Mais je dois me rendre à une réunion. Je ne peux dire à personne que vous êtes ici, vous comprenez.

– Ne vous en faites pas pour moi. Vous m'aidez déjà beaucoup.

– Après la réunion, j'essaierai d'en savoir davantage. Et je vous appellerai dès que j'aurai trouvé quelque chose. Entre-temps, quand vous en aurez fini avec vos entretiens, vous pourrez en profiter pour visiter la ville et faire un tour au festival. Au fait, où a-t-il lieu ?

– Dans l'ancienne maison de Lu Xun.

– Très bon choix.

– Très politiquement correct. Mais j'irai peut-être aussi au Pavillon des Orchidées.

– Comme vous voudrez, mais laissez-moi vous inviter à déguster la cuisine de chez nous ce soir. Elle n'est sûrement pas aussi raffinée que celle de Shanghai, mais je vous garantis des saveurs authentiques.

– Très volontiers, merci. Oh, existe-t-il une propriété au nom de Zhou ici ?

– Je vérifierai ça aussi.

La voiture s'arrêtait déjà près d'un vieil ensemble d'appartements, semblable à ceux construits à Shanghai à la fin des années soixante-dix. Les bâtiments de béton gris délavés par le temps comportaient pour la plupart trois étages, mais Chen se dit qu'il ne devait pas être très loin du centre-ville.

– C'est ici. La maison de la cousine. Elle s'appelle Mingxia.

– Merci, Tang. Appelez-moi dès que vous aurez du nouveau.

– Oui, comptez sur moi.

Chen s'avança vers un bâtiment assez récent et frappa à une porte décorée d'un joyeux personnage de papier rouge, épinglé à l'envers selon la superstition traditionnelle. En chinois « à l'envers » se prononçait exactement comme « arrivée ».

Il fut accueilli par une femme rondelette d'une cinquantaine d'années aux cheveux parsemés de gris, au front creusé de rides et à la mâchoire ornée d'une unique dent en or. Elle portait une ample chemise bleue à manches courtes sur un pantalon.

– Vous êtes Mingxia ?

Après avoir examiné sa carte, elle hocha la tête et le fit entrer sans prononcer un mot. Il découvrit un studio encombré de vieux meubles et d'objets en tous genres. Elle tira une chaise en rotin branlante, dégagea les magazines qui l'encombraient et lui fit signe de s'asseoir.

Chen ne tarda pas à lui expliquer la raison de sa visite.

– Zhou a quitté Shaoxing quand il était encore enfant, dit-elle. Pendant des années, il n'est pas revenu. Du moins, pas que je sache. Et puis il est réapparu l'année dernière et il nous a invités à manger dans un hôtel, un cinq étoiles. Et la fois d'après, quelques mois plus tard, il nous a emmenés dans un nouveau restaurant qui porte le nom d'un personnage de Lu Xun.

– Vous a-t-il expliqué le motif de ces visites ?

– Non, pas précisément. Comme dit le proverbe, *l'homme victorieux veut rentrer au pays natal dans un habit de brocart*. Couvrir ses vieux parents de généreuses offrandes fait partie de la tradition.

– Avez-vous remarqué quelque chose d'inhabituel dans ses paroles ou dans ses actes ?

– Non, je n'ai jamais échangé qu'un ou deux mots avec lui. Nous étions plus de dix au banquet, chacun le remerciant et portant des toasts à sa santé d'un bout à l'autre de la table. Je ne suis même pas sûre qu'il m'ait remarquée.

– Mais il a dû parler à ses invités. Par exemple, de son travail ou de sa famille à Shanghai.

– Il a parlé du fait que les prix de l'immobilier étaient encore assez abordables ici. Je m'en souviens parce que nous nous sommes tous dit qu'il devait être bien informé. Une maison indépendante dans le meilleur quartier de Shaoxing à moins d'un million de yuans, c'est donné, a-t-il dit.

– Il vous a donc encouragés à investir ?

– Donné ou pas, je n'ai pas les moyens. Et il parlait d'un quartier très prisé, je crois.

– Comptait-il acquérir une propriété ?

– Il n'a rien dit là-dessus.

– Comment s'appelle ce quartier ?

– C'est près du lac de l'Est, mais je ne me souviens plus du nom.

– Autre chose, Mingxia ?

– Eh bien, je ne sais pas. Il n'est pas venu avec sa famille. Il était accompagné d'une secrétaire ; pendant l'un des festins, j'ai remarqué qu'elle lui préparait son poisson du lac Dong. Mais cela n'a rien d'étonnant pour un homme de son rang, n'est-ce pas ?

– Vous voulez dire qu'elle était sa *petite secrétaire* ?

– Je n'en sais rien. Mais elle n'était pas si petite et pas si jeune. Beaucoup plus jeune que lui, bien sûr.

Trois quarts d'heure plus tard, Chen quittait son hôte pratiquement bredouille, avec pour seule découverte celle que Zhou avait fait le voyage avec Fang, ce qui ne voulait pas dire grand-chose, vu la nature de leurs rapports.

Il commençait à se demander s'il avait raison de poursuivre dans cette direction.

Il choisit de rendre visite ensuite à Chang Lihua, le directeur de la Commission d'urbanisme de Shaoxing.

Chang parut sincèrement étonné par l'arrivée inopinée de Chen dans son grand bureau.

– Vous auriez dû nous prévenir plus tôt de votre visite, inspecteur principal Chen.

– Je n'ai dit à personne que je venais. Je ne vais pas y aller par quatre chemins, directeur Chang. Vous avez certainement entendu parler de l'affaire Zhou. Une histoire compliquée. Et sensible. Moins de gens seront au courant, mieux ce sera. Votre aide nous serait très précieuse.

– Merci pour votre franchise, dit Chang en sortant un paquet de cigarettes.

Il s'apprêtait à en proposer une à Chen, mais il retira sa main comme s'il venait d'être mordu par un serpent venimeux.

Des Panda, la marque de luxe.

– Ne vous en faites pas, Chang. La fin tragique de Zhou n'avait rien à voir avec un paquet de 95 Majesté Suprême, vous le savez aussi bien que moi.

– Je sais. Mais les prix de l'immobilier sont beaucoup moins élevés à Shaoxing. Notre situation n'est pas comparable à celle de Shanghai. La bulle n'est pas arrivée jusqu'à nous.

– L'existence ou non d'une bulle n'a rien à voir avec mon travail de policier. Comme Zhou travaillait dans le même secteur que vous, j'ai pensé qu'il serait peut-être venu vous voir au cours des séjours qu'il a effectués ici l'année dernière.

– Nous nous étions évidemment déjà rencontrés. L'année dernière, il est venu hors du cadre professionnel. Il m'a appelé de la gare, quelques minutes avant le départ de son train.

Chang s'efforçait de lui fournir un récit détaillé.

– Il prévoyait un retournement du marché : une

nouvelle réglementation qui empêcherait la construction de maisons indépendantes à Shanghai, si je me souviens bien.

– Pourquoi vous a-t-il parlé de ça ?

– Avec la mise en route du train rapide prévue l'année suivante, une villa à Shaoxing, à une heure de Shanghai, pouvait représenter un bon investissement.

– Il voulait en acheter une ?

– Ça, je n'en sais rien. Nous avons parlé à peine quelques minutes avant le départ de son train. Il m'a probablement appelé seulement par politesse.

En sortant du bureau de Chang, Chen ne put s'empêcher de craindre que son voyage à Shaoxing ne soit qu'une perte de temps. Les interrogatoires ne faisaient pas avancer son enquête. Mais il y avait peut-être des détails qu'il n'avait pas examinés d'assez près. Il ne fallait pas renoncer si vite.

Le proverbe cité par Mingxia à propos de l'homme victorieux en habit de brocart était tiré d'une légende sur Xiang Yu, le roi de Chu, au IIIe siècle avant Jésus Christ. Au sommet de sa puissance militaire, Xiang Yu avait été ébranlé par un vieux dicton : *Celui qui connaît la richesse et le succès sans retourner au pays natal dans un habit de brocart est pareil à celui qui revêt ses plus beaux habits pour marcher dans le noir.* Il avait donc mené ses troupes jusqu'à sa terre natale, une manœuvre stratégique fatale qui avait précipité la chute de son royaume. Pourtant, l'idée était restée ancrée dans l'inconscient collectif chinois. Il n'était pas inconcevable qu'un cadre du Parti veuille étaler sa réussite devant sa famille. Mais après tant d'années, revenir deux fois en un an, et ce en compagnie de Fang, n'était pas logique. Le récit de son voyage à

Shaoxing avec une femme plus jeune, qui n'était pas son épouse, aurait pu revenir jusqu'à Shanghai.

La sonnerie de son portable vint interrompre le fil de ses pensées.

– Du nouveau, Tang ?

– Désolé, je n'ai trouvé aucune propriété à son nom.

– Et sous un autre nom ?

– Lequel ?

– Fang Fang. Peut-être dans un quartier résidentiel, près du lac de l'Est. Je n'en suis pas sûr. La transaction aurait eu lieu l'année dernière, si ça peut vous être utile.

– Cela restreint mon champ de recherche. Je vais vérifier.

Il mettrait malgré tout un certain temps avant de le rappeler. Que faire en attendant ?

Coupant par les rues transversales, Chen aperçut une flèche indiquant la direction de la maison de Lu Xun, à seulement dix minutes à pied. C'était là qu'avait lieu le festival, mais il devrait pouvoir se débrouiller pour visiter les lieux sans être vu.

Parmi les écrivains chinois contemporains, Lu Xun était celui que Chen admirait le plus parce qu'il s'était battu contre l'injustice sociale de son époque. Après 1949, le Parti communiste l'avait reconnu comme le seul et unique écrivain prolétaire en raison de ses attaques contre le régime nationaliste.

Derrière un pont de pierre, un groupe de touristes descendaient d'un bus garé près d'une vieille rue, cartes et dépliants à la main. Un homme âgé qui portait une perruque aux longues nattes sur une robe de coton gris et paraissait tout droit sorti d'une nouvelle de Lu Xun se précipita vers les touristes, exhibant divers produits locaux dans son panier de bambou.

À l'origine, la maison avait dû être immense, assez

pour accueillir la famille élargie. Chen aperçut le Jardin des Cent Plantes d'un côté de la rue et la Maison des Trois Senteurs de l'autre, deux lieux cités dans les écrits de l'auteur. Il résista à la tentation d'entrer.

Un peu plus loin, devant une maison rectangulaire, un panneau de bois indiquait : *Siège des jeunes auteurs de l'académie Lu Xun.* Par la porte ouverte, Chen pouvait apercevoir l'angle d'une cour pavée baignée de silence. Il devait s'agir d'un lieu de résidence. Il aurait aimé y passer une semaine, pour profiter des ondes *feng shui* de l'ancienne demeure de Lu Xun, mais il n'était plus vraiment jeune. Il entendit des voix à l'intérieur et s'éloigna furtivement.

– Achetez un modèle de calligraphie de Shaoxing, un poème de Lu Xun ! l'apostropha un marchand à longue barbe frisée, semblable à un vieux professeur. Le calligraphe est un artiste méconnu, mais dans quelques années, le parchemin vaudra une fortune. Croyez-moi.

Le quatrain était tracé en larges caractères Wei.

Comment garder l'élan heureux des anciens jours ?
Fleurs épanouies ou fleurs fanées, que m'importe !
La pluie du Sud, parmi mes larmes, je n'en sais rien.
Il faut encore pleurer un héros de la Chine.

C'était un poème que Lu Xun avait composé en l'honneur de Yang Quan, un intellectuel progressiste assassiné par une faction du Guomindang. Le souvenir de l'inspecteur Wei revint inopinément à l'esprit de Chen qui se sentit coupable de n'être qu'un piètre poète comparé à Lu Xun et de n'avoir pas écrit un seul vers pour le défunt.

– Deux cents yuans, annonça le marchand. Vous

devez être un homme de lettres, vous savez ce que ça vaut.

– Cent, marchanda-t-il sans y penser.

– Vendu.

De retour à Shanghai, il pourrait accrocher le manuscrit dans son bureau, imagina-t-il. En souvenir de son voyage et en mémoire de l'inspecteur Wei.

Comme toute la Chine, Shaoxing était balayée par la déferlante du consumérisme. Le long de la rue, en dehors des bâtiments mentionnés comme faisant partie de la maison de Lu Xun, quasiment toutes les façades annonçaient un magasin ou un restaurant au nom lié d'une façon ou d'une autre au grand écrivain. Un vendeur portant sur la tête une jarre en terre remplie de vin de riz local faisait l'acrobate au milieu d'un cercle de bouteilles vides. Chen ne se rappelait pas avoir lu une telle scène dans les récits du célèbre auteur.

Il chercha un café et fut soulagé de n'apercevoir aucun *Starbucks*. Il entra dans une petite taverne et commanda un bol de vin jaune. À cette heure de la journée, il était le seul client devant sa petite assiette de fèves à l'anis. Il attrapa une fève et se demanda s'il devait se rendre ou non au festival, ne serait-ce que le temps d'une courte apparition. Mais une fois là-bas, il lui serait sans doute difficile de s'éclipser. Et puis, il ne voyait pas non plus l'intérêt de se mêler au chœur des louanges sur le « socialisme à la chinoise ». Lu Xun n'aurait jamais participé à une telle mascarade.

Il songea à un article qu'il avait lu récemment et qui citait un commentaire surprenant du président Mao au sujet de Lu Xun dans les années cinquante, en plein mouvement anti-droitiste. Quand on lui avait demandé d'imaginer où Lu Xun aurait pu se trouver aujourd'hui,

Mao avait tout bonnement répondu qu'il le voyait en train de croupir dans une prison.

À cet instant, Chen reçut un coup de fil de Tang.

– Oui, il y a bien une propriété au nom de Fang, inspecteur principal Chen. C'est une villa tout près de la maison de Lu Xun.

– Pouvez-vous me donner l'adresse ?

– Je vais vous l'envoyer par texto. La ligne téléphonique a été fermée il y a un an et demi. Rien d'étonnant à cela. De plus en plus de gens utilisent uniquement leur téléphone portable. Autre chose, la maison est inoccupée presque toute l'année. D'après la sécurité locale, une femme est arrivée il y a quelques jours. Il est possible que ce soit Fang. L'agent est presque sûr qu'elle est chez elle en ce moment.

– Très bien, je vais y aller.

Le quartier se trouvait à deux pas. De loin, il pouvait discerner les toits neufs qui étincelaient dans la lumière.

Il ne devait pas écarter la possibilité que Fang ait été placée sous surveillance secrète dans cette résidence. S'il avait réussi à suivre sa piste jusqu'ici, d'autres avaient pu en faire autant.

Mais il devait absolument l'approcher, songea-t-il en tournant à l'angle d'une rue et en regardant pour la énième fois par-dessus son épaule.

19

Alors qu'il faisait le tour du quartier, Chen arriva devant le restaurant *Kong Yiji*.

Kong Yiji était le protagoniste d'une des nouvelles de Lu Xun[1]. L'histoire se déroulait à la fin de la dynastie des Qing et racontait le parcours d'un érudit rejeté par la société après son échec à l'examen d'entrée dans la fonction publique, incapable de s'adapter aux changements de son époque et aveuglé par sa passion chimérique pour les traditions anciennes. Rendu ivrogne par ses échecs, Kong dilapidait son argent, quand il en avait, dans une petite taverne où il faisait l'intéressant en prononçant de grands discours pédants.

Dans la nouvelle, la taverne était un établissement miteux, fréquenté par des « courts vêtus » qui ne pouvaient s'offrir à boire qu'au comptoir, avec une simple assiette de fèves à l'anis à un sapèque pour tout accompagnement, tandis que les plus riches, en robes longues, s'asseyaient pour déguster leur repas et se détendre dans la salle adjacente.

L'immense restaurant moderne exposait des accessoires cités dans l'histoire : un réservoir d'eau bouillante

1. Voir *Lu Xun. Œuvres choisies*, traduit par Feng Xuefeng, Éditions en langues étrangères, Pékin, 1981.

pour réchauffer le vin, une rangée de bols et de plats cabossés, un tableau en ardoise sur lequel on pouvait lire : *Kong Yiji doit toujours dix-neuf sapèques*.

– Je voudrais un salon privé, demanda Chen à la serveuse qui trottinait devant lui. Un petit.

– Pour deux personnes ?

– Oui, pour deux. Vous avez deviné.

– Je vais vous conduire.

Elle le mena dans une pièce confortable au papier peint rose fleuri, garnie d'une table et de chaises, d'un long canapé et d'une table basse sur laquelle reposait une statuette de Vénus nue, autant d'accessoires qui n'avaient rien à voir avec le héros de la nouvelle. L'archétype du poète maudit n'aurait jamais osé imaginer un cadre aussi romantique. Elle lui tendit un menu à couverture rose.

– Je voudrais seulement goûter quelques spécialités locales.

– Nous appliquons un montant minimum pour le salon. Sept cents yuans. Je peux vous recommander le…

– Je vous remercie. Je vais suivre vos recommandations.

Il sortit alors son carnet et traça quelques mots.

Inutile de vous dire qui je suis. Je sais que vous avez des ennuis et je veux vous aider. Rejoignez-moi au restaurant. Salon 101. Je vous attends.

Il déchira la page et la glissa dans une enveloppe qu'il tendit à la serveuse après y avoir inscrit le nom et l'adresse.

– Pourriez-vous porter cette lettre à cette personne ? Remettez-la en mains propres. Voilà dix yuans pour la course. Quand elle sera là, je vous en donnerai encore vingt.

La serveuse le scruta, puis hocha la tête avant d'éclairer son visage d'un sourire malicieux.

– Bien monsieur. Je m'en occupe.

Il se demanda ce que la serveuse imaginait, mais cela n'avait guère d'importance.

Un homme d'une cinquantaine d'années portant une longue robe bleue usée apparut dans l'embrasure de la porte ; il gesticulait et marmonnait des citations qu'il concluait toujours par le même refrain : « Je n'en ai plus beaucoup, non, plus beaucoup ! » La phrase faisait référence aux fèves que tenait dans sa main le héros appauvri. Chen fit signe au faux Kong Yiji de s'éloigner, ferma la porte et se demanda ce que Lu Xun aurait pensé d'un tel spectacle.

Environ vingt minutes plus tard, on frappa des coups légers à la porte.

Une femme en simple chemisier blanc et pantalon noir entra timidement. Elle devait avoir un peu plus de trente ans et ses mouvements mal assurés trahissaient une nature réservée. Mince, élancée, elle avait un visage allongé, des yeux en amande et un grain de beauté sur le front.

Chen se leva et lui fit signe de s'asseoir, un doigt posé sur la bouche comme un vieux complice, laissant la serveuse aligner en silence les entrées froides sur la table et servir le vin de riz jaune dans les bols.

Il avala lentement une gorgée de vin. Il était étonnamment doux. Les plats paraissaient raffinés. Canard fumé, poisson blanc sauté aux oignons verts, tofu et melon d'hiver fermentés, crevettes d'eau douce bouillies au sel et pousses de bambou séchées.

– Ne vous pressez pas pour les plats chauds, nous allons discuter un peu, dit-il à la serveuse. Frappez avant d'entrer.

– Bien sûr.

À l'instant où la serveuse disparaissait, il sortit sa carte de visite et la posa sur la table devant Fang.

– Merci d'être venue si rapidement, Fang. Je suis l'inspecteur principal Chen Cao, vice-secrétaire du Parti à la police de Shanghai et membre du Comité central du Parti de la ville.

Il n'aimait guère les titres imprimés sur la carte, mais dans le cas présent, ils pouvaient lui être utiles.

– Oh, j'ai entendu parler de vous, inspecteur principal Chen, mais…

– Ouvrons un peu la fenêtre pour profiter de la vue sur les montagnes… J'ai raconté à tout le monde que je venais ici pour le festival, mais ce n'est qu'une couverture. Je suis ici au sujet de l'affaire Zhou.

– Je m'en doutais.

– Pensez-vous vraiment que Zhou se soit suicidé ?

– Ce que je pense a-t-il une importance ?

– Pour moi, oui. Vous vous souvenez peut-être d'un de mes collègues, l'inspecteur Wei.

– Oui.

– Vous savez peut-être aussi qu'il est mort, tué par un chauffard. Un jour avant sa mort, il vous avait interrogée.

Elle blêmit.

– Je ne crois pas qu'il soit mort dans un accident de la circulation au beau milieu de son enquête. Je suis là pour faire la lumière sur ces deux disparitions.

Elle ne répondit pas.

– L'inspecteur Wei n'enquêtait pas sur les accusations de corruption liées au *shuanggui*, mais ses investigations ont sans doute provoqué le tragique accident. Je veux que justice soit faite pour lui. Et je pense que vous voulez aussi qu'elle soit faite pour Zhou dans le cas où il aurait été assassiné.

Elle hocha la tête et posa les doigts sur son verre de vin sans le soulever.

– Merci de me dire tout ça, souffla-t-elle dans un effort visible pour rester maîtresse d'elle-même. Oui, s'il a été tué, je veux que justice soit faite. Mais je ne suis qu'une secrétaire. J'ai subi beaucoup de pressions. On a voulu me forcer à avouer des choses que j'ignore. J'avais besoin de prendre l'air et je suis venue passer quelques jours à Shaoxing. C'est tout ce que je peux vous dire.

– Si vous étiez simplement en vacances ici, on ne serait pas en train de vous chercher frénétiquement dans tout le pays. Vous n'avez travaillé que pendant deux ans à la Commission. Comment se fait-il que vous possédiez une villa aussi somptueuse ? J'ai parlé à vos parents. Ils m'ont raconté les difficultés que vous avez connues à votre retour d'Europe.

Elle gardait les yeux baissés, les lèvres fermement serrées.

– Laissez-moi vous rassurer une dernière fois. Vous n'êtes pas sur la liste des suspects et je ne vous veux aucun mal. Mais je n'en dirais pas autant de ceux qui vous cherchent.

Il but une nouvelle gorgée du vin au goût étonnamment sucré et reprit sur un autre ton :

– Je suis également poète. Comme dit le proverbe, *même mon cœur s'émeut pour une beauté*. Vous en êtes une. J'essaie seulement de vous éviter des ennuis.

– Mais comment ? Comment pouvez-vous m'aider ?

– Dites-moi ce que vous savez sur Zhou, et alors, alors seulement, je pourrai trouver un moyen.

– Il est mort. À cause d'un paquet de cigarettes. Que pourrais-je vous dire d'intéressant ?

– Ce que vous me direz pourrait m'aider à mettre le vrai criminel hors d'état de nuire. Ce n'est qu'en allant jusqu'au bout de mon enquête que je pourrai éloigner ceux qui vous harcèlent.

Il ajouta gentiment.

– Si ça peut vous mettre à l'aise, commencez par me parler de vous, racontez-moi comment vous en êtes arrivée à travailler pour lui.

– Mes parents vous ont déjà tout raconté, j'imagine.

Elle commença cependant son récit.

Environ sept ans plus tôt, fraîchement diplômée de l'université de Shanghai, elle était partie poursuivre ses études en Angleterre. Tout le monde la voyait promise à un brillant avenir. Elle avait travaillé dur, obtenu son master de communication, mais n'avait jamais réussi à trouver de travail. Entre-temps, elle avait épuisé toutes les petites économies reçues de ses parents. Il était hors de question qu'elle reste là-bas plus longtemps. Elle n'avait pas eu d'autre choix que de rentrer en Chine rejoindre les rangs des *haigui* pour devenir ensuite une *haidai*[1]. C'est alors qu'en lisant le journal, elle était tombée sur le nom de Zhou : un cadre éminent du gouvernement municipal. Elle se rappelait qu'il avait vécu dans son quartier avant de déménager quand elle n'était encore qu'une petite fille. En désespoir de cause, elle l'avait contacté, se demandant s'il se souviendrait d'une voisine croisée des années plus tôt. Il

---

1. *Haigui* est un terme péjoratif, homonyme phonétique de « tortue de mer », désignant ceux qui reviennent de l'étranger, et *haidai*, homonyme d'« algue », désigne les chômeurs débarqués de l'étranger.

l'avait reconnue et à sa plus grande surprise, il avait fait des pieds et des mains pour lui obtenir le poste de secrétaire à la Commission d'urbanisme. Au départ, elle avait simplement pensé qu'il avait eu pitié d'elle. Mais rien n'était simple au pays de la poussière rouge. Il lui avait fallu peu de temps pour comprendre le sens de l'expression « petite secrétaire ». Elle avait résisté, lutté, puis elle avait cédé. *Le printemps est parti, nul ne sait où.* Elle n'était plus toute jeune et avec le recul, elle s'était dit qu'elle aurait dû se sentir flattée qu'un homme aussi puissant que Zhou la choisisse comme « petite secrétaire ». Et pour être tout à fait juste avec Zhou, elle devait reconnaître qu'il avait eu la délicatesse de garder leur liaison secrète au sein du bureau. Vu sa position officielle, il craignait peut-être les répercussions politiques. Mais il semblait tenir à elle à sa façon, même s'il n'avait jamais envisagé le divorce. Il s'était arrangé pour qu'ils puissent passer des vacances ensemble en Angleterre, où ils avaient vécu une semaine comme un vrai couple, logeant dans des hôtels cinq étoiles qu'elle n'aurait jamais imaginé visiter à l'époque où elle était encore étudiante. Le tout aux frais de l'État, bien entendu. Et puis, il l'avait emmenée à Shaoxing pour qu'elle y acquière une villa. Elle lui avait demandé pourquoi. Il lui avait répondu qu'il était important qu'elle ait une propriété à son nom, qu'on ne savait jamais de quoi demain serait fait et qu'au moins, cette maison lui offrirait une sécurité.

Depuis le scandale des 95 Majesté Suprême, elle avait vécu dans un état d'inquiétude permanente. Bien qu'il ne lui ait jamais rien confié sur ses malversations financières, elle en savait assez pour comprendre que Zhou était fini. Et elle ? Elle ne finirait probablement pas comme lui. Mais son licenciement ne tarderait pas. Dang ne la garderait jamais à un poste si important. Et surtout, Jiang et son équipe la pressaient sans cesse de témoigner contre Zhou. Elle avait prétexté une maladie et fui jusqu'ici. Elle ne savait plus quoi faire. La distance lui permettrait peut-être de réfléchir tranquillement.

– Je croyais que tout le monde ignorait cet endroit, conclut-elle.

Elle focalisait son récit sur son expérience personnelle et parlait finalement peu de Zhou, même si elle évoquait leur liaison sans retenue.

Chen se demandait ce que Jiang espérait obtenir d'elle alors qu'il était si pressé de déclarer la mort de Zhou comme suicide.

– Et maintenant, Fang ?

– Je pourrais peut-être retourner en Angleterre. Enfin, si je parviens à vendre cette maison.

– Vous croyez que vous réussirez à partir ? D'après ce qu'on m'a dit, votre nom et votre photo ont été transmis à tous les services de douane du pays.

Elle ne répondit rien. Il avait raison, elle le savait.

– Parlons encore un peu de Zhou, dit Chen.

– Que voulez-vous que je vous dise ? Jiang aussi est persuadé que je connais tous ses « petits secrets ». Pourtant, Zhou a toujours été très clair sur le fait que pour mon bien, il valait mieux que je ne sache rien.

Sa voix se fit plus saccadée.

– Je pense qu'il voulait me protéger. Il m'a raconté une fois que tout ça, c'était parce qu'un jour, quand j'étais petite, j'avais été gentille avec lui dans l'allée près de chez nous ; il travaillait dans une usine pour soixante-dix fens par jour sans jamais voir la lumière au bout du tunnel, il était démoralisé et je lui avais souri.

– C'est drôle ! C'est exactement comme Jia Yucun

228

au début du *Rêve dans le pavillon rouge*, commenta Chen sans détailler le parallèle.

Il n'avait aucun mal à croire que l'archétype de la beauté au grand cœur ait pu laisser une empreinte indélébile dans la mémoire de Zhou.

– Donc je me suis contentée d'agir en secrétaire dévouée, effacée et discrète.

– Il n'avait pas d'autres secrétaires ?

– Des petites secrétaires, vous voulez dire ? Non, en tout cas pas au bureau. Des gens ont dit qu'il se servait de moi pour couvrir ses autres liaisons. C'est possible, mais à mon avis, il était déjà assez occupé comme ça.

– Mais en tant que secrétaire, vous possédiez sûrement des informations confidentielles sur son travail.

– Il travaillait beaucoup et toujours sous pression, répondit Fang d'un air hésitant. La tâche n'était pas facile pour lui. Officiellement, il était responsable des projets immobiliers et des chantiers de la ville, mais en réalité, des tas de cadres se battaient pour avoir leur part du gâteau. Il était toujours sur la corde raide. Rappelez-vous le scandale de la parcelle ouest. Le chef du district de Jin'an a vendu le terrain pour une bouchée de pain à un promoteur qui a immédiatement reçu une offre quatre ou cinq fois supérieure au montant initial. Zhou le savait, mais le chef du district avait déjà obtenu l'aval d'un de ses supérieurs à la municipalité. Que pouvait-il faire contre des cadres plus haut placés et beaucoup plus puissants que lui ?

– Oui, j'ai entendu parler de cette affaire. Suite à cette tractation, le chef du district de Jin'an a été placé sous *shuanggui*, mais Zhou a été épargné. Cette fois-là.

– Je ne sais pas si c'était un bon fonctionnaire, mais il a toujours été bon pour moi, ajouta-t-elle en baissant la tête. Ça n'est pas juste qu'il soit le seul à être puni. C'est comme dans un panier de crabes : ils sont tous liés.

Elle lui répéta ensuite ce qu'elle lui avait déjà dit sans rien ajouter de consistant. Comme on pouvait s'y attendre, elle ne confiait pas toute sa vie à un policier dès la première rencontre. Il devait briser sa résistance.

— Je ne pourrai pas vous aider si vous ne me parlez pas ouvertement, dit-il avant de sortir l'enveloppe que Melong lui avait donnée. Regardez.

Elle prit les photos d'une main tremblante.

— Alors c'était vous, inspecteur principal Chen ?

— Que voulez-vous dire ?

— J'ai reçu ces photos il y a quelques jours.

— Vraiment ! Savez-vous qui les a envoyées ?

— Non, je n'en sais rien. On dirait que tout le monde essaie de me faire chanter.

— Tout le monde. Expliquez-moi.

— Le jour où j'ai reçu ces photos, Jiang et son équipe sont venus me parler, disant que si je refusais de coopérer, j'en subirais les conséquences. Et le soir même, Dang a téléphoné à son tour pour me dire d'abandonner.

— D'abandonner quoi ?

— Je n'en sais rien. Ils voulaient peut-être que je leur donne quelque chose qui appartenait à Zhou et qu'il m'aurait confié. Si je ne leur obéissais pas, les photos paraîtraient au grand jour. C'était le message qu'ils voulaient faire passer. C'est pour ça que j'ai dû m'enfuir.

— Devinez où j'ai trouvé ces photos, lança Chen pour la faire réagir. Dans l'ordinateur de Dang.

— Quoi !

– Lui aussi espère quelque chose. Reste à savoir ce que c'est.

– Zhou a été suffisamment traîné dans la boue. Je ne veux pas que son nom soit encore sali. Pas à cause de moi. Je me suis souvenu qu'il avait dit que cette villa serait notre secret. C'est pour ça que je suis venue ici.

– Mais vous ne pouvez pas vous cacher éternellement. Que comptez-vous faire ?

– Je n'en sais rien. Mes économies devraient me permettre de tenir encore deux ou trois mois. D'ici là, peut-être que l'orage sera passé. Je pourrais alors quitter cet endroit et repartir à zéro quelque part.

Quel que fût le degré d'innocence de la jeune femme, Chen se trouvait forcé de la croire.

Mais après quoi Dang courait-il ? Et avec lui, Jiang et son équipe ? Cette question ouvrait tout un monde de possibles.

– Un trésor caché ? murmura-t-il presque pour lui-même.

On disait que Zhou avait amassé une fortune colossale. Le luxe exposé sur Internet n'était que la partie émergée de l'iceberg. Dang pensait peut-être qu'elle savait où se trouvait le reste.

Jiang cherchait-il ce même trésor ? C'était peu probable. Même si les sommes étaient considérables, elles ne méritaient sûrement pas un tel effort de la part de la municipalité. Ni une telle prise de risque. La moindre preuve supplémentaire de la corruption d'un cadre risquait de ternir la réputation du gouvernement.

– Ces gens sont capables de tout, marmonna-t-elle à son tour pour elle-même.

Maintenant que l'équipe de Pékin résidait à *La Villa Moller*, la présence persistante de Jiang sur les lieux risquait de se retourner contre lui.

Même si Fang restait sur la réserve, même si elle ne s'en tenait qu'aux grandes lignes de l'histoire, sa peur était réelle. Et il n'était pas impossible qu'elle soit la prochaine cible.

Zhou avait peut-être caché quelque chose, une chose de la plus haute importance, mais se pouvait-il que Fang l'ait gardée tout ce temps ? D'après ce que Chen pouvait constater, cette chose était vitale pour Zhou, pas pour Fang. Elle n'avait aucune raison de s'y accrocher au point de se transformer en fugitive.

En même temps, cette chose devait représenter une menace terrible pour Jiang et ses acolytes et aussi un bouclier de protection imparable pour Zhou. Pourtant, rien de tel n'était encore apparu dans l'affaire.

Comment pouvait-il aider Fang ? Vu le nombre de personnes qui épiaient et complotaient, peut-être même les unes contre les autres, il ferait mieux de ne révéler à personne où elle se trouvait. Du moins pour l'instant.

Il trempa un morceau de tofu fermenté dans la sauce pimentée. La bouchée était tiède, encore croustillante, mais la sauce manquait de corps, comme Lu Xun le regrettait dans une de ses nouvelles, songea Chen, probablement celle intitulée *Au cabaret*.

— La situation est délicate. Vu la position et les relations de Zhou, vous feriez mieux de rester ici quelque temps. Pour votre sécurité. Surtout, ne contactez personne.

Puis il ajouta en conclusion :

— Au fait, vos parents savent-ils où vous êtes ?

— Non, ils ne sont pas au courant. Ils sont très conservateurs. Ils seraient furieux d'apprendre que Zhou m'a offert une villa. Je ne leur ai jamais parlé de cette propriété.

— Tant mieux. Ne les appelez pas, eux non plus. Ça

ne devrait pas être long. On pourrait assister bientôt à un revirement assez radical.

Il décida de ne pas lui en dire plus que nécessaire.

– En attendant, si vous pensez à un détail qui aurait précipité la mort de Zhou ou à une chose qu'il aurait laissée derrière lui, ou à quoi que ce soit, prévenez-moi immédiatement. Vous avez mon numéro de portable. Appelez-moi toujours d'un téléphone public. De préférence loin d'ici. Vous avez raison sur un point. Ces gens sont capables de tout.

20

Il ne pleut jamais que des trombes.

Dans un taxi, Lianping se faisait cette réflexion tout en jouant avec son téléphone portable.

En route vers le Pavillon des Orchidées où elle devait retrouver Chen, elle avait reçu un appel inopiné de Xiang, son petit ami.

Celui-ci ne lui avait donné aucune explication sur son départ précipité de Shanghai et ne l'avait appelée ces deux dernières semaines que pour lui dire qu'il était très occupé. Ses journées comme ses nuits semblaient bien remplies. Tout le monde sait que beaucoup de marchés se concluent au restaurant, au karaoké ou au salon de massage : encore une des caractéristiques du socialisme à la chinoise. Il n'était pas dans la nature de Lianping de poser des questions ou de se plaindre. Chez un jeune homme appartenant aux « riches de la deuxième génération », comme on les appelait, le goût des affaires était généralement perçu comme un atout.

Il lui téléphonait enfin parce qu'il venait de signer un accord crucial pour l'avenir de son entreprise et désirait fêter son succès, avec elle si possible. Il avait ajouté qu'il lui préparait une grande surprise pour son retour en début de semaine.

Encore une fois, elle se souvint d'un poème de la dynastie des Tang extrait d'un recueil traduit par Chen.

Combien de fois
Ai-je été abandonnée par ce marchand affairé de Qutang
Depuis que je l'ai épousé !

La marée tient toujours sa promesse
De retour, hélas.
L'aurais-je su,
J'aurais épousé un cavalier des vagues.

Elle ne s'était pas non plus attendue à recevoir un appel de Chen. Il était aussi occupé que Xiang, peut-être plus. Elle lui avait parlé du festival de Shaoxing sans y penser. Il lui avait promis d'y réfléchir, mais une telle réponse équivalait généralement à un refus.

Pourtant, ils s'étaient vus si souvent cette dernière semaine qu'elle-même n'en revenait pas. C'était sans doute uniquement à cause de son travail qu'il lui avait rendu visite au *Wenhui*, se répétait-elle, parce qu'un de ses collègues avait été tué à un carrefour tout proche. À cause de son travail aussi qu'il lui avait demandé de la rejoindre au temple, parce que l'inspecteur Yu était un coéquipier de longue date. Mais à son grand étonnement, il avait finalement décidé de venir à Shaoxing, même s'il avait raté la conférence dans la maison de Lu Xun, le principal événement du festival.

Venait-il de son propre chef ? Elle était ici pour un reportage, mais lui n'avait pas de temps à perdre dans d'éternelles discussions politiques. Contrairement à elle, il avait dû voyager à ses frais. Après tout, il n'était pas impossible qu'il soit venu pour elle…

Le taxi s'arrêta dans une ruelle pittoresque. Elle leva

la tête et vit Chen, debout près de l'entrée du parc, qui lui faisait signe, deux tickets à la main. Les motifs éventuels de son séjour à Shaoxing importaient peu ; il était là, il l'attendait, c'était tout ce qui comptait.

Il s'avança pour tenir la porte du taxi.

– Je voulais vous faire la surprise, Lianping.

– C'est réussi. Je croyais que vous m'aviez laissée tomber.

– Bien sûr que non.

– Vous devez avoir un programme chargé, dit-elle.

Comme la réponse tardait à venir, elle haussa les sourcils.

– Eh bien, j'ai l'après-midi devant moi, répondit-il. Tout à l'heure, nous pourrions louer une barque à capote noire, comme dans les histoires de Lu Xun, et voguer à la tombée du jour.

Sur le moment, elle ne se souvint d'aucun récit parlant d'une barque à capote noire voguant dans le crépuscule. Mais elle était très heureuse de se promener avec lui dans le parc.

– Je suis désolé, j'ai raté les festivités du matin, dit-il.

– Vous n'avez pas raté grand-chose. Vous savez comme ces discours peuvent être ennuyeux.

Tête baissée, le vieux gardien du parc resta plongé dans sa lecture du journal local et, dès que Chen eut déposé les tickets dans une boîte en plastique vert, leur signala d'un geste de la main qu'ils pouvaient entrer. Un énième couple de touristes : il devait en avoir vu passer des milliers dans cette ville-musée, déambulant au hasard en quête d'une activité pour occuper les après-midi pluvieux.

Le parc ressemblait à peu de chose près à la brochure que Lianping avait feuilletée : des kiosques aux toits pentus, des ponts de pierres blanches arqués au-dessus des eaux vertes et des bosquets de bambous verdoyants disséminés ici et là, mais sur place, tous ces éléments se chargeaient des murmures de la mémoire du lieu.

Wang Xizhi, un calligraphe renommé, communément appelé le sage de la calligraphie et maître incontesté du style *caoshu*, l'écriture cursive signifiant littéralement « herbe folle », avait passé le plus clair de sa vie à Shaoxing, sous la dynastie des Jin, au IVe siècle. Son œuvre la plus connue était la *Préface au Pavillon des Orchidées*, une introduction aux poèmes composés par un groupe de lettrés réunis dans le jardin. La calligraphie originale était perdue, mais plusieurs copies et estampes de facture raffinée avaient survécu.

– Regardez ces statuettes d'oies blanches dans l'herbe verte, remarqua Chen. Elles apparaissent dans des dizaines de classiques de la littérature chinoise.

Il était d'humeur enjouée, peut-être grâce au changement de décor, pensa Lianping. Elle n'avait pas le sentiment qu'il cherchait à l'impressionner. Il n'en avait pas besoin.

– D'après la légende, Wang a appris à manier son pinceau en regardant les oies se dandiner ici.

Elle n'était guère intéressée par ces histoires qui lui semblaient issues d'un temps trop ancien. Chen marchait près d'elle et sa présence lui suffisait.

La pensée de Xiang et de son retour proche lui effleura l'esprit. Elle la chassa aussitôt.

Malgré la notoriété légendaire du parc, ils étaient les seuls à flâner ici, le long d'un ruisseau bordé d'arbres et de bambous. Une brise capricieuse fit tomber un chapelet de gouttes scintillantes des branches vertes qui se penchaient sur l'eau.

– C'est là, dans ce parc ! s'exclama Chen. C'est là

que Wang et d'autres poètes se sont réunis au bord d'un cours d'eau pour participer à un jeu à boire poétique.

– Quel jeu ?

– Ils laissaient des verres de vin flotter le long du ruisseau. Dès qu'un verre s'arrêtait devant quelqu'un, il devait écrire un poème. S'il échouait, il recevait un gage et buvait trois verres. Les poèmes ont ensuite été rassemblés et Wang a rédigé une préface au recueil. Il devait être ivre mort, le pinceau déchaîné par l'inspiration née de cette délicieuse scène. La préface marque le sommet de son art.

– Cela paraît incroyable.

– Des années plus tard, sous la dynastie des Tang, Du Mu a écrit un poème à propos de cette scène. *Hélas, nous ne pouvons arrêter la fuite du temps qui s'écoule. / Pourquoi ne pas jouer et boire du vin près du cours d'eau ? / Un incendie de bourgeons éclate, indifférent, année après année. / Ne pleure pas leur flétrissure, mais leur floraison.*

– Je ne le connais pas, poète Chen. C'est un merveilleux poème, mais le dernier vers me dépasse.

– La première fois que je l'ai lu, je devais avoir à peu près votre âge, et je n'ai pas saisi la fin non plus. Aujourd'hui, je la comprends mieux. Quand le bourgeon fleurit, il est plein d'espoirs et de rêves, mais rien ne peut empêcher sa lente évolution de la floraison à la flétrissure. Voilà ce qui est cause de tourment.

Troublée par son interprétation, elle essaya d'imaginer la scène immémoriale des poètes lisant et écrivant au bord de l'eau, sans succès.

– Les temps ont changé, dit-il comme s'il lisait dans ses pensées.

Elle était charmée de l'entendre parler comme un guide avisé. Ils poursuivirent leur promenade jusqu'à un bâtiment d'aspect antique couronné d'une bannière de soie jaune flottant dans la brise qui annonçait : *Calligraphie et peinture. Gratuit pour ceux qui savent apprécier l'art chinois.*

– Gratuit ? s'interrogea-t-elle. Si ça se trouve, ici, on pratique encore l'art pour l'art, comme dans l'ancien temps. Ils auront peut-être une reproduction du poème que vous m'avez récité.

Ils entrèrent dans le bâtiment. La partie frontale avait été transformée en galerie d'exposition aux murs couverts de parchemins. Ils remarquèrent avec perplexité que chaque manuscrit affichait un prix. Pas exorbitant, mais pas donné non plus.

Près de l'entrée, derrière un guichet vitré, un homme vêtu d'une robe traditionnelle de couleur ocre se leva, un grand sourire aux lèvres, et, lisant la stupeur dans leurs yeux, déclara :

– Ils sont vraiment gratuits. Nous ne faisons payer que les matériaux et la main-d'œuvre.

– Bien sûr, les écrivains et les artistes ne se nourrissent pas d'air, commenta Chen. Je parie qu'en additionnant toutes les peintures et les calligraphies de la galerie, il n'y a pas de quoi s'offrir un mètre carré dans le quartier prisé de Binjiang.

– Ah oui, le nouveau quartier de Pudong, enchérit-elle. Comme la maison de papier que les Yu ont brûlée au temple.

Un autre marchand surgit de la partie arrière du hall. Il gesticula, pesta et leur tendit une boîte recouverte de brocart contenant des pinceaux, un bâtonnet d'encre, une pierre à encre et un sceau de fausse jade.

– Les quatre trésors de notre ancienne civilisation. Ils sont remplis du *feng shui* de notre capitale culturelle. Un accessoire incontournable pour le lettré et sa belle.

Ils partirent précipitamment.

– C'est plus commercial que je n'aurais pensé, dit-elle avec une pointe de regret.

– Nous sommes trop près de Shanghai pour que la ville soit épargnée. Et les voyageurs d'un jour comme nous alimentent ce commerce. *Ici, là, partout, l'herbe verte s'étend à perte de vue.*

Une métaphore pour évoquer la surconsommation rampante. Mais il n'avait pas besoin de citer un poème de la dynastie des Tang pour illustrer cette réalité, au risque de passer pour un extravagant comme les lettrés des romans classiques, toujours prêts à faire chavirer le cœur d'une jeune fille à grand renfort de citations.

– Si nous allions au jardin des Yuan ? suggéra-t-il. Nous serons plus au calme là-bas, loin du tourbillon mercantile.

En sortant, ils ne parvinrent pas à trouver de taxi. Une sorte de cyclopousse à trois roues arriva à leur hauteur. La banquette arrière était à peine assez large pour deux. Ils se serrèrent l'un contre l'autre.

Une fine bruine commençait à tomber. Chen abaissa la capote du toit qui les enveloppa comme un cocon. Ils pouvaient à peine apercevoir le décor qui défilait derrière le rideau translucide, miroitant dans la brume légère de la pluie.

– Le meilleur moyen de transport pour découvrir la vieille ville, dit le conducteur qui serpentait à travers les ruelles bordées de maisons rustiques aux murs blancs et aux toits de tuiles noires. Pour la demi-journée, je vous fais un tarif spécial, je vous emmène au lac de l'Est et au temple de Dayu. Le tout pour cent yuans.

– Le temple de Dayu ?

– Un des premiers empereurs de Chine, celui qui a réussi à maîtriser le déluge qui dévastait le pays. Un temple gigantesque vient d'être construit pour lui à Shaoxing. Un palais somptueux.

Lianping savait qui était Dayu, un héros légendaire de la Chine antique. Mais elle ne voyait pas le lien avec Shaoxing. Depuis quelques années, de nombreuses villes construisaient des temples uniquement pour attirer les touristes, allant souvent chercher des connections lointaines avec des personnages historiques.

– Je crains que nous n'ayons pas le temps, trancha Chen pour eux deux.

Ils descendirent et achetèrent deux entrées pour le jardin. À travers la grille ouverte, le lieu paraissait désert.

Le parc était plus petit que Lianping ne l'aurait cru, bien qu'il fût de taille semblable à tous ces lieux de villégiature traditionnels du Sud : pavillons vermillon, ponts de pierre et bosquets rocailleux, le tout agencé de façon à reproduire l'harmonie de la nature, selon le goût des lettrés des dynasties Ming et Qing. Non loin de l'entrée, elle aperçut un panneau retraçant l'histoire du jardin, avec une mention incontournable sur l'histoire d'amour entre Lu You et Tang Wan, sous la dynastie des Song.

Après plusieurs virages sur le sentier couvert de mousse, ils passèrent devant un kiosque solitaire qui vendait du vin de riz local et arrivèrent devant un pavillon à côté duquel se dressait une grande stèle rectangulaire où étaient gravés deux poèmes en caractères rouges.

Le soleil couchant illumine les remparts,
*   les sonneries résonnent,*
Le jardin des Yuan n'est plus ce qu'il était.
Le plus affligeant est cette eau printanière, sous le pont,
Qui avait alors reflété sa silhouette féminine.

Elle est morte il y a déjà quarante ans ;
Les saules du jardin des Yuan ont vieilli
*   et n'ont plus de chatons ;*
Mon corps sera enterré à Jishan,
Mais devant ces traces, je ne peux retenir mes larmes.

– Les poèmes sont autobiographiques, recommença Chen. Dans sa jeunesse, Lu You avait épousé sa cousine, Tang Wan, qu'il aimait éperdument. Sa mère s'opposait à leur union et ils furent obligés de divorcer, mais leur attachement resta solide. En 1155, les anciens amants se sont rencontrés par hasard dans le jardin. Tous les deux remariés, ils devaient respecter l'étiquette. Pourtant, elle lui servit un verre de vin de riz jaune de sa main délicate et tout ce qu'ils taisaient fut transmis par le breuvage. Des années plus tard, à soixante-quinze ans, il est retourné dans le jardin pour y écrire les vers qui sont devant nous. Leur histoire d'amour malheureuse les a rendus très populaires.

– Quelle tristesse.

– Oh, j'allais oublier, dit-il en faisant subitement demi-tour. Attendez-moi dans le pavillon.

Étonnée, elle obéit.

Il revint rapidement, brandissant deux verres.

– Du Huangteng, le vin servi par Tang Wan dans le poème de Lu You.

Ils s'assirent dans le pavillon qui n'offrait aucun siège confortable. Le banc de pierre était étroit, froid, dur. Et un peu trop haut. Lianping changea bientôt de position et se mit à genoux, le verre à la main.

Elle tenta une nouvelle fois d'imaginer la scène ancestrale des deux amants dans le jardin, dans le même pavillon, devant le même pin, le même pont, mille ans plus tôt, quand Lu et Tang se rencontraient, comme Chen et elle aujourd'hui, attentifs aux signaux, peut-être les mêmes, qui devenaient plus lisibles avec la tombée du jour.

– Le jardin a été reconstruit plusieurs fois, dit Chen comme s'il lisait dans ses pensées. *Le jardin des Yuan n'est plus ce qu'il était.*

Le pavillon aussi avait sûrement été reconstruit ; des inscriptions récentes avaient été gravées par les touristes sur les poteaux et la rambarde. Certains avaient écrit des mots d'amour imités des poèmes, d'autres se contentaient de laisser leurs noms dans un cœur rouge.

– Rien que des clichés, dit-il avec cynisme.

– Vous avez traduit ces poèmes en anglais, n'est-ce pas ?

– Non, pas moi. Ils ont été traduits par Yang, un poète et traducteur de talent, comme Xinghua. Je suis tombé sur son manuscrit au cours d'une enquête. Il est mort pendant la Révolution culturelle et le manuscrit a été conservé par sa maîtresse, une ancienne Garde rouge tuée des années plus tard. L'histoire en soi est déjà émouvante. J'ai apporté quelques retouches au manuscrit, ajouté quelques poèmes et envoyé le recueil à un éditeur. Il a insisté pour que j'ajoute mon nom à l'ouvrage, comme caution politique, car le nom de Yang risquait de rappeler les atrocités commises pendant la révolution.

Après un court silence, il reprit :

– Au fait, vous auriez dû voir l'opéra de Shaoxing tiré de cette histoire d'amour. Ma mère en est folle. Je devrais lui acheter quelques cartes postales.

– Bonne idée. J'en achèterai pour ma mère aussi. Mais j'ai d'abord une question pour vous. Quand Lu

You et Tang Wan se sont revus, elle n'était plus si jeune et elle s'était remariée. Alors pourquoi ces vers ?

– Bonne question. Dans son esprit à lui, elle était restée telle qu'il l'avait connue jadis, comme cette petite…

– Comme qui ?

Elle insistait malgré elle, se demandant s'il allait dire comme Wang Feng, l'ancienne journaliste du *Wenhui* avec qui il était censé avoir eu une histoire. Elle était récemment revenue passer quelques jours à Shanghai. Les deux anciens amants s'étaient peut-être retrouvés.

– Oh, quelqu'un que j'ai rencontré ce matin, dit-il. Quelqu'un que je n'avais jamais vu avant, ajouta-t-il.

Pendant le court silence qui suivit, la bruine commença à se dissiper. Un oiseau gazouillait quelque part dans les feuillages luisants. De qui s'agissait-il, se demanda-t-elle. Sûrement d'une personne liée à son enquête.

Était-ce pour elle qu'il était venu ici ?

S'il avait voulu lui parler de sa rencontre, il l'aurait fait.

– Je suis allé interroger cette femme pour les besoins de l'enquête.

Une vague de déception la submergea, rapidement suivie d'une vague de soulagement.

En fin de compte, il n'était pas venu pour elle. Ni pour répondre à son invitation.

Il sortit précipitamment son téléphone.

– Désolé, je dois prendre cet appel. C'est le médecin de l'hôpital de la Chine orientale. C'est peut-être urgent…

– Bien sûr, allez-y.

Il appuya sur une touche, fit deux ou trois pas

hors du pavillon et, les sourcils froncés, commença à parler.

Les bribes que surprenait ponctuellement Lianping ne lui permettaient pas de deviner le contenu de la conversation. Chen ne disait pas grand-chose hormis « oui », « non » et quelques mots laconiques.

Elle se tourna vers les collines lointaines, enveloppées dans une brume légère, qui formaient des rouleaux comme une estampe classique où les vides du paysage peint en disent plus long que les pleins.

Finalement, il revint vers elle et posa machinalement la main sur son épaule pour joindre son regard au sien dans la contemplation du décor.

– Tout va bien avec votre mère ?

– Oui. Ça n'avait rien à voir avec elle.

Il changea brusquement de sujet.

– Oh, nous devrions faire une apparition au festival. Au moins pour le dîner. Sinon les gens vont se plaindre du manque de sérieux de la police.

– Comme vous voudrez, inspecteur principal Chen.

– J'ai bu un verre de vin de riz local au déjeuner. Je l'ai trouvé incroyablement sucré. Avec un plat de fèves à l'anis, comme dans l'histoire de Kong Yiji. Le dîner ne devrait pas être mal non plus, j'imagine.

– Au fond, vous êtes flic avant tout, dit-elle sans réussir à dissimuler l'accent railleur de sa voix, vous couvrez soigneusement vos traces, et en même temps, vous êtes un épicurien prêt à prendre du plaisir partout où il en trouve.

Elle ne vit pas s'il prenait sa réflexion comme un compliment ou comme une attaque, mais la remarque vint néanmoins mettre un point final à ce moment d'intimité dans le jardin isolé.

Il l'aida à se lever.

Devant eux, le sentier s'étirait, glissant, inégal et couvert de mousse par endroits.

Un murmure confus s'élevait derrière eux, à peine audible, peut-être dû aux bulles des larves de moustiques qui éclataient à la surface de l'eau.

21

Le lendemain matin, Chen était de retour à Shanghai.

L'une des premières choses qu'il fit en arrivant fut de consulter ses mails.

Cette fois, il trouva la réponse tant attendue du camarade Zhao, l'ancien secrétaire de la Commission centrale de contrôle de la discipline de Pékin.

Merci pour votre message. Pour un cadre du Parti à la retraite, je m'en sors plutôt bien et je ne souhaite plus trop m'occuper des affaires du Parti. Récemment, je me suis plongé dans la lecture de Wang Yangming. Votre père était un néoconfucéen, vous devez donc connaître ce penseur. J'aime en particulier ce poème de jeunesse :

Les montagnes toutes proches font la lune petite,
Vous pensez donc que les montagnes
    sont plus grandes que la lune.
Si votre regard porte jusqu'à l'horizon,
Vous verrez les montagnes se détacher
    devant la lune immense.

Quand j'ai lu ce poème, j'ai pensé à vous. Vous devriez vous aussi étendre votre regard jusqu'à l'horizon.

Au sujet de l'équipe dont vous m'avez parlé dans votre dernier mail, je ne peux rien vous dire. Vous êtes un policier aguerri. Vous savez à qui vous avez à faire. À votre âge, Wang Yangming avait déjà accompli de grandes choses pour le bien de son pays.

La lettre était très mystérieuse. Il n'était pas étonnant que le camarade Zhao garde le silence sur l'équipe de Pékin. Mais la citation du poème ne ressemblait pas au dirigeant à la retraite.

Malgré les penchants néoconfucéens de son père, Chen connaissait mal Wang Yangming. Il savait seulement que le philosophe avait été un personnage influent de la dynastie des Ming, grand défenseur de la « connaissance innée » – selon laquelle chacun naît avec la connaissance, intuitive mais non rationnelle, du bien et du mal – et du caractère inséparable de l'apprentissage et de l'action dans le domaine de la morale.

Chen passa du temps sur Internet à chercher des informations sur le penseur. Il découvrit que l'homme avait incarné l'idéal confucéen en poursuivant conjointement une carrière de lettré et d'homme politique. En 1519, alors qu'il était gouverneur de la province de Jiangxi, il avait réussi à maîtriser la révolte du prince Zhu Chenhao et sauvé ainsi la dynastie d'un terrible désastre.

Chen était flatté qu'on lui promette une carrière aussi prestigieuse que celle de Wang Yangming, mais pourquoi cette comparaison surgissait-elle tout à coup ?

Il ne trouvait pas le poème particulièrement remarquable. Wang Yangming n'était pas connu pour sa poésie. Mais le contexte dans lequel Zhao le citait le fit réfléchir. Il avait voulu dire quelque chose, Chen en était certain.

Il n'aurait servi à rien d'écrire à Zhao pour lui demander une explication.

Il décrocha le téléphone, réfléchit un instant et composa le numéro du Jeune Bao à l'Union des écrivains.

– J'ai une faveur à vous demander, Jeune Bao.

– Tout ce que vous voudrez, maître Chen.

– Vous avez un ami qui travaille à *La Villa Moller*.

– Oui, un bon ami. Je déjeune là-bas avec lui aujourd'hui.

– Pourriez-vous vous arranger pour photocopier quelques pages du registre du bâtiment B ? Celles de lundi et mardi dernier.

– Rien de plus facile. Il travaille dans ce bâtiment. Et de temps en temps, je vais m'asseoir avec lui au guichet. Je vous appelle dès que c'est fait.

Dans l'après-midi, Chen avait rendez-vous avec le lieutenant Sheng, de la Sécurité intérieure.

Sheng avait suggéré de se retrouver à son hôtel, le *City*, sur la rue de Shanxi, à seulement deux ou trois minutes à pied de *La Villa Moller*. Ce n'était peut-être qu'une coïncidence, mais en tant que policier, Chen ne croyait pas au hasard.

La requête l'avait surpris. Chen avait eu affaire à la Sécurité intérieure à plusieurs reprises sans jamais entretenir avec eux des relations d'amitié. Il se contentait de faire son travail. Aux dernières nouvelles, il était flic avant tout.

Ce n'était pas l'avis de la Sécurité intérieure. Pour eux, l'intérêt du Parti primait sur tout. Au nom de cette cause, ils étaient capables du meilleur comme du pire.

Alors pourquoi ce rendez-vous subit ?

Sheng devait avoir entre trente et quarante ans. Sa calvitie naissante renforçait la hauteur de son front couvert de rides. Il parlait avec un très fort accent pékinois.

Et il avait été envoyé par Pékin, médita Chen.

– Je suis si heureux de vous rencontrer, inspecteur principal Chen. J'ai beaucoup entendu parler de vous.

– Heureux de vous rencontrer aussi, lieutenant Sheng. Vous avez été envoyé en mission spéciale par Pékin, paraît-il.

– Pas si spéciale. Je crois que c'est seulement à cause des cours du soir en informatique que j'ai suivis.

– De nos jours, ce type de connaissances peut servir.

– Vous êtes un policier compétent et expérimenté, commença Sheng. Je ne vais pas y aller par quatre chemins. J'ai été envoyé ici à cause de l'affaire Zhou, mais dans une optique bien particulière. Vous connaissez l'origine du scandale. Les chasses à l'homme, ce mouvement de masse lancé sur Internet, deviennent impossibles à contrôler et détériorent l'image du Parti et de notre gouvernement. Les cyber-citoyens utilisent n'importe quel prétexte, comme un paquet de cigarettes de luxe, pour déverser leur frustration et leur colère contre les autorités. Si ça continue, la stabilité de la Chine socialiste sera ébranlée.

Chen écoutait, se gardant bien d'émettre le moindre commentaire. Il était toujours facile de définir des mobiles, meurtre ou pas, et pour la Sécurité intérieure, le mobile de la chasse à l'homme ne faisait aucun doute.

Ironiquement, Jiang, le chef de l'équipe du gouvernement municipal, semblait partager ce point de vue. Sheng aurait dû se confier plutôt à lui.

– Que comptez-vous faire ? demanda Chen pour éviter de se lancer dans une confrontation immédiate.

– Nous allons épingler le fauteur de troubles qui a publié la photo des 95 Majesté Suprême sur Internet.

Quant à Zhou, quoi qu'il ait fait, il a été suffisamment puni.

– Ça ne devrait pas être trop difficile pour vous. Des centaines d'experts travaillent pour le gouvernement. Ils devraient parvenir à remonter jusqu'à la source.

– Ça n'est pas si facile. Nous sommes remontés jusqu'à la source, un forum dont l'administrateur affirme que la photo lui a été transmise par un expéditeur anonyme.

– Je ne suis pas un expert en informatique, dit Chen, bien décidé à jouer l'imbécile, mais j'imagine que vous pouvez retrouver l'adresse IP et l'ordinateur d'où l'image a été envoyée.

– Eh bien, l'ordinateur se trouve dans un cybercafé, *Le Cheval ailé*, et le message a été envoyé de telle sorte que, malgré la nouvelle réglementation, il nous est impossible d'identifier l'utilisateur. Nous avons toutes les raisons de croire qu'il s'agissait d'une attaque préméditée.

Chen n'était pas au courant de la nouvelle régulation à laquelle Sheng faisait référence. Mais il savait que le gouvernement cherchait à renforcer son contrôle. Cette mission incombait à la Sécurité intérieure. Il était inutile de s'aventurer sur leur territoire.

– Oui, l'expéditeur a sans doute pris ses précautions, prononça Chen timidement. La polémique autour du renforcement du contrôle d'Internet court depuis longtemps.

– Mais songez à ce qui s'est passé ensuite. Toutes les photos et les commentaires sont apparus en si peu de temps. On aurait dit une manœuvre militaire. Parfaitement calculée et orchestrée.

On ne pouvait pas discuter avec la Sécurité intérieure. Chen resta silencieux.

– Je vous propose que nous travaillions ensemble, inspecteur principal Chen. Si je trouve un indice qui pourrait faire avancer votre enquête, je vous préviendrai.

– Et vice versa, bien entendu.

Chen n'était pas aussi déterminé qu'il le laissait entendre. Il avait l'intuition que Sheng essayait de le percer à jour. Mais lui aussi savait jouer à ce jeu.

Pour l'instant, le rendez-vous se déroulait sans animosité particulière, sans complicité ni entente cordiale non plus. Chacun poursuivait son objectif.

La baie vitrée de la chambre d'hôtel donnait sur un balcon qui surplombait la rue de Shanxi. Aujourd'hui encore, la circulation semblait particulièrement ralentie sur cet axe.

– Vous avez du nouveau dans votre enquête, inspecteur principal Chen ? demanda Sheng sans plus de détour.

– Eh bien, je suis comme l'aveugle du proverbe *qui conduit un cheval borgne au bord d'un lac impénétrable dans la nuit ténébreuse*, répondit Chen, évasif.

– Allons. Vous êtes un poète reconnu, vous savez manier l'hyperbole.

Sauf qu'il n'exagérait pas. La métaphore ne s'appliquait pas qu'à lui-même, mais aussi à tous ceux qui se trouvaient en charge de cette enquête. Le proverbe lui était revenu en mémoire la veille, alors qu'il cherchait le sommeil dans sa chambre d'hôtel de Shaoxing, les yeux rivés sur les motifs fluctuants des ombres qui se déplaçaient au plafond.

Il y avait pensé à nouveau ce matin en lisant le mail de Zhao.

Sheng alluma une cigarette pour Chen et une autre pour lui-même, secoua l'allumette et, l'air détendu, aborda un autre sujet :

– Comment s'est passé votre séjour à Shaoxing ?

La question mit immédiatement Chen sur ses gardes.

– Oh, j'y suis allé pour le festival de littérature. C'est la patrie de Lu Xun. La Sécurité intérieure est toujours bien informée, je vois.

– Non, je vous en prie, ne vous méprenez pas. J'ai discuté avec le secrétaire du Parti Li hier. C'est lui qui m'a parlé de votre voyage.

C'était possible. Mais cela ne suffisait pas à rassurer Chen. Li devait informer la Sécurité intérieure de ses moindres mouvements.

– Le festival n'est qu'un prétexte imaginé par les écrivains pour jouer les touristes et passer du bon temps. Le vin de Shaoxing est réellement délicieux. J'en ai bu une carafe entière et j'étais si saoul que Bi Liangpei, le président de l'Union des écrivains de Shaoxing, a dû me raccompagner jusqu'à mon hôtel.

C'était vrai, Bi l'avait raccompagné, mais Chen n'était pas si saoul. Il se rappelait avoir cherché Lianping dans le noir, au milieu des grésillements des petits insectes du jardin de l'hôtel qui lui avaient rappelé la scène de l'après-midi dans le jardin des Yuan. Elle n'était pas inscrite à l'hôtel. Il s'était demandé si elle avait pris le train de nuit pour Shanghai.

– J'aurais bien voulu voir ça, dit Sheng en posant sa tasse de café instantané sur la table basse. Tout ce que j'ai, c'est la liste de ceux qui ont publié des commentaires ou des preuves de la corruption de Zhou. Toutes les photos des voitures et des maisons sont authentiques. On ne peut accuser personne de délation. Et j'avoue qu'on peut comprendre qu'ils s'en soient pris à lui. Ils sont si nombreux que le gouvernement ne peut évidemment pas punir tout le monde, encore moins ceux qui se sont contentés de suivre le mouvement.

– Donc… articula Chen sans conviction, prêt à entendre la suite du discours de Sheng qui semblait avoir soudain radicalement changé de ton.

– Mais l'expéditeur du premier mail était un vrai fauteur de troubles. C'est indiscutable. Il a orchestré une chasse à l'homme qui, malgré la suppression des articles et la mise en place de barrières d'accès aux sites concernés, a été trop rapide et trop monumentale pour que Zhou ou quiconque ait le temps de réagir efficacement. Et cette manœuvre s'est avérée désastreuse pour l'image du Parti.

– Vu la corruption qui gangrène notre classe dirigeante, le phénomène n'est pas prêt de s'arrêter.

– Vous ne croyez pas si bien dire. Une nouvelle star de la chasse à l'homme vient de naître.

– Une nouvelle star ?

– Ces stars ont des fans. Dès qu'elles possèdent un grand nombre d'adeptes, elles proposent à des sites commerciaux de subventionner leurs blogs.

Sheng secoua la tête.

– Revenons à notre nouvelle star. Il se fait appeler Ouyang et se vante de pouvoir deviner les marques des montres portées par les cadres du Parti sur les photos officielles. Il les publie sur Internet en indiquant la marque et le prix de la montre, ainsi que le titre du porteur.

– Des montres hors de prix, j'imagine.

– Rolex, Cartier, Omega, Tudor, Tissot… tout y passe, rétorqua Sheng sans dissimuler son irritation. Il a récemment déclenché un tollé en publiant plus de vingt photos de cadres exhibant ces marques de luxe. Il n'a pas eu besoin d'ajouter de commentaire. En un jour, 'article a été repris partout sur Internet, déclenchant une nouvelle chasse à l'homme qui a drainé plus de cent mille réponses.

– Oui, ces montres contredisent clairement l'image de propagande des cadres du Parti, travailleurs aux vies simples et modestes.

– Ce mouvement risque d'entraîner une perte de confiance en notre Parti, et en notre régime. Nous devons faire quelque chose.

– Ouyang n'a rien fait de mal en publiant ces photos. Le punir publiquement pourrait produire l'effet inverse de l'effet recherché.

– Non, nous n'avons pas eu besoin de le punir ouvertement. Nous l'avons rencontré et il a accepté de coopérer. Il ne publiera plus d'articles diffamants.

– Je vois, vous invitez la personne à prendre le thé.

Chen avait entendu parler des « tasses de thé » organisées par des agents du gouvernement comme Sheng pour mettre en garde les fauteurs de troubles. Parfois, en plus du bâton, ils employaient aussi la carotte.

– Mais avez-vous une idée de l'identité de l'expéditeur ? demanda Chen. Jiang, du gouvernement municipal, s'intéresse aussi à cette question.

– D'après lui, l'expéditeur devait avoir accès aux photos originales. Sans cela, il n'aurait jamais pu lire le nom de la marque sur le paquet de cigarettes.

– J'y ai pensé. Il pourrait s'agir de quelqu'un qui gravite dans la sphère de Zhou.

– Ou de quelqu'un qui a accès à ce type d'information, comme un pirate informatique. L'administrateur du site Internet est lui-même un pirate. Nous menons actuellement une enquête minutieuse sur lui.

Sheng prit un air grave.

– Quant à l'hypothèse d'une personne venue de

l'intérieur, reprit-il, la disparition de Fang, la secrétaire de Zhou, me semble assez parlante.

– Je ne comprends pas. Qu'avait-elle à gagner ? Zhou répondait à ses besoins. Il lui avait obtenu un poste sûr et lucratif.

– Mais vous savez certainement qu'ils entretenaient une liaison secrète ?

– D'après le dossier transmis par l'inspecteur Wei et les photos que j'ai vues, elle n'est pas d'une beauté renversante et elle a plus de trente ans. On imaginerait plutôt Zhou en train de batifoler avec des femmes plus jeunes et plus jolies.

– Zhou était un homme prudent. À sa façon, dit Sheng en fronçant les rides de son front. C'était un haut fonctionnaire, un homme public, il devait soigner son image. Une secrétaire plus âgée le mettait à l'abri des potins. Quant à savoir ce qui se passe réellement entre un patron et sa secrétaire, je vous défie d'essayer. C'est vrai, Fang n'est plus toute jeune, mais cette faiblesse l'a peut-être poussée à exiger des contreparties. Un poste important, par exemple. Et dans ce but, elle a pu amasser quantité d'informations confidentielles. Un scénario banal dans le monde sordide des cadres corrompus.

Cette analyse était inhabituelle de la part d'un agent de la Sécurité intérieure.

Chen hocha la tête.

– Mais elle a disparu, observa-t-il.

– Elle espère sans doute vendre ses secrets à bon prix.

– Je vois où vous voulez en venir.

C'était une possibilité. Mais Sheng avait peut-être le même intérêt que Jiang à retrouver Fang. Chen n'était sûr de rien.

– En attendant, nous allons nous concentrer sur

le cybercafé et sur le forum, reprit Sheng. La réglementation est récente, elle comporte encore des failles. Nous allons réclamer du renfort et augmenter nos effectifs. En interrogeant tous les clients qui sont passés au café à cette période, nous finirons bien par trouver le coupable.

Sheng devait subir une forte pression pour trouver le responsable. En infligeant un châtiment suffisamment sévère, ses supérieurs espéraient sans doute dissuader les agitateurs potentiels. Ceux qui voulaient « ébranler la stabilité chinoise » y réfléchiraient à deux fois.

– Au fait, poursuivit Sheng en changeant de sujet, savez-vous quelque chose au sujet de l'équipe de la Commission de contrôle de la discipline de Pékin ?

Chen s'attendait à cette question. Le bruit courait que le camarade Zhao, ex-secrétaire de la Commission, considérait Chen comme une sorte de protégé. La demande de Sheng signifiait, entre autres, que la Sécurité intérieure savait qu'il y avait du remous au sommet de la hiérarchie. Sheng devait espérer que Chen, grâce à son lien avec le camarade Zhao, l'éclairerait sur ce mystère. C'était peut-être même le motif principal du rendez-vous.

L'espace d'un instant, Chen se sentit soudain envahi par une frustration aussi grande que celle des internautes. La Sécurité intérieure ne considérait les choses que sous l'angle de la politique, leur seul objectif était de « maintenir la stabilité », d'écraser les « fauteurs de troubles » ; la mort de Zhou et, bien sûr, celle de Wei n'avaient aucun poids dans leurs considérations. Sous l'impulsion du moment, Chen prit un air énigmatique et parla sans répondre à la question de son interlocuteur.

– J'apprécie tout ce que vous me dites, Sheng.

Maintenant, entre nous, laissez-moi vous donner un conseil. Si j'étais vous, j'éviterais d'agir précipitamment.

– Oui ?

– En face, vous pouvez apercevoir *La Villa Moller*. L'hôtel héberge actuellement deux équipes spéciales : celle du gouvernement municipal dirigée par Jiang et une autre, envoyée par la Commission centrale de contrôle de la discipline de Pékin. La semaine dernière, il y en avait une troisième : l'équipe de la Commission de contrôle de la discipline de Shanghai, qui a déjà levé le camp. C'est inhabituel, vous ne trouvez pas ?

– Très.

– Et vous avez été envoyé par Pékin, n'est-ce pas ?

Chen s'interrompit délibérément.

– En temps normal, une affaire comme celle de Zhou aurait dû être conclue depuis longtemps. C'est dans l'intérêt du Parti, n'est-ce pas ? Alors pourquoi traîne-t-elle autant ?

À son tour, Sheng préféra ne pas répondre. Le silence pesait lourd dans la pièce.

– Les eaux sont trop profondes pour que nous y plongions tête baissée, poursuivit Chen. Comme des pièces sur un échiquier, nous avons été placés là par des autorités supérieures. Nous ne sommes peut-être même pas conscients de nos rôles respectifs, ou du moins, du paysage dont nous faisons partie. Tant que nous accomplissons consciencieusement notre travail, tout va bien. Mais nous devons aussi faire en sorte que notre travail ne vienne pas brouiller le paysage global.

– Je crois que je commence à comprendre où vous voulez en venir, inspecteur principal Chen.

– C'est pour ça que j'ai fait allusion à la métaphore de l'aveugle sur un cheval borgne. Pour être tout à fait franc, la Sécurité intérieure et moi avons eu des différends par le passé, mais j'espère que cette fois, nous pourrons nous entendre. Vous n'êtes pas comme les autres, lieutenant Sheng, vous m'invitez chez vous et vous me parlez de notre objectif commun, même si nos perspectives sont différentes.

– Je suis content de vous entendre parler comme cela, inspecteur principal Chen.

– Mais croyez-vous que la Commission de contrôle de la discipline ait fait le déplacement depuis Pékin et s'éternise ici pour du menu fretin comme Zhou ?

– Non, je ne crois pas… répondit Sheng d'une voix hésitante. Il me semble avoir entendu parler d'une histoire entre Pékin et Shanghai.

– Comme dans la chanson, *je ne sais dans quelle direction souffle le vent.* J'ai reçu un mail de Pékin, ajouta Chen à voix basse.

– Ah bon ?

– Il contient une citation d'un poème de Wang Yangming. D'après ce que j'ai compris, le message est : ce n'est pas parce qu'on a le nez sur un détail qu'on doit perdre de vue l'ensemble.

– L'expéditeur n'avait pas intérêt à être trop explicite, commenta Sheng sans demander qui avait rédigé ce message.

Le téléphone de Sheng se mit à sonner.

Chen se leva, s'avança vers le balcon pour aller fumer une cigarette et s'arrêta net. Il entendait Sheng répéter le nom de Fang. Il ralentit, fit semblant de chercher une boîte d'allumettes et recula de deux pas pour attraper celle qui était posée sur la table basse. Il n'entendit que des bribes de la conversation.

– Shaoxing ou alentour… une cabine téléphonique… ses parents ne savent rien…

Il alluma sa cigarette, sortit sur le balcon et inspira

une longue bouffée. Dressant ses gratte-ciel récents et anciens, la ville déshumanisée semblait prête à serrer son étau.

Quand il revint dans la pièce, Sheng avait terminé sa conversation et préparait un nouveau café pour l'inspecteur Chen.

Il ne parla pas de son appel, croyant sans doute que l'inspecteur n'y avait pas accordé d'importance particulière.

Mais Chen savait ce qu'il lui restait à faire.

22

Vingt minutes plus tard, Chen entra dans une cabine téléphonique de la rue de Yan'an, regarda derrière lui et composa le numéro du portable qu'il avait donné à Fang.

Comme il s'en doutait, malgré sa mise en garde, elle avait appelé ses parents, mais grâce à lui, elle les avait appelés depuis une cabine située près du temple Dayu, telle une touriste esseulée et perdue.

– Je suis seule ici, dans la maison qu'il m'a achetée, et je passe mes journées entourée de nos souvenirs et de l'écho de mes pas sur le sol. Je n'en peux plus.

– La ligne de vos parents était sur écoute, dit Chen. Ils savent que vous êtes à Shaoxing. Il leur faudra peu de temps pour vous retrouver. Vous devez partir, le plus vite possible.

– Mais où ?

– N'importe où. Loin de Shaoxing. Je sais que les temps sont difficiles pour vous, mais vous devez faire preuve de patience. Je vous aiderai du mieux que je peux.

– Mais je devrai attendre encore combien de temps ?

Elle ne lui laissa pas le temps de répondre.

– Du nouveau à Shanghai ?

– Nous avançons, mais…

– Au fait, l'autre jour, vous m'avez demandé de vous dire si un détail inhabituel, quel qu'il soit, me revenait en mémoire sur les jours précédant l'arrestation de Zhou. J'ai bien réfléchi et j'ai peut-être quelque chose.

– Oui ?

– Zhou avait une petite chambre attenante à son bureau. Il travaillait souvent tard et il lui arrivait de passer la nuit là-bas. Un soir, après la publication de nouvelles photos de lui sur Internet, il a eu l'air très contrarié. Il m'a demandé de venir dans la chambre et, entre autres, de danser pour lui.

– Quoi ? Une parodie du grand roi de Chu ? s'étonna Chen.

Zhou avait dû pressentir le désastre qui l'attendait et il avait réagi comme le roi de Chu qui avait exigé que sa concubine favorite danse une dernière fois pour lui avant qu'il ne se jette dans l'ultime bataille.

– Oui, j'ai vu le film tiré de cette histoire. Il s'appelle *Adieu ma concubine*, je crois. Mais je ne suis pas danseuse. Il a tellement insisté que j'ai fini par lui faire le numéro de la fidèle courtisane pendant qu'il fredonnait des chansons de Mao et fumait cigarette sur cigarette comme si demain n'existait pas… Le matin, quand je suis arrivée au bureau, il m'a demandé de me débarrasser d'un sac-poubelle. J'ai trouvé ça bizarre. En général, c'est la femme de ménage qui s'en charge. Il m'a dit qu'il allait recevoir des visiteurs importants ce matin-là. En effet, ils sont arrivés avant même qu'il ne soit revenu de la cantine.

– Qui est arrivé ?

– Jiang et son équipe. Ils sont entrés directement dans la cantine et ils l'ont emmené.

– Ils sont arrivés avant la Commission de contrôle de la discipline.

– Oui, tout s'est passé très vite.

– Et le sac-poubelle ?

– Avant de le jeter, j'ai regardé à l'intérieur. Il n'y avait que des cendres.

– Il avait dû brûler des documents pendant la nuit. Rien d'autre ?

– Si, quelque chose comme… des morceaux de plastique.

– Où l'avez-vous jeté ?

– Dehors dans une des grandes poubelles.

– Est-ce que les gens de l'équipe municipale ont entendu parler de ce sac ?

– Non, tout le bureau a été mis sens dessus dessous. Personne n'a prêté attention aux poubelles extérieures. Quand je suis retournée au bureau le lendemain, bien sûr, tout était parti.

– Bien, dit Chen en regardant sa montre, pouvez-vous me décrire ces morceaux de plastique ?

– On aurait dit des bouts de stylo. Il l'avait peut-être cassé dans la précipitation. D'un rouge vif. Je ne me souviens pas avoir vu de stylo de cette couleur dans son bureau. Mais sur le coup, cela ne m'a pas semblé important, vous comprenez.

– Avez-vous remarqué si un objet était brisé ou s'il manquait quelque chose dans son bureau ?

– Non, rien.

– Et pendant qu'il était détenu à l'hôtel, vous êtes retournée dans son bureau ?

– Non. Je travaillais généralement dans une pièce à côté. Ce matin-là, ils ont tout passé au crible. Ils ont emporté beaucoup de choses, notamment les ordinateurs et les dossiers. La pièce a été placée sous scellés. Ils ont fouillé mon bureau aussi. Et puis, une semaine plus tard, une autre équipe est venue tout retourner encore une fois.

La fouille de « ce matin-là » avait été conduite par l'équipe du gouvernement municipal. Cela n'avait rien d'étonnant. Quelles qu'aient été leurs découvertes, Jiang s'était bien gardé d'en faire part à Chen.

– Une semaine plus tard. C'était donc après la mort de Zhou ?

– Oui.

Que cherchaient-ils ?

Quelque chose qu'ils n'avaient toujours pas trouvé. Fang avait évoqué cette hypothèse lors de leur rencontre à Shaoxing.

Sur l'écran de la cabine téléphonique, Chen remarqua que le crédit de sa carte allait bientôt être épuisé.

– Désolé Fang, je dois vous laisser. Mais je vous rappellerai bientôt.

Tard dans l'après-midi, Chen se trouva à nouveau devant le siège du gouvernement municipal. Comme d'habitude, il montra sa carte et passa le contrôle de sécurité. Le garde lui fit un signe de tête sans demander le but de sa visite. Carte d'identité en main, Chen se contenta de signer le registre.

Au lieu de monter jusqu'au bureau de Zhou, il se rendit d'abord à la cafétéria du premier étage où il dégusta un café tranquillement. Il sortit son carnet et prit des notes sur les événements des derniers jours.

Il ne se leva qu'à cinq heures et demie pour prendre l'ascenseur jusqu'à l'étage qui abritait la Commission d'urbanisme. Il n'y avait personne dans les couloirs. Il pressa le pas. La porte du bureau du directeur était encore protégée par les scellés de la police.

Le vide laissé par la mort de Zhou n'avait pas encore

été comblé. La municipalité faisait preuve d'une extrême prudence et prenait son temps avant de nommer un remplaçant à un poste aussi stratégique.

Chen regarda autour de lui, glissa une clé dans la serrure et ferma la porte derrière lui.

La pièce n'était pas très grande, mais sans ordinateur, avec son bureau et ses chaises couvertes de poussière, elle semblait désolée. Elle avait dû être fouillée des dizaines de fois. Pourtant, ce que Jiang et les autres cherchaient n'avait pas encore été trouvé. Il aurait eu tort de ne pas jeter un coup d'œil.

Au lieu d'explorer les moindres recoins de la pièce, il ouvrit la porte de la chambre adjacente, s'assit dans le fauteuil de cuir pivotant et essaya de se mettre à la place de Zhou ce soir-là.

En dépit de ses efforts, l'image de Fang en train de danser revenait toujours au premier plan, sans doute à cause du caractère théâtral de la scène, écho lointain à la concubine qui avait dansé pour son seigneur une dernière fois en sachant qu'elle se donnerait la mort ensuite. Cet épisode était souvent repris dans les classiques de la littérature chinoise.

> *Rendre une beauté prête à mourir pour vous,*
> *Le roi de Chu était un héros, après tout.*

Ces deux vers avaient été écrits par Wu Weiye, un poète de la dynastie des Qing.

Comme le roi de Chu, Zhou avait refusé de se décourager, même lorsqu'il avait vu sa fin toute proche. Comme lui, il avait demandé une danse d'adieu.

Le parallèle entre les deux hommes était sinistre, mais certains détails ne concordaient pas.

La concubine favorite avait dansé avant de se suicider pour ne pas devenir un fardeau pour son seigneur pendant sa dernière bataille. Fang n'avait pas commis un tel sacrifice et Zhou ne le lui avait d'ailleurs pas demandé.

Le monarque n'avait pas renoncé au combat ; il s'était persuadé qu'il pouvait encore triompher, qu'il aurait assez de forces pour tenir jusqu'à la rive est de la rivière. Zhou aussi avait dû s'accrocher à un espoir...

Encore une fois, Chen repassa dans sa tête les détails de cette soirée fatidique. Pendant que Fang dansait, Zhou fredonnait des chansons maoïstes et allumait des cigarettes...

Chen se demanda si le choix des vers de Mao pouvait renfermer un indice. Il écarta rapidement cette idée. La mélodie lui rappelait peut-être son enfance ou bien elle lui était revenue d'un coup en regardant la danse dévouée de Fang...

L'inspecteur principal perdit à nouveau le fil de ses pensées.

Il voulut lui aussi allumer une cigarette dans la chambre. Il sortit son paquet et s'aperçut qu'il avait dû laisser son briquet au poste de sécurité. Ça n'était pas plus mal. Le bureau devait rester tel qu'il était.

Il parcourut des yeux la pièce et remarqua un briquet posé sur un petit presse-papiers de marbre qui décorait le bureau.

Il n'était pas sûr qu'il s'agisse du briquet que Zhou avait utilisé ce soir-là. Un grand fumeur pouvait en posséder plusieurs. Il l'attrapa. Ce n'était pas un briquet de luxe, mais l'objet restait original par sa forme de lampe-torche, sa couleur rouge vif et sa citation de Mao gravée en caractères dorés : *Une étincelle peut mettre le feu à toute la plaine.*

Il fit tourner la pierre. Pas de flamme. Il essaya encore. Sans succès.

C'était sans doute un autre signe indiquant qu'il ne devait pas fumer dans le bureau. Il haussa les épaules et retomba lourdement dans le fauteuil pivotant.

Machinalement, il fit à nouveau tourner le briquet.

Une étincelle jaillit tout à coup dans les méandres de son cerveau.

Pourquoi Zhou aurait-il gardé un briquet cassé dans son bureau ?

Chen bondit du fauteuil.

Il parcourut la pièce de long en large puis se rassit, le briquet fermement serré dans la main.

Il le reposa sur le bureau et sortit le couteau suisse qu'il gardait toujours sur lui. Il s'en servit comme tournevis et réussit à retirer délicatement la partie inférieure du briquet.

Au moment où le morceau tomba, il eut le souffle coupé.

À l'intérieur, au lieu du réservoir de gaz, se trouvait une clé USB dont la coque en plastique avait été découpée pour rentrer dans le briquet.

Enfin, une des principales pièces manquantes venait d'apparaître.

Cette nuit-là, comme le roi de Chu, Zhou était bien décidé à se battre et il avait entre les mains une arme redoutable. Une arme qui pouvait lui garantir le soutien de certaines personnes haut placées, puissantes, qui pourraient l'aider à traverser la tempête qui s'annonçait.

« Comme dans un panier de crabes », la remarque que Fang avait faite à Shaoxing lui revint d'un coup en mémoire. Ils étaient tous liés entre eux.

Cette expression faisait référence à une pratique issue des marchés alimentaires. Les vendeurs attachaient souvent les crabes à l'aide d'une épaisse corde de paille pour que les clients puissent en emporter plusieurs sans risquer que les animaux ne se dispersent ou ne s'échappent. Mais le sens métaphorique du proverbe était tout autre. Les crabes symbolisaient des êtres malhonnêtes. La corde qui les liait était composée à la fois de l'intérêt qu'ils tiraient de leurs méfaits, des magouilles qu'ils concoctaient et des secrets compromettants qu'ils partageaient. Conscients de leur situation périlleuse, ils devaient rester solidaires pour se protéger. Personne ne pouvait trahir personne car si l'un d'eux tombait, tous tombaient avec lui.

Zhou avait dû menacer des cadres plus haut placés que lui. Le glas ne sonnerait pas pour lui tout seul. Il possédait des preuves accablantes qu'il avait tenté de mettre à l'abri, dans un endroit ignoré de tous, et d'abord dans le briquet de son bureau, en attendant de trouver une meilleure cachette. Mais Jiang était arrivé plus tôt que prévu, l'avait intercepté à la cantine et l'avait emmené sur-le-champ. Dans l'agitation du moment, le briquet était resté à sa place.

Et puis, Zhou était mort. Peut-être avait-il voulu parler, mais on l'avait réduit au silence.

Il fallait néanmoins que les responsables mettent la main sur les preuves que Zhou avait laissées. Sans cela, ils ne pourraient jamais dormir tranquilles.

La situation devenait critique, surtout depuis l'arrivée de l'équipe de Pékin qui, si Chen en croyait la rumeur, préfigurait un bras de fer au sommet de la Cité interdite.

Chen décida qu'il n'avait pas besoin d'examiner le contenu du disque pour l'instant. Il devinait sans peine de quoi il s'agissait.

Une nouvelle lumière, intense et vive, comme le dernier éclair d'une ampoule électrique, éclaira son esprit.

Il devait quitter le bureau immédiatement.

Par chance, comme à son arrivée, le couloir était désert.

Dehors, il faisait étonnamment chaud sur la place du Peuple. Il se mit à transpirer à grosses gouttes.

La place grouillait de monde, comme toujours. Plusieurs groupes dansaient et gesticulaient au son des lecteurs CD qui hurlaient sur le sol. Au soleil couchant, ils profitaient de l'instant, devant l'hôtel de ville qui scintillait dans la lumière tombante.

Derrière eux, près du bâtiment grandiose, une file de limousines attendait patiemment le long du trottoir.

23

L'inspecteur principal Chen savait que l'enquête avait atteint un point critique. Sa découverte ne tolérait pas la moindre procrastination. Il devait prendre une décision.

Mais il préféra aller d'abord rendre visite à sa mère.

Pour le moment, il voulait mettre de côté les pensées confuses et contradictoires qui l'habitaient, oublier l'urgence de la situation. Il ne parvenait pas à chasser le sentiment qu'il s'agissait peut-être de sa dernière enquête ; elle impliquait trop de gens, des gens trop importants et trop puissants pour un inspecteur comme lui. Cette impression avait été renforcée par les indices accumulés ces derniers jours et, paradoxalement, par sa discussion avec Sheng, l'agent de la Sécurité intérieure qui partageait pourtant sa vision. Le conseil qu'il lui avait donné sonnait à présent comme une prémonition.

Quoi que contînt le disque, l'inspecteur principal pouvait encore décider de ne rien en faire. Personne n'était au courant de sa trouvaille. Il n'était qu'un conseiller spécial sur l'affaire ; on n'attendait pas de révélation de sa part. Et il n'était pas non plus en mission secrète pour le compte du camarade Zhao, malgré le poème que ce dernier lui avait envoyé. Les luttes de pouvoir qui remuaient la Cité interdite se trouvaient hors de son champ d'action. Et elles ne l'intéressaient pas. Il ferait tout aussi bien de s'en tenir à son rôle de flic ordinaire.

Était-ce encore possible ? Il n'en était pas sûr. On ne le laisserait peut-être même pas garder cette place.

Une des alternatives était de remettre la clé USB à ses supérieurs immédiats, en bon cadre du Parti confiant dans le système. Mais la seule pensée des conséquences potentielles de ce geste le faisait frissonner.

Pour un début d'été, la journée était très chaude. Il leva la tête et fut attiré par une tache rouge qui se détachait sur un mur blanc de la rue de Fuzhou. Un bourgeon d'abricotier tremblait dans la brise capricieuse.

Il restait tant de paramètres inconnus qu'il ne pouvait pas établir une analyse précise de la situation. Encore une fois, il songea à la métaphore de l'aveugle conduisant un cheval borgne au bord d'un lac impénétrable dans la nuit ténébreuse. Le moindre mouvement risquait de le précipiter dans l'abîme. Pire encore, le moindre mouvement pouvait avoir des répercussions politiques dont il ne maîtrisait pas la portée.

De plus, même s'il agissait en policier consciencieux, acceptait de courir le risque et remettait lui-même la pièce à conviction, qu'arriverait-il à ses proches, notamment à sa vieille mère malade ?

Il approchait du vieux quartier qui se transformait lui aussi, en apparence seulement, de nouveaux restaurants et épiceries venant remplacer les anciennes maisons de ville. À un croisement, près de la rue Jiujiang, il aperçut un récent panneau d'affichage blanc : *Construisons une société harmonieuse*.

L'annonce lui rappela que sa mission ne consistait

finalement qu'à minimiser les dégâts et à défendre les intérêts de cette « société harmonieuse », comme le réclamait sans cesse le *Journal du peuple*.

Comment faire aujourd'hui ?

Il prit un raccourci par une ruelle qu'il connaissait bien. Une goutte d'eau tomba sur son front. Levant la tête, il découvrit une rangée de linge coloré qui séchait sur des tiges de bambou. Un nouveau présage, songea-t-il. D'après la croyance populaire, cela portait malheur de passer sous les sous-vêtements d'une femme, surtout si, trempés, ils dégouttaient du ciel.

– Berk ! C'est infâme ce truc !

Chen sursauta en entendant jurer un homme d'une cinquantaine d'années qui mangeait dehors un grand bol de riz et secouait la tête comme un jouet mécanique devant la crevette qu'il venait de cracher par terre.

Une vieille femme penchée sur un évier commun jeta un œil inquisiteur vers l'animal.

– Oh, elle a été baignée dans le formol pour ressembler à une crevette blanche de Wuxi.

– Elle a le goût du président Mao.

– Comment ça ?

– Il baigne dans le formol dans son cercueil de cristal, non ?

L'homme se leva d'un bond furieux et jeta rageusement le reste de son bol dans une poubelle sans couvercle.

– Quelle punition !

– Allons. Du temps de Mao, vous n'auriez pas pu manger des crevettes comme ça.

– C'est vrai, en ce temps-là, il n'y avait pas de crevettes du tout.

Depuis peu, les *shikumen*[1] et le *longtang*[2] étaient revenus à la mode, un phénomène sans doute initié par la « classe aisée » qui entretenait l'utopie de préserver le mode de vie traditionnel.

L'écart entre riches et pauvres se creusait, la corruption et l'injustice se répandaient honteusement, les aliments étaient truffés de produits chimiques. Comment pouvait-on imaginer que les gens ordinaires restent assis tranquillement dans des impasses vétustes et crasseuses, comme dans les tableaux romantiques ?

Tous étaient impatients de pouvoir quitter ces recoins oubliés de la ville, d'emménager dans des appartements modernes, mais ils restaient désespérément coincés ici.

Près de l'appartement de sa mère, il aperçut un étal de fruits. À côté, un homme aux cheveux gris se prélassait dans un fauteuil de rotin, rafistolé avec du plastique et de la paille. Son visage était caché par un journal. Le titre d'un article était partiellement lisible : *La lecture... le paradis de l'intelligence*. Il balançait ses pieds déchaussés au-dessus du trottoir couvert de mégots de cigarettes. Il ne semblait prêter aucune attention à son environnement, mais il fit un signe de tête à Chen, machinalement, comme un soldat automate.

Chen reconnut un ancien camarade de collège. Des années plus tôt, après avoir perdu son travail, il avait survécu en vendant des fruits au coin de la rue et depuis, il restait assis là toute la journée, se transformant peu à peu en élément du décor. Chen s'arrêta et lui acheta deux paniers, l'un contenant des pommes et l'autre des oranges.

1. Maisons traditionnelles du XIXᵉ siècle.
2. Vieux quartier populaire de Shanghai.

Ses provisions en main, il alla frapper à la porte de sa mère.

Grâce au soutien du comité de quartier, elle avait échangé sa mansarde contre une chambre à l'angle du premier étage, de taille similaire et dans le même bâtiment. Le comité avait fait des pieds et des mains pour elle. Pas en raison de ses qualités d'ancienne résidente, Chen le savait bien, mais parce que son fils était un « gros bonnet » dans la hiérarchie du Parti. Comme elle refusait de quitter son quartier et d'emménager chez lui, il ne pouvait pas faire grand-chose d'autre.

Chen frappa plusieurs fois à la porte, puis entra sans attendre davantage. Sa mère somnolait sur une chaise longue en bambou, une tasse de thé vert posée près d'elle sur une petite table, l'air assez détendu, mais profondément seule dans le rayon de lumière vive qui entrait soudain par la porte. Elle n'entendait plus très bien et fut surprise en ouvrant les yeux de voir son fils dans la pièce.

– Oh, je suis si contente que tu aies pu venir aujourd'hui. Mais tu ne devrais pas m'apporter de cadeaux. J'ai tout ce qu'il me faut.

Elle essaya de se redresser en s'appuyant lourdement sur sa canne au pommeau sculpté en forme de tête de dragon.

– Tu aurais dû m'appeler.

– J'ai dû aller à l'hôtel de ville et j'ai décidé de passer te voir sur le chemin du retour.

– Quoi de neuf ?

– Rien, mais c'est ton anniversaire le mois prochain. On devrait fêter ça. Je voudrais en parler avec toi.

– Une vieille femme comme moi n'a plus aucune

277

raison de fêter son anniversaire. Mais les temps ont bien changé. Plusieurs de tes amis ont proposé d'organiser une fête.

– Tu vois, tout le monde est d'accord avec moi.

– Peiqin est venue me voir hier. Elle m'a préparé de bons petits plats et elle m'a proposé de cuisiner pour la fête. C'est si gentil de sa part. L'aide à domicile m'assiste déjà, mais Peiqin tient absolument à ce que je suive un régime sain. Nuage Blanc aussi est passée l'autre jour ; elle m'a dit qu'elle achèterait un gros gâteau.

– C'est très gentil de leur part.

Il se sentait honteux d'entendre sa mère mentionner successivement Peiqin et Nuage Blanc. Après tant d'années au monde de la poussière rouge, la vieille femme conservait le même regret. Elle avait toujours considéré Peiqin comme une épouse modèle et Nuage Blanc aurait sans doute été un bon choix pour son fils. Chen ne l'avait pas vue depuis longtemps, mais il pensait encore à elle, parfois. Il se rappela une chanson qu'elle avait chantée pour lui dans la salle sombre d'un karaoké.

> *Tu aimes dire que tu es un grain de sable*
> *Tombé par mégarde dans mes yeux.*
> *Tu préférerais me voir pleurer, solitaire,*
> *Plutôt que te laisser aimer...*
> *Puis tu disparais dans le vent*
> *Comme un grain de sable...*

La ballade s'intitulait *Sable sanglotant* et il se souvenait encore de la mélodie. Les gens devenaient toujours sentimentaux une fois qu'il était trop tard.

Il commença distraitement à peler une pomme pour

sa mère. Quand il posa l'assiette sur la petite table, il faillit renverser la tasse de thé.

Cette visite n'était peut-être qu'un subterfuge inconscient pour repousser la décision cruciale qui l'attendait. Il devrait s'y confronter tôt ou tard.

– Tu es soucieux, mon fils, dit la vieille femme en plantant un cure-dents dans un quartier de pomme avant de le lui tendre.

– Non, tout va bien. Je suis très occupé. Les choses sont parfois si compliquées dans la société d'aujourd'hui.

– Ce monde est trop capricieux, trop changeant pour une femme de mon âge. J'ai relu les textes sacrés, tu sais. Ils disent que si on a parfois du mal à voir au travers des choses, c'est parce que tout n'est qu'apparence, comme un rêve, une bulle, une goutte de rosée, un bref éclair. Exactement comme nous.

– Tu as parfaitement raison, mère.

– Le monde est aussi un peu comme une peinture. Tant qu'on fait partie du tableau, on peut ne pas voir la perspective. Alors que si on en sort, on peut voir des choses qu'on n'avait jamais vues avant. L'illumination ne vient que lorsque l'on ne fait plus partie de rien.

Cette réflexion lui rappela des vers de Su Dongpo, de la dynastie des Dong, mais pour sa mère, l'idée venait des textes sacrés. Et il était heureux de voir qu'elle raisonnait, qu'elle gardait les idées claires malgré sa santé fragile.

Néanmoins, la remarque plongea son esprit dans une grande confusion.

– Et je me souviens d'une des citations favorites de ton père : *Il y a des choses qu'un homme peut faire, et d'autres qu'il ne peut pas faire.* C'est simple et c'est tout ce qu'il faut savoir.

C'était une citation de Confucius vieille de plus de

mille ans. Le père de Chen était un penseur néoconfucéen reconnu qui avait tenu fermement à ses principes et qui en avait subi les conséquences pendant la Révolution culturelle.

Jusqu'où allaient les principes de Chen aujourd'hui ?

Bientôt, sa mère lui parut fatiguée ; elle bâillait régulièrement et ne réussit pas à finir la pomme qu'il avait pelée pour elle. Son rétablissement s'annonçait difficile. Il ne voulait pas la déranger en restant plus longtemps.

En quittant le quartier, il vit que certains passants le regardaient d'un air curieux. Ils l'avaient peut-être reconnu. Tête baissée, il pressa le pas.

Bientôt, il arriva sur la rue de Yan'an et s'arrêta à un feu rouge en attendant de pouvoir traverser.

Dans la philosophie existentialiste, l'homme prenait une décision et en assumait les conséquences. C'est de là qu'il tirait sa liberté. Mais que dire d'un choix dont les conséquences pouvaient retentir sur les autres ?

Sur une mère, par exemple.

Le feu piéton passa au vert.

Levant la tête, Chen se trouva face à un bâtiment assez haut dont la façade arborait le nom *Ruikang* en lettres d'or brillantes. L'immeuble ne paraissait pas d'un très haut standing, mais en raison de sa situation privilégiée, un mètre carré ici pouvait facilement coûter trente mille yuans.

Il se rappela soudain que Lianping lui avait dit qu'elle habitait cet immeuble, tout près de chez sa mère, à deux pas du Grand Monde, le centre de loisirs vieux d'un siècle actuellement fermé pour restauration.

Pour une provinciale, elle s'en sortait plutôt bien,

avec son appartement en plein centre-ville et sa voiture de luxe, deux grands symboles du rêve shanghaien.

Il jeta un dernier coup d'œil dans la rue sans apercevoir sa voiture, mais elle l'avait peut-être garée derrière l'immeuble. Il n'était pas d'humeur à lui rendre visite.

Il ne comprenait pas pourquoi, au beau milieu d'une grave situation de crise, ses pensées revenaient toujours vers elle.

Peut-être était-ce parce qu'elle l'avait aidé pendant son enquête. Elle l'avait impressionné par ses remarques cyniques sur la corruption débridée qui caractérisait le socialisme chinois. Malgré le fait qu'il ne la connaisse que depuis quelques semaines, n'ayant appris son vrai nom que quelques jours plus tôt, malgré leurs parcours éloignés, malgré les regards différents qu'ils portaient sur la société actuelle, et bien sûr malgré la différence d'âge, il pouvait dire sans hésiter qu'elle avait eu une véritable influence sur son travail. Elle lui avait dressé un tableau détaillé du paysage virtuel et du mouvement de résistance des internautes. Et puis, elle lui avait suggéré un voyage à Shaoxing, et avant cela, une rencontre avec Melong, deux étapes majeures dans la progression de son enquête.

Encore une fois, il se retint d'imaginer entre eux autre chose qu'une relation professionnelle. Il descendit la rue du Guangxi et s'arrêta brusquement au coin de la rue Jingling.

Il se trouvait devant *Le Cheval ailé*, le cybercafé cité par le lieutenant Sheng, le lieu d'où avait été envoyée la photo à Melong. Au restaurant de nouilles, Melong avait aussi précisé que le café n'était pas loin.

Juste à côté, Chen remarqua la devanture d'une herboristerie médicale connue pour ses traitements alternatifs peu coûteux. Une file de clients attendait à l'extérieur, bloquant l'entrée du café. Comme beaucoup d'établissements du même genre, *Le Cheval ailé* était ouvert vingt-quatre heures sur vingt-quatre. La porte était grande ouverte.

Un détail avait dû lui échapper. Cette idée le paralysait et il frissonna malgré lui.

Il entra. À l'accueil, une jeune fille lui demanda en bâillant sa carte d'identité. Comme dans tous les cybercafés, la nouvelle réglementation était appliquée.

Chen sortit sa carte de police et montra le registre.

– Je voudrais photocopier les inscriptions du mois.

Elle ne cessait de cligner des yeux, essayant désespérément de sortir de sa torpeur.

– Le gérant ne revient qu'à huit heures.

– Il n'a pas besoin d'être là. Voilà ma carte. Il peut m'appeler au besoin. Maintenant donnez-moi le registre. Vous devez avoir une photocopieuse quelque part, j'imagine. J'en ai seulement pour quelques minutes. Je vous paierai pour le service.

Elle hésita avant d'appuyer sur un bouton qui fit venir le propriétaire, un homme trapu à la tête massive et aux larges épaules qui resta ébahi devant l'inspecteur Chen et son titre.

– Quel bon vent vous amène aujourd'hui, inspecteur…

– Je vous reconnais. Diao Tête de Fer, c'est votre surnom, n'est-ce pas ?

– Sans blague, vous vous souvenez de moi. Oui, on était dans la même école primaire, mais vous étiez une classe au-dessus de moi. Vous êtes devenu quelqu'un, dites donc ! s'enthousiasma-t-il d'une voix servile. Je peux vous aider ? Vous voulez un ordinateur ?

– Je souhaite voir le registre.

– Celui-là ?

Chen jeta un bref coup d'œil aux deux premières pages. Le registre démarrait trois jours plus tôt.

– Non, les deux précédents.

– Bien sûr.

– Y a-t-il un endroit où je pourrais les consulter tranquillement ?

– Dans mon bureau, au grenier.

Sans plus attendre, Diao Tête de Fer conduisit Chen à l'arrière et le fit grimper à une échelle branlante. La pièce contenait un bureau et une photocopieuse.

– Faites comme chez vous, dit Diao avant de redescendre l'échelle grinçante. Prenez votre temps.

L'équipement était sommaire, la pièce étroite et sombre, mais l'intimité du lieu satisfaisait les besoins de Chen. De plus, un écran de surveillance offrait une vue d'ensemble sur le café. Il pouvait observer les mouvements du rez-de-chaussée sans être vu.

Il commença à parcourir les entrées. Le second registre correspondait à la période qui l'intéressait. Il lui fallut moins de cinq minutes pour trouver le jour, l'heure et le nom de l'expéditeur, même si le numéro du poste était différent de celui que les autorités avaient identifié comme le point de départ du message fatidique envoyé à Melong.

Une autre pièce venait compléter le puzzle.

Les yeux rivés sur la page, Chen laissa échapper un profond soupir.

Sur l'écran de surveillance, Diao faisait les cent pas, fumant et jetant des regards furtifs vers le grenier, la tête courbée sous le poids de mille soucis, déçu de ne pas savoir ce qui se tramait dans son bureau.

Chen commit alors un acte contraire à son éthique de policier. Il déchira une ou deux pages du registre et les fourra dans sa poche. Le geste l'étonna lui-même. Une minute plus tôt, il ne s'en serait jamais cru capable.

Cet acte était indigne d'un inspecteur de police. Mais il y avait des choses plus importantes que son métier de flic, se dit-il rapidement pour se rassurer.

Et il n'avait aucune raison de s'inquiéter. Quelques pages manquantes sur un vieux registre passeraient inaperçues dans un endroit pareil.

Quand il sortit du café, Diao Tête de Fer lui fit de grands signes de la main, un sourire jusqu'aux oreilles, et Chen se rendit compte qu'il n'avait pas signé le registre. Tant mieux. Comme au café de Pudong, il y avait des failles dans l'application du règlement.

Au coin de la rue, il remarqua un homme aux cheveux blancs vêtu de haillons qui sortait en traînant les pieds d'une ruelle sordide perpendiculaire à la rue du Yunnan, bravant la superstition interdisant de marcher sous des vêtements mouillés qui séchaient sur les tiges de bambou enchevêtrées dans le ciel, en particulier des dessous féminins. Comment ce vieillard famélique appuyé sur sa canne de bambou aurait-il pu faire autrement ? Il avait dû naître dans cette ruelle étroite, il y avait grandi et il y finirait sa vie ; il était forcé d'entrer et de sortir par là, jour après jour, inlassablement jusqu'au dernier.

Chen s'apprêtait à traverser la rue quand une BMW noire décapotable fonçant rue Jingling passa à sa hauteur, l'éclaboussant de boue.

– T'es aveugle ! hurla le jeune conducteur, une main sur le volant et l'autre autour des épaules d'une jeune fille affalée près de lui, dont les jambes nues s'étiraient comme deux fraîches racines de lotus.

Un tel contraste était courant dans cette ville et cette réalité le déprimait.

Il était peut-être aveugle. En tout cas pour l'instant, il ne savait pas où il allait.

Il reçut alors un appel du Jeune Bao, de l'Union des écrivains.

– Je l'ai, maître Chen, haleta le Jeune Bao au téléphone, et plus encore, j'ai quelque chose qui devrait vous surprendre.

24

Lianping attendait Chen dans l'élégant salon privé du restaurant de luxe qui se dressait, flambant neuf, au bout de la promenade du Bund, à l'entrée du parc. La fenêtre du deuxième étage s'ouvrait sur un panorama de navires croisant au large du port de Wusongkou, sur les flots de la mer de Chine orientale.

Son esprit était agité. Elle avait connu tant de bouleversements ces derniers jours. Passant en revue les événements avec incrédulité, elle avait l'impression qu'ils étaient arrivés à quelqu'un d'autre.

Elle possédait pourtant la preuve tangible que tout cela était bien réel : le diamant brillait à son doigt. Xiang l'avait demandée en mariage et elle avait accepté. Il avait tendu l'anneau vers elle sans exiger de réponse et elle ne l'avait pas refusé.

Elle ne savait pas ce qu'elle dirait à Chen, mais elle comptait lui parler de sa décision. Elle lui devait bien ça.

Et surtout, elle devait bien ça à Xiang.

Porté par les caprices de la brise, le carillon de la grande horloge du bâtiment des douanes de Shanghai arriva jusqu'à elle. Sa paupière gauche papillonnait, sans doute à cause du stress. À moins qu'il ne s'agisse d'un présage, songea-t-elle en se rappelant une superstition de sa province natale.

La décision n'avait pas été facile. Elle avait accepté la demande plus pour l'opportunité qu'elle représentait que par désir réel. Après tout, elle était journaliste et appartenait à l'époque matérialiste ; elle avait lu et entendu trop de contes de fées médiatiques dans lesquels les jeunes et jolies jeunes filles épousaient des millionnaires avec qui elles coulaient des jours heureux.

À cet instant, elle regretta de ne pas vivre dans les poèmes que Chen lui avait récités à Shaoxing. Mais elle devait voir la réalité en face. La veille, elle avait reçu une lettre de son père dans laquelle il lui confiait les difficultés qu'il rencontrait à l'usine, à cause des restrictions du marché et de la flambée des prix des matières premières. Elle n'oserait jamais lui demander de l'aider à rembourser son crédit. Le comité de quartier avait augmenté le prix du stationnement, et elle avait toujours du mal à se garer. On lui suggérait d'acheter une place de parking à trente mille yuans. Et le prix de l'essence ne cessait d'augmenter. La liste était longue.

Mais elle voulait vivre son rêve shanghaien. Pas seulement pour elle-même, mais aussi pour sa famille. Et Xiang lui offrait une chance qu'elle ne pouvait pas laisser passer, sa collègue Yaqing ne cessait de le lui répéter. Il voyageait beaucoup et il se consacrait tout entier aux affaires, mais cette énergie était un bon présage pour l'avenir. La preuve, Chen aussi était toujours débordé.

Avec le recul, elle comprenait que son attirance pour le policier était sûrement née dans un moment de faiblesse et de vanité. N'importe quel journaliste s'estimerait heureux de connaître un cadre du Parti aussi prestigieux et puis, publier ses textes dans sa rubrique lui apporterait une certaine reconnaissance au bureau. Par ailleurs, le silence de Xiang, parti sans lui donner de nouvelles pendant des jours, l'avait rendue plus disponible.

Mais les choses avaient pris une tournure inattendue.

Xiang était rentré avec une excuse, tout à fait valable, et une surprise, le discours passionné qu'il avait prononcé en lui offrant la bague : « À Hong-Kong, après avoir signé l'accord commercial, je me suis soudain rendu compte que tous les succès financiers ne valent rien si tu n'es pas là pour les vivre avec moi. »

En toute honnêteté, elle attendait depuis longtemps un signe de Xiang. Il avait tardé parce que son père aurait préféré qu'il choisisse un meilleur parti et qu'il s'allie à une autre riche famille de Shanghai. Mais Xiang avait fini par se décider seul, au moment où elle s'y attendait le moins. Elle ne pouvait pas refuser.

Quelle explication allait-elle donner à Chen ?

Elle se rappela que ni l'un ni l'autre n'avaient pris leur rencontre très au sérieux, depuis le jour où elle s'était présentée à lui à l'Union des écrivains. Le seul moment où elle avait cru à une possible idylle était lors de la promenade à Shaoxing, parmi les souvenirs des histoires romantiques et l'écho des poèmes d'amour dans le Pavillon des Orchidées. Ironiquement, c'était au cours de cet après-midi qu'elle avait compris qu'il ne se passerait jamais rien entre eux. Non pas parce qu'il était flic avant tout, ni parce qu'il représentait une énigme pour elle, mais parce qu'il l'avait déçue au moins autant que Xiang.

Elle glissa une main dans son sac et trouva la traduction des poèmes qu'il lui avait donnés. Sans trop savoir pourquoi, elle avait emporté le livre avec elle.

Elle regarda par la fenêtre et se remémora quelques vers du recueil.

> *La dame s'est parée*
> *Seule à la terrasse, elle est montée.*
> *Le grand fleuve s'en va coulant.*
> *Mille voiles ont passé, mais celle qu'elle attend...*

> *La course du soleil décline sans retour,*
> *Le grand fleuve coule toujours,*
> *Indifférent à son chagrin au crépuscule,*
> *Oh ! L'île blanche de lenticules.*

Hormis l'absence de lentilles d'eau, la même scène se rejouait, plus de mille ans plus tard.

Elle avait beau essayer de se persuader que sa nervosité nourrissait son imagination, elle ne pouvait s'empêcher de croire que les motivations de Chen n'étaient pas totalement désintéressées.

Sa rêverie fut interrompue par un serveur qui entrait avec une théière. Le service était irréprochable. Elle s'était renseignée sur le restaurant. Ses prix exorbitants attiraient les nouveaux riches avides d'étaler leur pouvoir d'achat. Elle sirota son thé en regardant la promenade par la fenêtre.

Le lieu offrait peu d'espaces verts et se trouvait écrasé par les monuments de béton, les bars branchés et divers ornements architecturaux qui longeaient la rivière. Elle se demanda pourquoi les shanghaiens affectionnaient tant cet endroit. Mais elle avait entendu dire que le parc avait une signification spéciale pour Chen. Il ne la conviait peut-être pas là par hasard.

Au-delà du quai, des pétrels survolaient les flots. Leurs ailes qui scintillaient dans la lumière grise leur donnaient l'air sortis d'un rêve trop vite enfui. La frontière entre la rivière Huangpu et la rivière Suzhou était à peine perceptible.

Chen entra dans la pièce. Il souriait. Elle fut étonnée de le voir porter une veste Mao gris clair. Elle ne l'avait jamais vu si bien mis.

– Pardon pour le retard. La réunion du gouvernement municipal a duré plus longtemps que prévu. Je n'ai pas eu le temps de me changer.

– Une veste Mao pour aller à l'hôtel de ville. Très politiquement correct. Mais vous n'aviez pas besoin de vous changer, Chen. La veste Mao est très tendance aujourd'hui. Les stars d'Hollywood se battent pour en porter à la cérémonie des Oscars. Elle est parfaite pour ce restaurant chic et cher.

– La nourriture n'est pas mauvaise ici, dit-il. Et il est sur la promenade. On paie surtout pour la vue.

– Pour être exact, on paie pour se sentir appartenir à l'élite.

– Bien dit, Lianping. Moi, je viens plutôt pour profiter du Bund. C'est mon endroit préféré.

– C'est votre coin *feng shui*, à ce qu'il paraît.

Elle hésitait à lui faire part de sa décision, même si elle savait qu'il n'était pas juste de le faire languir plus longtemps.

– Parlez-moi de cet endroit, reprit-elle.

– Au début des années soixante-dix, je venais ici avec des amis faire du tai chi, et puis j'ai commencé à m'intéresser à la littérature anglaise. C'est grâce à mon anglais que j'ai pu entrer à l'université à la fin de la Révolution culturelle. Mais comme dit le vieux sage, *huit ou neuf fois sur dix, les choses tournent mal en ce monde*. Après mon diplôme, on m'a confié un poste dans la police.

Il but une gorgée de thé.

– Mais je reviens ici de temps en temps pour me remplir des souvenirs de cette époque. Vous avez le droit de rire de mon sentimentalisme. Ici, à l'endroit même où se dresse aujourd'hui ce restaurant, je suis venu m'asseoir sur un banc vert, presque tous les matins, durant trois années.

– Oui, le coin *feng shui* parfait pour une étoile montante : la promenade du Bund où les flots du présent viennent s'écraser contre le souvenir d'un éternel rêve de jeunesse.

– Vous êtes bien sarcastique, Lianping. Il s'agit plutôt de fragments du passé que je viens ramasser sur la rive du présent.

– Quel poète vous faites, dit-elle malgré elle.

– À cette époque, je ne songeais pas du tout à entrer dans la police, mais à présent, il est trop tard pour envisager une autre carrière. Pour vous, le monde est encore jeune et plein de possibilités, dit-il avant de bifurquer vers un autre sujet. Mais laissez-moi vous parler de ce restaurant. Il ne remplit pas vraiment les critères du Bund, mais monsieur Gu, le patron, n'en fait toujours qu'à sa tête.

– Monsieur Gu, du groupe New World ?

– Oui. Si l'on s'en tient à l'histoire du parc, le restaurant aurait dû respecter la tradition occidentale, exprimer une certaine nostalgie du passé, mais Gu n'a rien voulu savoir. Il voulait une cuisine chinoise pour une clientèle chinoise. C'est sa façon à lui de jouer les patriotes.

– Et un geste politiquement correct aussi, une référence à la légende du panneau accroché dans les années vingt sur les grilles du parc : *Interdit aux Chinois et aux chiens*.

Elle ajouta avec dérision :

– Même si certains historiens affirment aujourd'hui que le panneau a été accroché par le Parti en 1949.

– La limite entre la vérité et la fiction fluctue au gré des discours du pouvoir en place. Je ne sais pas à quelle vérité Gu croit au sujet du panneau. L'ironie est que la controverse liée à cette anecdote nourrit les affaires du restaurant. Les prix sont très élevés, comme pour symboliser la nouvelle richesse de la Chine. Il est ouvert aussi aux Occidentaux, bien sûr, tant qu'ils sont prêts à payer. D'ailleurs, il paraît que certains hommes d'affaires mettent un point d'honneur à inviter leurs partenaires chinois ici et à y dépenser pour eux des fortunes.

Elle jeta un coup d'œil au menu et resta interloquée, malgré l'avertissement de Chen.

– Ne vous inquiétez pas. Nous pouvons commander ce que nous voulons, Gu ne cherchera jamais à me ruiner. Je voulais vous rencontrer dans un endroit tranquille.

Elle n'avait aucune idée de ce dont il voulait lui parler et elle se demandait si elle devait parler la première. Elle avait préparé son discours, mais elle manquait d'assurance.

– Comme ça, vous connaissez beaucoup de Gros-Sous, Chen ?

– Pas beaucoup, mais dans la société d'aujourd'hui, sans relations, un policier ne peut pas grand-chose.

– Vous connaissez Xiang Buqun, du groupe Purple City ?

– Xiang Buqun, celui qui dirige le groupe immobilier ? J'ai dû le rencontrer une fois à l'inauguration

293

du *New World*. Peut-être aussi à d'autres occasions. Pourquoi ?

– Moi aussi, je voulais vous parler, commença-t-elle avec effort. Je ne vous ai rien dit jusqu'à maintenant, mais je fréquente Xiang Haiping, le fils de Xiang Buqun, depuis quelque temps. Il était à Shenzhen le mois dernier. Il est rentré et il m'a demandée en mariage.

– Xiang Haiping, le successeur à la tête du groupe ?

– Peut-être.

Elle répondit à voix basse, sans oser croiser son regard, mais elle sentit passer une émotion inexplicable sur le visage de Chen. Même si elle ne parvenait pas à l'identifier, sa réaction n'était pas celle à laquelle elle s'attendait.

Avant que l'un ou l'autre n'ait le temps d'ajouter quoi que ce soit, Gu entra précipitamment dans la pièce. Fringant dans son costume de laine clair agrémenté d'une cravate de soie rouge, il portait des lunettes sans monture sur le nez et tenait un cigare entre ses doigts. L'image même de la prospérité.

– C'est la première fois que vous venez ici, inspecteur principal Chen ! Le Bund est un endroit spécial pour vous, je le sais bien.

Le regard qu'il tourna vers Lianping exprima clairement son approbation.

– Et vous venez avec la charmante Lianping. Je suis honoré de vous avoir tous les deux ici aujourd'hui.

Elle connaissait Gu, de vue seulement, pour l'avoir aperçu à des congrès d'affaires. Président du groupe New World, initiateur d'un projet de développement immobilier de grande envergure dans l'ancienne concession française de Shanghai, Gu faisait profil bas et n'avait jamais répondu à sa demande d'interview.

– Nous avions besoin d'être au calme alors j'ai

pensé à vous, dit Chen. Mais vous devez me traiter comme un client normal, monsieur Gu.

– Comment pouvez-vous dire une chose pareille, inspecteur principal Chen ? J'attends que vous veniez tester mon restaurant depuis si longtemps. Vous ne pouvez pas vous défiler maintenant. Et puis, vous ne voudriez pas décevoir une femme aussi ravissante que Lianping ?

– Comme ça, vous êtes de vieux amis, fit-elle remarquer.

– Laissez-moi vous parler de cet homme, Lianping, commença Gu d'un air grave. Savez-vous d'où le New World tient son succès ?

Il était clair que Gu n'était pas pressé de partir. Mais elle se sentait soulagée. Ils n'étaient plus seuls dans le salon privé et elle laissait à un autre le soin de remplir le silence. Elle avait dit tout ce qu'elle avait à dire.

– Racontez-moi, l'encouragea-t-elle.

– Nous avons obtenu un prêt crucial dès le début de l'aventure grâce à sa brillante traduction du projet commercial du New World. Un vrai casse-tête, cette traduction. Vous imaginez, à l'époque, beaucoup de termes financiers n'existaient même pas dans la langue chinoise. Le traducteur devait faire passer le sens des mots tout en exposant clairement le contexte. Quand l'investisseur américain a lu le projet en anglais et su qu'il avait été traduit par un haut fonctionnaire de la police de Shanghai, il a été tellement impressionné qu'il a tout de suite accordé son prêt !

L'Américain avait sans doute été plus impressionné par le lien qu'entretenait Gu avec un « haut fonctionnaire de la police de Shanghai » que par les compétences de traducteur de Chen. Pour avoir une chance de réussir, un tel projet de reconversion de *shikumen* en plein centre-ville exigeait des appuis solides au sein du Parti. L'Américain le savait bien, et elle aussi.

– Quand j'ai supplié Chen de m'aider, reprit Gu, je lui ai proposé un bonus dans le cas où le prêt serait accordé. Naturellement, je comptais honorer ma promesse, mais il n'a rien voulu entendre. Quand le New World a été introduit en Bourse, je n'ai pas eu d'autre choix que de placer la somme promise dans des parts à son nom. Ça n'était pas énorme, environ dix mille actions.

Lianping effectua un rapide calcul mental. Après avoir été divisées plusieurs fois, les actions du groupe étaient aujourd'hui quatre ou cinq fois plus nombreuses pour une valeur d'environ quatre-vingts yuans le titre. La somme était coquette. La finance était son domaine ; elle connaissait bien le marché.

Pourquoi Gu lui racontait-il cette histoire ? Ce franc-parler ne ressemblait pas à l'homme d'affaires avisé qu'elle avait observé de loin. Gu avait dû mal interpréter son tête-à-tête avec Chen : un cadre éminent du Parti emmenait une jeune femme dans le salon privé d'un grand restaurant. Gu avait décidé d'enjoliver le scénario romantique en rendant Chen plus séduisant encore, si possible, aux yeux de sa prétendante. Il n'était pas seulement un cadre promis à un brillant avenir au sein du Parti, c'était aussi un Gros-Sous qui cachait bien son jeu.

– Ça suffit, Gu. Ne parlez pas d'économie devant une spécialiste de la finance. Un jour, elle finira par écrire un article sur mes accords fumeux avec des gros bonnets comme vous, ajouta Chen en riant. Encore une fois, que les choses soient claires. Je n'ai jamais accepté la prime que vous me proposiez. Pour ma traduction, qui correspondait à une vingtaine de pages tout au plus, vous m'aviez offert un salaire équivalent à la traduction de plus de vingt ouvrages. C'était plus que suffisant. Et par la suite, vous m'avez aidé dans mon travail.

– Non. Ça n'était pas suffisant par rapport au succès du projet, insista Gu en agitant la main avec emphase avant de se tourner vers Lianping. Dans notre société, le policier incorruptible fait partie d'une espèce en voie de disparition. Je l'admire non pas pour sa position, mais pour tout ce qu'il a fait pour notre pays. Je ne suis qu'un homme d'affaires ordinaire, mais c'est une chance extraordinaire pour moi de compter l'inspecteur principal Chen parmi mes amis.

– Si un jour je décide d'écrire la biographie de Chen, dit-elle en souriant, je n'oublierai pas de citer ce dernier passage, monsieur Gu.

– Oh oui, faites-le, Lianping. Vous écririez une merveilleuse biographie, j'en suis sûr, pleine de détails personnels. Laissez-moi vous raconter encore une chose que je viens d'apprendre au sujet de notre inspecteur principal. Sa mère était à l'hôpital le mois dernier.

– L'hôpital de la Chine orientale.

– Oui. Un endroit réputé, mais très cher. On lui a prescrit des compléments alimentaires qui ne sont pas couverts par les assurances. C'est un traitement onéreux pour un policier comme lui. J'ai déposé un bon-cadeau pour elle à l'hôpital. Pour une fois, il ne m'a pas été renvoyé. Il a même été encaissé. Pas par sa mère, mais par la veuve de son collègue. Que voulez-vous répondre à ça ?

– Arrêtez. Vous me peignez tel le camarade Lei Feng, le modèle du communiste altruiste. Le montant du bon-cadeau était trop important et ma mère m'a demandé de vous le rendre. Mais l'inspecteur Wei est mort dans un accident et sa famille s'est trouvée totalement démunie. Sur un coup de tête, j'ai donné votre carte à sa veuve affligée. C'est vous qui avez fait une bonne action, pas moi. Je lui ai tout expliqué. Comme dit ma mère, les bonnes actions sont toujours récompensées.

Chen n'avait pas raconté cet épisode à Lianping, mais il lui avait parlé de la veuve, il s'en souvenait.

– Sa mère est une vieille femme merveilleuse, dit Gu. Vous l'avez rencontrée, j'espère ?

– Non, je ne connais l'inspecteur principal que depuis une ou deux semaines.

– Malgré son grand âge, elle est l'incarnation de l'illumination bouddhiste. Elle croit au karma. Moi aussi.

Gu changea brusquement de sujet.

– C'est vrai, on voit les effets du karma partout au pays de la poussière rouge.

– Vraiment ? s'étonna-t-elle.

Ce virage brutal dans la conversation la décontenançait.

– Ce matin, j'ai croisé le Vieux Xiang, du groupe Purple City. Il est au bord de la faillite. Il est venu me demander un prêt d'urgence. Peu de gens sont au courant pour l'instant. N'en parlez pas dans votre journal, Lianping. Mais savez-vous comment le groupe a démarré ? En vendant des faux médicaments.

Tout devenait clair. En homme d'affaires averti, Gu avait dû entendre parler de sa liaison avec Xiang. Sa vie privée ne le regardait pas, mais maintenant que Chen était impliqué, il venait ajouter son grain de sel.

Chen devinait-il le sens de la révélation de Gu ? Sans doute. Mais l'inspecteur principal n'avait pas besoin qu'on vole à son secours.

Pourtant Gu voyait dans la situation une nouvelle occasion de rendre service à son ami.

Lianping fut envahie par un pressentiment. Xiang ne lui avait peut-être pas tout dit. Sa demande était tellement inattendue. Elle s'en était même étonnée. Les difficultés financières de sa famille l'avaient peut-être poussé à avancer sa décision, tant qu'il pouvait lui taire la vérité. Si l'entreprise déposait le bilan, il savait qu'il ne pourrait plus gagner ses faveurs.

Si la rumeur était vraie, il fallait que Gu lui en dise plus.

Mais déjà l'homme prenait congé.

– Pardonnez-moi, je suis toujours trop bavard quand je suis avec Chen. Je me laisse emporter par l'émotion. Je dois me rendre à une réunion et je vais vous laisser un peu tranquilles. Quelque chose vous ferait envie en particulier ?

– J'ai seulement une requête, Gu, dit Chen. Dites à la serveuse de ne pas rester debout près de la porte et de ne pas nous déranger.

– Bien sûr. Je vais vous faire servir quelques amuse-bouches avec une bouteille de champagne pour commencer. Quand vous serez prêts pour la suite, vous n'aurez qu'à appeler la serveuse. Elle ne fera rien tant que vous ne lui aurez pas fait signe.

– Parfait. Merci pour tout, Gu.

25

Enfin, ils se retrouvèrent seuls, porte close, dans le silence qui pesait sur les bulles de champagne glacé.

Chen changea de position et se tourna vers la fenêtre pour regarder les dalles multicolores de la promenade et le long sentier qui serpentait au-dessus de l'eau scintillante. Puis il revint vers elle et brisa le silence.

– Je m'excuse pour l'intrusion de Gu, Lianping. Parfois, il est intenable ; il commence et on ne peut plus l'arrêter. Mais je voulais être sûr que nous pourrions parler en privé.

– Ne vous excusez pas. Gu n'est pas n'importe qui. Je ne sais pas si vous êtes au courant, mais j'ai essayé de l'interviewer et il a refusé. Je vous remercie de m'avoir présentée à lui aujourd'hui. Il n'osera sûrement pas me dire non, maintenant que je suis l'amie de l'inspecteur principal Chen.

– Quelle ironie, n'est-ce pas ? Que l'inspecteur Chen soit lié à de riches entrepreneurs comme lui, dit-il dans un sourire grinçant. Je vais vous répéter ma version des faits une dernière fois au cas où vous décideriez d'écrire là-dessus un jour. Il est vrai que Gu m'a demandé de traduire le projet commercial du New World et qu'il m'a payé généreusement pour ce travail. Pour le reste, ne l'écoutez pas.

– Toujours est-il qu'il se sent redevable envers vous.

– C'est possible, mais il m'a aidé aussi, notamment sur une affaire de tueur en série.

– Donc vous êtes de vieux copains qui se donnent des coups de main.

– Si vous le dites, répondit Chen en portant sa tasse de thé à ses lèvres. Je voudrais aussi m'excuser d'avoir manqué à ma parole.

– De quoi parlez-vous ? demanda-t-elle sans comprendre.

– À Shaoxing, je vous ai promis de vous emmener en promenade sur le canal embrumé, dans une barque à capote noire, comme dans les nouvelles de Lu Xun. Je m'excuse de n'avoir pas honoré ma promesse ce jour-là.

– Inutile de vous excuser.

– Quand Gu a surgi dans la pièce, vous me parliez de la demande en mariage de Xiang. Félicitations ! Tous mes vœux de bonheur, Lianping.

Il s'interrompit, les yeux posés sur la bague à son doigt et reprit :

– Cet après-midi-là, à Shaoxing, j'ai cru que nous aurions d'autres occasions de nous asseoir sous les toits des pavillons, mais je comprends que ça n'est plus possible. Je pensais ce que je disais, vous savez, avant le coup de téléphone. Vous vous rappelez ?

– Vous avez reçu un appel d'un médecin de l'hôpital, je m'en souviens. Vous m'aviez dit que votre mère était soignée là-bas.

– Oui, mais elle était déjà sortie de l'hôpital. En réalité, l'appel me concernait, moi.

– Vous ? répéta-t-elle précipitamment. Rien de grave, j'espère ?

– Non, ce n'était pas au sujet de ma santé. Je vais bien. Vous savez quel type de patients sont suivis dans cet hôpital, n'est-ce pas ? Des cadres de haut rang, et parfois, des chefs d'entreprise. Il existe même des chambres réservées aux dirigeants du Parti. Ma mère était une exception, elle a été admise grâce à mes relations personnelles avec un médecin, appelons-le docteur H., rencontré il y a des années.

– C'est un hôpital très protégé. Il y a quelques mois, j'ai voulu interroger quelqu'un là-bas, mais je n'ai même pas réussi à entrer. Pourquoi ? Parce que ce jour-là, un grand dirigeant de Pékin y était soigné.

– Eh bien, ce matin-là, le docteur H. est entré dans une chambre individuelle où Qiangyu attendait de recevoir sa visite médicale habituelle...

– Qiangyu ? Le premier secrétaire du Parti de Shanghai ?

– C'est ça. Le docteur H. allait commencer son examen quand Qiangyu a reçu un coup de fil et s'est précipité sur le balcon. Alors qu'il attendait dans la chambre, le docteur n'a pu s'empêcher de jeter un coup d'œil autour de lui et son regard est tombé sur la table de nuit où une page de fax était posée près de l'appareil. Il a été surpris de voir mon nom sur la feuille. Aussi incroyable que cela puisse paraître, il a pris une photo du fax avec son téléphone portable.

– Quoi ! Il a pris un tel risque pour vous ?

– La chaîne de causalité du yin et du yang a parfois de très longues ramifications. Le docteur H. se sent redevable envers moi, mais c'est une autre histoire. Bref, le fax rédigé par Qiangyu proposait de me débarquer de la police de Shanghai pour me nommer représentant du Congrès national du peuple à Pékin. Un changement radical, même si certains diraient que représentant du Congrès est une position équivalente à celle que j'occupe aujourd'hui.

– Mais pourquoi ?

– Qiangyu a pensé à moi à cause de mon image non conventionnelle et de mes compétences en anglais. En même temps, il trouve mes méthodes novatrices, mais parfois contraires aux priorités politiques du Parti. Il est évident que ce transfert n'est sans doute qu'une première étape. Ce qui m'attend ensuite, nul ne le sait. Voilà ce que le docteur H. m'a dit au téléphone cet après-midi-là.

Un silence menaçant retomba dans la pièce. Ils écoutèrent l'eau qui venait lécher la berge à l'extérieur, les cris stridents des mouettes blanches qui tournoyaient autour des voiliers, une sirène venue fendre le ciel crépusculaire.

– Ce titre sera honorifique, dans le meilleur des cas, reprit Chen au bout d'un moment. Personne n'y prêtera attention. Loin des yeux, loin du cœur. Il sera alors facile de me faire disparaître totalement. Ce genre de scénario n'est pas nouveau dans l'histoire du Parti. Le coup de fil m'a fait penser au proverbe : *Une statue d'argile de Bouddha qui traverse la rivière ne peut guère se protéger.* Dans ce cas, pourquoi entraîner une autre personne dans les eaux troubles ?

Elle leva les yeux vers lui.

– C'est pour ça que vous avez voulu aller à la réception du festival ?

– Oui, j'ai pensé qu'il était important que je fasse une apparition là-bas, pour prouver que j'étais bien venu à Shaoxing pour l'événement.

– Mais votre travail est reconnu, Chen. D'ailleurs, si on vous a confié cette affaire, c'est justement à cause de tout ce que vous avez accompli…

– Tout est parti de cette affaire.

– Comment ça ?

– Si je n'ai pas parlé de l'enquête avec vous, Lianping, c'est parce qu'elle est très compliquée. Au départ, elle offrait trop de scénarios possibles. Et sur le terrain, trop d'enquêteurs se bousculaient : Jiang, du gouvernement municipal, Liu, du contrôle de la discipline, Sheng, de la Sécurité intérieure et enfin, l'équipe de la Commission de contrôle de la discipline de Pékin, sans parler de Wei et moi, de la police de Shanghai. Chacun avec son regard et ses objectifs.

– Vous avez raison. Ce matin, j'ai entendu des rumeurs sur la mission de l'équipe de Pékin. Mais je ne vous apprends sûrement rien de nouveau. Je vous en prie, continuez.

– Quand Wei et moi avons été nommés, j'y suis allé à reculons. Après tout, il n'était pas insensé qu'un homme dans la situation de Zhou décide de se suicider. En tant que conseiller spécial, je ne servais que de façade politique ou, pour reprendre l'expression de l'inspecteur Yu, de garant venant valider la conclusion déjà confirmée du suicide. Pour Jiang, il n'y avait qu'un simple lien de cause à effet entre le *shuanggui* et la mort de Zhou. Ce n'était pas l'avis de l'inspecteur Wei qui s'est mis à chercher méticuleusement des indices contredisant cette théorie. Wei a formulé différentes hypothèses et dressé une liste de suspects qui auraient eu intérêt à voir couler Zhou, mais d'après moi, une fois qu'il était tombé, tous ces gens n'avaient plus aucune raison d'aller l'assassiner dans un hôtel ultra-sécurisé tel que *La Villa Moller*. J'insiste ici sur un point : j'agissais seulement en tant que conseiller ; Wei se chargeait de la majeure partie du travail. Et puis Wei est mort dans un « accident de la circulation », au beau milieu de l'enquête, ce qui a immédiatement éveillé mes soupçons.

— Vous êtes donc venu me voir au *Wenhui*, ajouta-t-elle à voix basse, pour les besoins de votre enquête ?

— Je suis policier, dit-il sans répondre directement, je suis venu inspecter les lieux. Je voulais parler à quelqu'un qui connaissait bien le quartier. Et ce que vous m'avez dit ce jour-là m'a beaucoup aidé. Selon votre analyse, à ce carrefour toujours dense, il paraissait improbable qu'une voiture démarre brusquement et renverse un passant. À ce moment-là, je ne pouvais pas me permettre de vous révéler d'autres détails, j'espère que vous comprenez.

— Je comprends, mais je n'ai fait que partager avec vous des impressions générales. Les accidents arrivent. Comment avez-vous obtenu la certitude que celui de Wei était lié à l'enquête ?

— Techniquement, le scénario criminel paraissait improbable. La voiture était garée sur la rue de Weihai, à une centaine de mètres du carrefour. J'ignore dans quelle direction marchait Wei : soit il se dirigeait vers l'ouest, soit il remontait la rue et s'apprêtait à tourner, soit il arrivait du nord. En admettant qu'il ait attendu que le feu piéton passe au vert, il n'a dû rester qu'une ou deux minutes au carrefour, maximum. Le chauffeur n'aurait jamais eu le temps de repérer Wei d'aussi loin, de démarrer la voiture, d'accélérer et de l'écraser. Sauf s'il connaissait son emploi du temps. Dans ce cas, une voiture aurait pu l'attendre tandis qu'une autre le suivait pour donner le signal au chauffeur.

— Cela paraît bien compliqué.

— C'est justement pour ça que c'est inquiétant. Mais qui aurait pu connaître l'emploi du temps de Wei ? J'ai interrogé sa femme qui ne savait pas ce qu'il comptait faire ce jour-là. D'après ses collègues, il n'est pas passé au bureau le matin. J'ai demandé au secrétaire du Parti

Li qui m'a donné une réponse vague, disant qu'il ne savait plus s'il avait parlé à Wei ou non ce matin-là…

On frappa légèrement à la porte.

– Les entrées.

Une jeune serveuse en qipao de satin écarlate entra, posa six plats alléchants sur la table et les présenta d'un ton désinvolte.

– Anguille et riz sauvage croustillant, crevettes d'eau douce vivantes à l'eau salée, tofu maison aux oignons verts et huile de sésame, dates farcies au riz gluant, émincé de porc *xiao* et tendons de bœuf épicés. Des recettes traditionnelles de Shaoxing. Une cuisine maison chaleureuse et tendance. Tous nos produits sont biologiques et frais, monsieur Gu insiste beaucoup sur ce point. La bouteille de champagne est dans le seau.

– Des spécialités de Shaoxing ? demanda Lianping.

– J'ai demandé cette faveur à Gu au téléphone, expliqua Chen.

– Que des plats chinois, remarqua Lianping, sauf le champagne.

– Que diriez-vous d'un vin de riz de Shaoxing ? proposa la serveuse. Nous avons de la Dame Rouge, dix-huit ans d'âge.

– Parfait.

La serveuse sortit à pas légers en emportant le seau à champagne.

– Pourquoi avez-vous commandé de la cuisine de Shaoxing ?

– Vous vous souvenez du dîner du festival ?

– Oui, dès que vous avez fait votre entrée, vous vous êtes retrouvé entouré d'auteurs plus ou moins connus et de divers membres de l'Union des écrivains de la ville. On vous a placé à la table d'honneur avec les

307

invités de marque et vous avez reçu des toasts pendant tout le repas.

– Ce n'était pas ce que je voulais. Pas du tout. Je n'ai pas insisté pour que vous soyez placée à côté de moi, parce que j'ignorais si je ferais partie des « invités de marque » encore longtemps. Je ne voulais pas vous causer du tort.

Il ajouta d'un ton maussade :

– Mais cet après-midi-là, j'avais envie de déguster des plats de Shaoxing sur un bateau à capote noire, seul avec vous.

La serveuse revint avec une urne enveloppée de tissu rouge et deux coupes à la main.

– C'est la dernière.

Dès qu'elle retira le couvercle de l'urne, un parfum enivrant envahit la pièce. Elle servit le vin dans deux fines coupes de porcelaine blanche.

– Il y a un bouton sur le mur, expliqua la serveuse, si vous appuyez dessus, une lumière rouge s'allume dehors, comme une pancarte *ne pas déranger* dans les hôtels. Quand vous serez prêts pour la suite, appuyez sur le bouton d'à côté.

Elle fit une révérence gracieuse et sortit, fermant la porte derrière elle.

Chen admira le vin ambré qui étincelait dans sa coupe.

– Une vieille coutume populaire veut qu'à chaque fois qu'une fille naît, on enterre une urne de vin de riz qu'elle viendra déterrer, des années plus tard, le jour de son mariage. Un vin remarquable, dit-il.

– Oui, dix-huit ans d'âge. C'est très rare.

– Je bois donc à mon regret d'avoir manqué l'occasion de partager un repas avec vous sur le bateau, lança-t-il en vidant son verre.

– N'en parlons plus, dit-elle avec embarras. Je

comprends mieux maintenant. C'est moi qui devrais m'excuser... Mais de quoi parliez-vous avant que la serveuse ne vienne apporter les entrées ?

– Je parlais de l'emploi du temps de Wei. Je ne le connaissais pas, mais quelqu'un avait dû en être averti. J'ai pensé chercher des indices sur son téléphone, mais on ne l'a pas trouvé sur les lieux de l'accident. Il m'a fallu des jours pour retrouver la liste des appels qu'il avait passés ce matin-là. Il a informé le secrétaire du parti Li de son programme de la journée, disant que quelque chose clochait dans la déclaration du serveur de l'hôtel qui s'était occupé de Zhou cette nuit-là et qu'il voulait creuser dans cette direction. Il allait donc se rendre à l'hôtel, puis au *Wenhui*.

– Au *Wenhui* ? Pourquoi ?

– Sa femme raconte que Wei lui a demandé plusieurs fois d'examiner la photo du journal. Elle était trop petite pour qu'on puisse lire le nom de la marque de cigarettes. Il allait donc interroger quelqu'un du journal, peut-être vous d'ailleurs, je n'en sais rien.

– Moi ?

– Eh bien, il n'a rien dit là-dessus dans son appel. Selon moi, il est possible qu'il ait voulu parler avec vos collègues de la rubrique criminelle.

– Oui, c'est possible, répéta-t-elle d'un air songeur. Mais sous-entendez-vous que le secrétaire du Parti...

– À ce jour, je préfère croire que Li ne faisait pas partie de la conspiration. Mais il a dû révéler les objectifs de Wei à un cadre plus haut placé sans penser aux conséquences.

– Un cadre plus haut placé... Mais qui ?

– Je n'en sais rien. Peut-être Jiang ou quelqu'un du gouvernement municipal. Ce qui expliquerait aussi l'entêtement de Li à vouloir déclarer la mort de Wei comme un accident. Une enquête risquait de le compromettre.

Chen coupa l'anguille au riz sauvage en deux.

– Bref, Wei avançait dans une direction qui mettait certaines personnes très mal à l'aise. Il fallait l'écarter du tableau et par association, j'ai rejoint la liste des indésirables.

– Mais vous agissiez seulement en tant que conseiller spécial, n'est-ce pas ?

– Oui, mais je me sentais responsable de sa mort. Je lui avais laissé carte blanche en lui disant de mener son enquête sans discuter de toutes ses décisions au préalable avec moi. De son côté, il a pu entreprendre des démarches sans m'en avertir, surtout s'il avait découvert que des personnages intouchables agissaient en arrière-plan. Nous avons manqué de communication. Et puis j'ai passé un week-end au lit. Le lundi suivant, il a trouvé la mort dans cet « accident ». La mort de Wei venant s'ajouter à celle de Zhou a radicalement changé mon point de vue. Si Zhou avait été tué dans un hôtel gardé pour une raison mystérieuse, Wei avait dû s'approcher de la vérité. Au point d'être éliminé à son tour. Comme je vous l'ai dit tout à l'heure, l'orchestration minutieuse de l'accident laisse supposer que des gens très puissants sont impliqués. Les appels que Wei a passés le matin m'ont fourni deux indices : la déclaration de l'employé de l'hôtel ne collait pas et une piste menait au *Wenhui*. Laissons cette dernière piste de côté pour l'instant, elle ouvre des possibilités trop nombreuses. Wei m'avait donné un enregistrement de l'interrogatoire de l'employé et je l'ai écouté des dizaines de fois sans rien trouver. Pour moi, une fois sous détention, Zhou était déjà un « tigre mort ». Le gouvernement n'avait pas intérêt à ce que le public apprenne le détail de ses agissements. En même temps, la condamnation d'un cadre corrompu n'a rien de nouveau dans notre système et des tas d'informations avaient déjà fait le tour d'Internet lors de la chasse à l'homme. Il devait y avoir autre chose, une chose que possédait Zhou et que certaines personnes voulaient récupérer à tout prix, une chose qui avait déclenché une panique meurtrière contre Wei au moment où il s'apprêtait à mettre la main dessus.

– Qu'est-ce que ça peut être ?

– J'ai pensé aller voir le serveur de l'hôtel, mais avec l'arrivée de l'équipe de Pékin, la zone était devenue trop surveillée pour que j'ose m'y aventurer. La mort de Wei me servait d'avertissement. Ces gens agissaient dans l'ombre, ils surveillaient mes mouvements, je devais manœuvrer sans attirer leur attention. En attendant, je me suis concentré sur d'autres pistes. Je vous épargne les détails. Toujours est-il que même si la mort de Wei rendait mon abandon impossible, dans le cadre d'une enquête de police, l'acharnement ne porte pas toujours ses fruits. Les percées ne sont parfois dues qu'au hasard. C'est pourquoi je vous suis très reconnaissant, Lianping, pour l'aide que vous m'avez apportée dans cette affaire difficile.

– Que dites-vous là, Chen !

– Vous m'avez non seulement éclairé sur les manipulations sordides et les petits secrets du marché immobilier, mais vous m'avez aussi apporté vos lumières sur les cyber-citoyens et leur résistance organisée. Et puis, vous m'avez présenté Melong dont l'aide s'est également avérée précieuse.

– Melong ?

– Disons que ses compétences en informatique ont mis en avant un aspect de l'affaire qui m'avait échappé et qui m'a permis de faire une découverte majeure à Shaoxing. L'affaire a ensuite pris un tour dont j'ai été le premier surpris.

– Je ne vous suis pas. Je croyais que vous étiez allé à Shaoxing pour le festival.

– En réalité, votre invitation m'a rappelé un détail du dossier que j'avais lu sans y prêter attention. Zhou est né à Shaoxing. Il est parti vivre à Shanghai alors qu'il n'avait que sept ans. Pendant des années, il n'est jamais retourné là-bas. Mais l'année dernière, il y est allé deux fois de suite. Étrange initiative pour un cadre aussi occupé que lui. J'ai décidé d'aller regarder de ce côté-là. Encore une fois, je dois dire que sans votre invitation et sans votre présence sur place, je n'aurais peut-être jamais décidé de faire le voyage.

– Vous n'êtes pas obligé de dire ça.

– À Shaoxing, j'ai eu la chance de rencontrer une personne proche de Zhou et grâce à l'aide de Melong, j'ai pu la convaincre de me donner un indice qui m'a permis d'élucider le mystère.

– Comment ça, de qui parlez-vous ? Vous m'aviez parlé d'une petite… Je m'en souviens… Vous l'aviez rencontrée ce jour-là.

– Je crains de ne pouvoir vous en dire davantage, je pense que vous comprendrez ma discrétion, dit-il en se levant pour remplir sa coupe de vin. Ne trouvez-vous pas étrange que le gouvernement municipal et la Commission de contrôle de la discipline de Shanghai, qui devaient au départ enquêter sur les accusations de corruption, soient restés à l'hôtel après la mort de Zhou ? Je pense notamment à Jiang, qui a passé le plus clair de son temps là-bas, malgré la charge importante qu'il occupe en tant que secrétaire de Qiangyu, le chef du gouvernement municipal. De plus, Jiang n'a pas l'air si pressé de clore l'affaire, même si le Parti aurait tout intérêt à conclure au suicide au plus vite. Par contre, il n'a cessé de s'enquérir des progrès de l'enquête. J'ai compris soudain qu'il avait sans doute une bonne raison de rester impliqué, une raison que j'ignorais mais qui devait avoir une importance vitale pour lui et ses acolytes. Et il est resté à l'hôtel même après l'arrivée de l'équipe de Pékin. Malheureusement, je n'ai élucidé le mystère qu'après mon séjour à Shaoxing, après avoir entendu des rumeurs, puis deviné le but de la mission de l'équipe de la Commission centrale de contrôle de la discipline.

– Moi aussi, j'ai entendu parler de leur mission. La semaine dernière, Qiangyu est venu voir le rédacteur en chef du *Wenhui* pour lui dire qu'en ces temps difficiles, il appréciait le soutien de ceux qui faisaient preuve de loyauté envers lui.

– Vous avez compris. Revenons au fax posé sur la table de nuit de Qiangyu à l'hôpital. Le docteur H. m'a appelé pour m'en lire le contenu pendant que nous étions dans le jardin des Yuan à réciter des poèmes romantiques. Qiangyu se trouve dans une situation délicate. L'équipe de Pékin n'est pas venue pour rien. Il le sait bien. La lutte de pouvoir entre la Ligue de la Jeunesse de Pékin et le Gang de Shanghai a atteint son point culminant. L'affaire Zhou offre peut-être à Pékin un moyen de prendre l'avantage. De mon côté, à la suite de l'inspecteur Wei, je poursuis mon enquête avec sérieux, tout en restant dans des sphères qui échappent au contrôle des autorités. Tous ignorent où cela peut me mener. C'est pourquoi Qiangyu ne veut pas me garder dans la police. Vous voyez, votre patron lui inspire confiance. Pas moi. À vrai dire, ma présence même met en péril Qiangyu et ses collaborateurs.

– Vous commencez à me faire peur, Chen.

– Ce qui est arrivé à l'inspecteur Wei peut très bien m'arriver aussi. Mais après mon séjour à Shaoxing, j'ai découvert ce qu'ils cherchaient, des documents qui pourraient lier au crabe isolé qu'était encore Zhou à la veille de sa mort toute la colonie de crabes frétillants et monstrueux qu'ils forment.

– En d'autres termes, vous êtes en mesure de prouver que Zhou n'agissait pas seul mais avec l'aide de cadres plus haut placés et que tous sont impliqués dans les affaires de corruption du marché immobilier ?

– Et je peux prouver aussi que la mort de Zhou à l'hôtel n'était pas un suicide.

– Mais comment ?

– Vous connaissez l'expression « panier de crabes », n'est-ce pas ?

Elle hocha la tête.

– Zhou devait espérer que certains « crabes » le tireraient d'affaire, puisqu'ils étaient tous liés, non par une corde de paille, mais par le secret de leurs malversations. Malheureusement, la déferlante de la chasse à l'homme est arrivée au moment où la Ligue de la Jeunesse cherchait à affaiblir le Gang de Shanghai. Les cadres de la ville devaient donc se débarrasser de Zhou. Prisonnier de l'hôtel, seul au fond du gouffre, persuadé que ses alliés l'avaient abandonné dans la bataille, il a dû se plaindre ou lancer des menaces. Après tout, il avait conservé des preuves de leur complicité. Il pouvait les entraîner dans sa chute. De leur côté, ses complices se sont dit qu'ils n'avaient pas d'autre choix que de l'éliminer. Il paraissait crédible qu'un cadre sous détention en vienne au suicide. Généralement, l'enquête de police qui suit une affaire de *shuanggui* n'a lieu que pour la forme. Le secrétaire du Parti Li a eu la bêtise de nommer Wei, un policier trop consciencieux pour s'en tenir au scénario choisi par les autorités.

– Je peux concevoir votre théorie au sujet des liens qu'entretenait Zhou avec d'autres cadres corrompus au-dessus de lui, dit-elle avec franchise. Mais comment Zhou a-t-il pu être tué dans un hôtel si bien gardé ?

– Vous vous souvenez de la piste mentionnée par l'inspecteur Wei dans sa conversation téléphonique ?

– Au sujet de la déclaration du serveur de l'hôtel. Vous avez fini par le rencontrer ?

– Non, pas vraiment. L'inspecteur Wei est tombé dans une embuscade mortelle parce qu'il agissait au grand jour. Je ne voulais pas commettre la même erreur. J'ai écouté l'enregistrement je ne sais combien de fois et j'ai même emporté la cassette avec moi jusqu'à Shaoxing.

Il laissa échapper un bref soupir.

– Cette nuit-là, après la réception du festival, j'ai essayé de vous appeler, mais votre portable était éteint et vous n'étiez pas à l'hôtel.

– Non, j'ai pris le train de nuit pour Shanghai avant la fin de la réception. Vous étiez trop occupé pour me voir, dit-elle en vidant sa coupe de vin.

Elle sentit son visage brûlant sous les lampes.

– Je suis désolée Chen, je ne pouvais pas imaginer la gravité de la situation.

– Non, ne vous excusez pas.

Il vida son verre à son tour.

– Bref, une fois dans ma chambre, comme je n'arrivais pas à dormir, j'ai essayé de reconstituer les actions de Zhou la nuit de sa mort, telles qu'elles étaient décrites par l'employé de l'hôtel. Quelque chose m'a frappé. Ce soir-là, à Shaoxing, quand j'étais rentré dans ma chambre, le lit avait été fait pour la nuit : un petit paquet de chocolats m'attendait sur les couvertures et une carte souhaitant « Bonne nuit » avait été glissée sous l'oreiller.

– Rien d'étonnant pour une suite de luxe dans un hôtel cinq étoiles. Et pour un client de votre qualité. Alors ? Vous parliez de l'enregistrement.

– Oui, j'ai remarqué quelque chose. Jiang affirmait qu'il avait quitté l'hôtel dans l'après-midi du lundi pour assister à une réunion importante du gouvernement municipal, ce qui était vrai. Mais d'après la déclaration de l'employé, quand il a voulu faire les lits des deux autres chambres du troisième étage, Liu et Jiang s'y trouvaient. En général, pour le ménage du soir, l'employé frappe à la porte et demande au client s'il a besoin de ses services. Si le client n'est pas dans la chambre, il entre et prépare le lit, comme le soir où j'ai dormi à Shaoxing. Mais si le client est à l'intérieur, il répond la plupart du temps sans ouvrir qu'il n'a besoin de rien et l'employé s'en va. En d'autres termes, il devait y avoir quelqu'un d'autre que Jiang dans la chambre ce soir-là. Dans ce cas, qui était-ce et pourquoi était-il là ? Depuis le début de l'enquête, un point était admis : Jiang et Liu, les deux cadres du Parti qui supervisaient le *shuanggui*, ne pouvaient faire parti des suspects. Autres faits certains, Jiang n'était pas à l'hôtel ce soir-là et disposait d'un alibi solide, tandis que Liu, petit homme malingre, paraissait physiquement incapable de commettre un tel crime. Le bâtiment B est très bien gardé. Tout visiteur doit signer le registre en entrant et en sortant et il y a des caméras de surveillance partout, notamment sur le palier du troisième étage.

« J'ai réussi à obtenir une copie du registre du bâtiment B correspondant au lundi et au mardi. À mon grand étonnement, j'ai vu qu'un certain Pan Xinhua avait signé en arrivant le lundi après-midi en tant que visiteur de Jiang. Jiang a quitté l'hôtel une heure plus tard, mais je n'ai trouvé aucune trace du départ de Pan sur le registre. Il a donc pu rester dans la chambre et crier au serveur vers six heures et quart qu'il n'avait pas besoin de ses services. Pourquoi ? Quelques heures plus tard, il s'est faufilé dans la chambre de Zhou pendant que ce dernier dormait profondément sous l'effet des somnifères, il l'a étranglé et il a installé le décor pour faire croire à un suicide. La source qui m'a procuré le registre, dont je tairai le nom par prudence, m'a aussi confié la vidéo de surveillance de ces deux jours. On y voit Pan arriver au troisième étage le lundi après-midi, mais on ne le voit pas repartir ce jour-là. Le lendemain, dans l'agitation qui a suivi la découverte du corps de Zhou, on l'aperçoit en train de descendre les escaliers. Un chaos total régnait à l'hôtel, des gens n'ont cessé d'aller et venir pendant toute la matinée. Personne n'a prêté attention à lui…

– Je dois vous interrompre pour vous poser une question, Chen. Vous croyez qu'il est resté dans la chambre de Zhou pendant tout ce temps ?

– Non, je ne pense pas. Après avoir tué Zhou, il a dû sortir de la chambre et se réfugier ailleurs, peut-être dans une des chambres inoccupées de l'étage où il a dû attendre jusqu'au matin. Dans l'affolement général du lendemain, il s'est glissé hors de la chambre et il a quitté discrètement le bâtiment, sans signer le registre.

– Tout cela paraît incroyable, inspecteur principal Chen. Mais vous avez résolu l'affaire. Félicitations.

– Non, pas complètement…

On frappa de nouveau à la porte.

26

La serveuse entra, munie d'un grand plateau d'argent.

– Désolée de vous interrompre, monsieur. C'est un plat préparé spécialement pour vous. Nous avons pensé que vous apprécieriez.

Elle posa une assiette devant chacun d'eux et un grand plat au milieu de la table. Chaque assiette était garnie d'un crabe bleu décarcassé, encore parfaitement fidèle à sa forme originelle, pattes et pinces disposées avec soin. Le plat contenait des miettes de crabe cru marinées dans l'alcool.

– Ce n'est pas encore la saison du crabe d'eau douce, commença la serveuse pour présenter la recette, donc nous vous proposons du crabe bleu fraîchement pêché et livré de la côte par avion. Le crabe décarcassé est un des plats préférés de nos clients occidentaux. La chair trempée dans l'alcool est une spécialité de Shaoxing. Des crabes frais et de l'alcool Maotai à cinquante degrés, vous pouvez déguster le plat sans inquiétude.

– Merci. Le crabe mariné est le plat préféré de ma mère.

– Demandez-lui de l'emporter pour elle.

– Bonne idée. Surtout que je ne mange presque jamais de poisson cru.

Il se tourna vers la serveuse.

– Ne vous pressez pas pour la suite.

– Je mettrai le crabe dans une boîte pour vous après le dîner, déclara la serveuse. Il est sept heures. Nous attendrons votre signal pour commencer à préparer les plats chauds.

Elle sortit et ferma la porte derrière elle.

Dehors, un miroitement de lumières s'alluma le long des rives. De l'autre côté de la rivière, les néons changeants des gratte-ciel serrés projetaient les mirages envoûtants du siècle nouveau sur les eaux chatoyantes.

– Quel festin ! soupira-t-elle.

– Je me demande combien de temps il faut pour décarcasser un crabe comme ça.

– Au fait, connaissez-vous la blague sur le crabe d'eau douce ? C'est une homophonie du mot « harmonie ». Sur Internet, quand un article était censuré, on disait qu'il avait été harmonisé, effacé pour préserver l'harmonie de notre société capitaliste. Maintenant, on dit qu'il a été mis en eau douce.

– L'allusion est certainement sarcastique, comme l'image du panier de crabes dont nous parlions tout à l'heure.

– Monsieur Gu s'est donné beaucoup de mal pour vous satisfaire, dit-elle en attrapant une patte de crabe luisante entre ses doigts fins. Mais vous vouliez me parler d'un aspect irrésolu de votre enquête.

– Oui, il reste encore un point à éclaircir. Vous vous souvenez de l'autre piste évoquée par l'inspecteur Wei dans sa conversation avec le secrétaire du Parti Li ?

– Vous parlez de sa visite au *Wenhui* ?

– Oui. D'après ce que m'a dit sa femme, ce devait être au sujet de la photo qui a déclenché la chasse à l'homme. C'était la préoccupation majeure de la Sécurité intérieure et celle de Jiang aussi, dans une certaine mesure. De mon côté, je ne voyais là qu'un tissu de conjectures à reléguer au second plan.

– Donc…

Chen attrapa une bouchée de corail vermeil dressé comme une fleur de chrysanthème fragile sur l'assiette blanche. La saveur subtile le ramena des années en arrière. Mais ce dîner ne se prêtait pas uniquement à la dégustation de mets raffinés.

Une sirène aiguë se fit soudain entendre au loin, puis résonna le long des eaux ténébreuses.

– Cette piste se perd non seulement dans un dédale d'hypothèses, mais elle risque de compromettre des gens que vous et moi pourrions connaître. Cela dit, je voulais en parler avec vous ce soir, hors du cadre professionnel.

– Vous m'intriguez, dit-elle avec hésitation.

– Comme j'ai pu vous le confier, il est parfois fatigant d'être toujours prisonnier de ses fonctions. Par respect des convenances, si vous le voulez bien, je vais poursuivre par le biais d'une histoire.

– Une histoire ? s'exclama-t-elle, surprise du tour que prenait leur échange.

– Vous vous rappelez votre suggestion de poèmes pour le *Wenhui* ? Faire parler un personnage. Une voix autre que celle de l'auteur. Ce personnage a déjà donné naissance à quelques poèmes. Dommage que je n'aie pas plus de temps à lui consacrer.

Il se versa une nouvelle coupe de vin parfumé et puissant et la vida avant de continuer.

– Dans une enquête de police, pour donner vie à un scénario, on utilise souvent des noms comme monsieur X. ou madame Z. Comme dans certains romans des années trente où les personnages sont nommés par leurs initiales.

– Allons-y pour une histoire, dit-elle les yeux baissés sur le vin qui formait des rides à la surface de son verre. Je vous écoute, inspecteur principal Chen.

– Dans ces circonstances, une narration à la troisième personne est sans doute préférable. Surtout, n'oubliez pas que vous écoutez une fiction et non la réalité ; le narrateur n'a aucune responsabilité par rapport aux faits. Le journaliste non plus. Je vous répète que je tiens provisoirement le rôle du conteur, déchargé de toutes mes obligations de policier. Vous n'avez qu'à considérer cette histoire comme un récit imaginaire.

Quoi que Chen s'apprêtât à lui dire, elle serait concernée. Elle en était certaine.

– C. est un policier chargé d'enquêter sur la mort d'un cadre corrompu, nommé Z., survenue alors que ce dernier se trouvait sous *shuanggui* dans un hôtel. La situation est délicate, plusieurs équipes enquêtent sur différents aspects de l'affaire et chacune poursuit des objectifs différents. Un des aspects a trait au rôle subversif des cyber-citoyens et aux différents réseaux virtuels qui prennent de l'ampleur dans la société d'aujourd'hui. L'affaire qui nous intéresse a eu pour point de départ la publication en ligne d'une photo dénonçant les abus de Z., ce qui a déclenché une chasse à l'homme sur Internet. En tant que policier, C. ne considère pas l'expéditeur comme un criminel. Au contraire, il n'est pas vraiment d'accord avec le contrôle sévère d'Internet exercé par le gouvernement. Pourtant, les autres enquêteurs, notamment la Sécurité intérieure, ne songent qu'à punir le « fauteur de troubles virtuel », au nom de la préservation de la paix sociale. Mais leur cible n'est pas née de la dernière pluie, elle a envoyé la photo depuis un cybercafé et pris soin d'effacer ses traces.

Chen s'interrompit pour saisir sa coupe. Sans qu'il s'y attende, Lianping tendit le bras et la lui retira des mains.

– Non, vous buvez trop.

– Tout va bien, Lianping, dit-il dans un pâle sourire. Donc, au cours de son enquête, C. rencontre une jeune journaliste appelée L. Il est attiré, pas seulement parce qu'elle est belle et intelligente, mais aussi parce qu'elle croit ardemment à un socialisme plus juste pour la Chine. Pour son plus grand plaisir, elle se montre prête à l'aider dans son enquête ; elle lui parle du mouvement de résistance des cyber-citoyens contre la censure du gouvernement et lui présente un expert en piratage informatique. Entre-temps, les photos qu'elle lui envoie par mail lui permettent de trouver des indices qui avaient échappé à la Sécurité intérieure. De plus, au gré de leurs rencontres, il remarque des failles dans les mesures de sécurité censées renforcer la surveillance d'Internet dans les cafés et puis il tombe des nues lorsqu'il découvre enfin l'identité de l'expéditeur de la photo, qui n'est autre que L.

– Et... que compte faire C. ensuite ?

– En tant que policier du Parti, il devrait avertir les autorités supérieures, mais L. n'a pas publié la photo par animosité personnelle contre la victime. Elle était exaspérée par la corruption éhontée des cadres qui affirment servir les intérêts du Parti. Elle ne lançait pas une attaque personnelle contre Z., mais protestait contre l'injustice du régime autoritaire. La popularité de son geste pouvait d'ailleurs être mesurée d'après le nombre de réponses que la chasse à l'homme avait entraînées. Inutile de préciser que ce qui est arrivé ensuite à Z. dépassait tout ce qu'elle avait pu prévoir et n'était pas de sa responsabilité. Voilà la conclusion de C.

– Donc, elle a agi sur un coup de tête et lui…

Dans le silence qui suivit, ils crurent discerner des pas qui s'approchaient de la porte avant de s'éloigner.

– Et alors, c'est la fin de l'histoire ?

– Oui, c'est la fin.

Chen sortit une enveloppe contenant la page déchirée du registre du *Cheval ailé*.

– Oh, j'allais oublier encore une chose, dit-il en lui tendant le pli.

– Quoi ? demanda-t-elle en posant les yeux sur un nom figurant sur le registre déchiré.

« Lili ». Elle blêmit. Peu de gens connaissaient son nom d'enfance. Elle avait changé d'état civil, mais dans le café de son quartier, les gens qui la connaissaient bien ne vérifiaient pas son identité.

– Je ne sais pas quoi dire, Chen.

– *Sur ce dont on ne peut parler, il faut garder le silence*. Je crois que c'est Wittgenstein qui a dit ça. Un paradigme paradoxal. Après tout, ce n'est pas un aspect de l'affaire qui intéressait C. au départ, pas du tout.

Il remplit à nouveau sa coupe de vin sans rencontrer cette fois d'opposition de la part de son interlocutrice.

– Revenons à la réalité, à l'affaire sur laquelle je travaille. Que vais-je faire ?

– Inspecteur principal Chen ?

– Vous êtes perdue dans l'histoire, Lianping, dit Chen avant de boire une longue gorgée de vin. Mon devoir de policier m'oblige à rapporter les développements de l'enquête à mon supérieur, le secrétaire du Parti Li. Si la situation l'oblige, je peux aussi m'adresser au Comité du Parti communiste de Shanghai. Que se passera-t-il ensuite ?

– Ensuite…

– Vous imaginez bien ce qui peut se passer. Inutile d'énumérer les différentes possibilités.

– Et si vous décidez de ne rien faire ? ajouta-t-elle à mi-voix. Personne n'est au courant pour l'instant.

– Dans ce cas, l'inspecteur Wei serait mort pour rien et je ne pourrais plus jamais vous regarder dans les yeux. Du moins pas en tant que policier.

– Alors…

Impulsivement, elle tendit le bras vers lui, lui serra la main, puis la retira fébrilement. Le diamant qui ornait son doigt étincelait.

– Lianping, vous m'avez dit que vous aviez entendu parler de la mission de l'équipe de Pékin.

– Personne n'est sûr à cent pour cent. Les rumeurs sont peut-être fausses.

– Peut-être. Même s'il s'agit de ma dernière enquête de police, je dois aller jusqu'au bout.

Elle lui lança un regard anxieux.

– Je ne sais pas comment les choses se passent au sommet du gouvernement, reprit Chen, mais en tant que membre du Parti, je dépends aussi de la Commission centrale de contrôle de la discipline de Pékin.

– Oui, j'ai entendu parler de votre amitié avec le camarade Zhao, l'ancien secrétaire de la Commission.

– Ne croyez pas tout ce qu'on raconte au sujet de cette amitié. Croyez-le ou non, l'équipe de Pékin n'a pas cherché à entrer en contact avec moi. Dans ma situation, je suis comme dans le proverbe où l'aveugle conduit un cheval borgne au bord d'un lac impénétrable dans la nuit ténébreuse. Par hasard, j'ai songé à ce proverbe au cours de ma nuit à Shaoxing. Et j'ai pensé à vous aussi. Je ne sais pas ce qui peut m'arriver, mais je dois continuer à avancer.

Elle le dévisagea, puis se prit la tête entre les mains.

Quand elle leva les yeux quelques secondes plus tard, ils étaient embués de larmes.

– Je me sens tellement minable, dit-elle d'une voix brisée. Je suis là à essayer de jouer les femmes sophistiquées, je poursuis mon rêve de réussite, je profite du moment présent, je suis le mouvement et de temps en temps, je lance un petit cri de protestation en douce, et c'est tout, alors que vous êtes prêt à mettre votre carrière en jeu…

Elle s'interrompit pour s'essuyer les yeux du revers de la main.

– Ne dites pas des choses pareilles, dit-il en tapotant sa main douce et encore humide.

Il suivit du doigt le sillon d'une larme sur sa joue et leva son verre.

– Il est peut-être temps pour moi de trouver un autre travail. Je ne suis pas un mauvais traducteur, comme Gu vous l'a fait remarquer. Tenez, autre chose pour votre biographie. J'ai traduit des poèmes classiques, en douce moi aussi. Comme celui-ci, écrit par Wang Han au VIIIe siècle. *Le beau vin de raison dans la coupe phosphorescente ! / J'allais boire, mais le cistre des cavaliers me presse. / Si je tombe, ivre, sur le sable, ne riez pas ! / Combien depuis les temps anciens sont revenus de la guerre ?*

– Je vous en prie Chen, arrêtez…

– Votre amitié m'est précieuse, Lianping. Je vais vous demander de faire une chose pour moi, mais vous êtes libre de refuser.

– Dites-moi.

– Quand je donnerai les pièces à conviction laissées par Zhou à la Commission centrale de contrôle de la discipline de Pékin, ils décideront peut-être de ne rien en faire, en fonction de leurs intérêts politiques du moment et pour diverses raisons, bonnes ou mauvaises. Pour eux, la justice est comme une balle de couleur dans la main d'un magicien, elle peut disparaître et se transformer d'un instant à l'autre. C'est pour cela que j'ai pensé à vous. Si ma tentative chimérique coule en silence comme un pavé jeté dans l'océan, vous pourriez faire éclater la vérité. Vous maîtrisez suffisamment Internet pour savoir comment vous y prendre efficacement, sans courir de risque.

– Après tout ce que vous m'avez dit, dit-elle d'une voix chancelante, les yeux rivés aux siens, je ferai tout ce que vous voudrez.

– Et vous le ferez sans vous mettre en danger ; promettez-le-moi, Lianping.

– Oui, je sais comment faire.

À nouveau, le carillon de l'horloge du bâtiment des douanes de Shanghai vogua jusqu'à eux.

– C'est l'air de *L'Orient est rouge*, dit-il, le chant qui célèbre Mao, le sauveur de la Chine.

– Ah oui ?

– Il y a encore quelques années, le carillon était différent. Je ne sais pas quand ils l'ont changé. Le temps passe vite. Et en douce.

– J'ai l'impression de vous connaître depuis des années, Chen, dit-elle doucement, et en même temps, de vous découvrir pour la première fois.

– Je me souviens du jour de notre rencontre à l'Union des écrivains. Le professeur Yao donnait une conférence intitulée *L'Énigme chinoise*. Le titre m'a fait penser à un tableau que j'ai vu un jour à Madrid.

– Quel tableau ?

– *L'Énigme de Hitler*, de Salvador Dalí. Un tableau unique et obsédant. Je l'ai vu il y a des années, mais certains détails surréalistes sont restés gravés dans ma mémoire. L'arbre sauvage, la photo déchirée de Hitler sur l'assiette creuse, l'immense téléphone brisé et la larme qui goutte, symbole du contrôle idéologique exercé sur les populations. Ici, aujourd'hui, on n'aurait qu'à remplacer le combiné du téléphone par un câble Internet, et la photo de Hitler par celle de Mao. Dans le tableau, je me rappelle aussi une silhouette noire qui émerge de derrière un parapluie. Que représente-t-elle ? Peut-être n'importe qui ou bien l'allégorie de l'illusion collective. Cela peut être moi, ou vous. Hier, m'a mère m'a dit quelque chose qui m'a profondément éclairé : tant que l'on fait partie du tableau, on ne peut pas voir la perspective.

— Vous faites partie de *L'Énigme chinoise* ?

— Je suis dans le tableau depuis trop longtemps, ou dans le système, comme on dit. Il est peut-être temps pour moi d'en sortir.

— Je ne crois pas, inspecteur principal Chen, dit-elle. Énigme ou non…

À nouveau, on frappa des coups légers à la porte.

— Monsieur Chen, êtes-vous prêt pour les plats chauds ?

RÉFÉRENCES DES POÈMES CITÉS

p. 14 : Du Mu, « Cadeau d'adieu I », traduit par Georgette Jaeger, in *L'Anthologie des trois cents poèmes de la dynastie des Tang*, Société des éditions culturelles internationales, 1987.

p. 19 : Lu You, « Le Jardin des Yuan », traduit par Patrick Doan, in *Lu You, poète et résistant de la Chine des Song*, Presses universitaires d'Aix-Marseille, 2004.

p. 92 : Du Fu, « L'ascension », traduit par Tchang Fou-jouei, revue par Yves Hervouet, in Paul Demiéville (dir.), *Anthologie de la poésie chinoise classique*, Paris, Gallimard, coll. « Poésie/Gallimard », 1962.

p. 137 : Mong Kiao, « Chanson du fils qui part en voyage », traduit par Tchang Fou-jouei, *Anthologie de la poésie chinoise classique*, *op. cit.*

p. 218 : Lu Xun, Sans titre, traduit par Michelle Loi, in *Lu Xun. Un combattant comme ça*, Éditions de l'université Paris-VIII, 1973.

p. 242-243 : Lu You, « Le Jardin des Yuan », traduit par Patrick Doan, in *Lu You, poète et résistant de la Chine des Song*, *op. cit.*

p. 290 : Wen Tingyun, « Montée à la terrasse », traduit par Xu Yuangzhong, in *Cent poèmes lyriques des Tang et des Song*, Éditions en langue étrangère, Pékin, 1987.

p. 326 : Wang Han, « Chanson de Leang-Tcheou », traduit par Tchang Fou-jouei, *Anthologie de la poésie chinoise classique*, *op. cit.*

Les poèmes dont les références ne figurent pas ci-dessus ont été traduits de l'anglais par Adelaïde Pralon.

Mort d'une héroïne rouge
Liana Levi, 2000
et « Points Policier », n° P1060

Visa pour Shanghai
Liana Levi, 2003
et « Points Policier », n° P1162

Encres de Chine
Liana Levi, 2004
et « Points Policier », n° P1436

Le Très Corruptible Mandarin
Liana Levi, 2006
et « Points Policier », n° P1703

De soie et de sang
Liana Levi, 2007
et « Points Policier », n° P1939

Cité de la poussière rouge
Liana Levi, 2008
et « Piccolo », n° 69

La Danseuse de Mao
Liana Levi, 2009
et « Points Policier », n° P2139

Les Courants fourbes du lac Tai
Liana Levi, 2010
et « Points Policier », n° P2607

La Bonne Fortune de monsieur Ma
Liana Levi, « Piccolo », n° 78, 2011

Shanghaï rouge
Deux enquêtes du camarade-inspecteur Chen
Point Deux, 2012

Des nouvelles de la poussière rouge
Liana Levi, « Piccolo », n° 95, 2013

RÉALISATION : NORD COMPO À VILLENEUVE-D'ASCQ
IMPRESSION : CPI BRODARD ET TAUPIN À LA FLÈCHE
DÉPÔT LÉGAL : JUIN 2013. N° 110998 (72840)
IMPRIMÉ EN FRANCE